Die höchst
wundersame Reise
zum Ende der Welt

Nicholas Gannon hat Kunst und Design studiert und sich an verschiedenen Jobs versucht, bevor er Vollzeit-Autor wurde. Er hat in den Bundesstaaten Tennessee, Minnesota und New York gewohnt, und für kurze Zeit auch in einem hohen, schmalen Sandstein-Haus in New York City, das ihn zum Haus der Entdeckerfamilie Helmsley in der Weidengasse 375 inspiriert hat. Inzwischen lebt der Autor in Brooklyn. »Die höchst wundersame Reise zum Ende der Welt« ist sein Debüt.

Nicholas Gannon

Die höchst wundersame Reise zum Ende der Welt

Aus dem Englischen
von Harriet Fricke

CARLSEN

MIX
Papier aus verantwortungsvollen Quellen
FSC® C002795
www.fsc.org

Veröffentlicht im Carlsen Verlag
Dezember 2018
Mit freundlicher Genehmigung des Coppenrath Verlages

Englische Originalausgabe 2015 by Greenwillow Books
(HarperCollins Publishers, www.harperchildrens.com)

Originaltitel: The Doldrums
Umschlaggestaltung: formlabor unter Verwendung
des Umschlages von Ortrud Müller – Die Buchmacher
Corporate Design Taschenbuch: bell étage
ISBN 978-3-551-31695-0

Für meine Mutter
Cathleen Gannon

✦ INHALT ✦

✦ Das grosse weisse Nichts ✦

Unter den Tausenden von Kindern, die jeden Tag geboren werden, ist mindestens eins, das sich als Träumer entpuppt. Am 5. Mai lag ein solches Kind in Zimmer 37E im Krankenhaus von Rosewood und sein Name lautete Archer Benjamin Helmsley.

Nein, es bestand kein Zweifel. Der Arzt sah es, die Krankenschwester sah es und die Mutter sah es zu ihrem großen Kummer auch.

Sogar eine Taube, die in das Kinderzimmer auf der Babystation stakste, sah es.

Der kleine Archer B. Helmsley lag ganz still in seinem Bettchen und starrte an die Decke.

Er wusste nicht, dass es eine Decke war.

Er wusste nämlich noch gar nichts.

Trotzdem lag Archer da und starrte in das große weiße Nichts, als plötzlich zwei Köpfe darin auftauchten.

»Na, wen haben wir denn da?«, sagte einer der Köpfe. »Du bist bestimmt Archer.«

»Ja«, sagte der zweite Kopf. »Das ist ganz bestimmt Archer.«

Bestimmt oder ganz bestimmt, Archer war Archer, auch wenn er es selbst noch gar nicht wusste.

»Weißt du, wer wir sind?«, fragte der erste Kopf.

»Woher soll er das wissen?«, sagte der zweite. »Er ist erst achtundvierzig Stunden alt.«

Der erste Kopf nickte. »In diesem Fall sollten wir uns erst einmal vorstellen. Ich bin dein Opa Helmsley und das – *das* ist deine Oma Helmsley.«

Archer gab keine Antwort, weil er noch keine Antwort geben konnte. Wenn man erst achtundvierzig Stunden alt ist, kann man nämlich nicht viel tun.

Doch die beiden Köpfe redeten weiter über dies und das und Archer schaute von einem zum anderen und verstand kein einziges Wort. Dann tauchte ein dritter Kopf aus dem Nichts auf, und alle drei verschwanden so schnell, wie sie gekommen waren. Archer blieb allein zurück und starrte an die Decke.

✦ Die Helmsleys aus der Weidengasse Nummer 375 ✦

Drei Tage später wurde Archer aus dem Krankenhaus von Rosewood entlassen und zu einem hohen, schmalen Haus in einer engen, verwinkelten Straße in einem ruhigen Viertel in einer nicht ganz so ruhigen Stadt gebracht.

Archer war zu klein, um zu bemerken, dass alle Häuser in der Weidengasse hoch und schmal waren und wie eine Reihe Zinnsoldaten nebeneinanderstanden. Und Archer war auch zu klein, um zu wissen, dass das Haus mit der Nummer 375 häufig mit einem Museum verwechselt wurde. Das Haus von Archer gehörte nämlich seinen Großeltern, den berühmten Naturforschern Ralph und Rachel Helmsley.

DAS HAUS DER HELMSLEYS

WEIDENGASSE 375

✦ Wandern & Wundern ✦

Es gibt Eltern, die ihr Kind aus dem Krankenhaus nach Hause bringen und sich vielleicht wundern, ob es tatsächlich das richtige ist. Falls Mr und Mrs Helmsley sich jemals diese Frage gestellt hatten, wurden ihre Zweifel schnell ausgeräumt. Von Anfang an deutete nämlich alles darauf hin, dass Archer ein echter Helmsley war.

DOLDRUMS PRESS

In den ersten Jahren führte Archer ein absolut perfektes Leben. Zum Glück blieb sein Leben nicht sehr lange absolut perfekt. Warum ist das ein Glück?

7
5

Wir alle kennen absolut perfekte Jungen und Mädchen. Sie wohnen in absolut perfekten Häusern, die ihren absolut perfekten Eltern gehören. Sie ziehen sich absolut perfekt an, benehmen sich absolut perfekt und führen ein absolut perfektes Leben. Das ist absolut schrecklich. Sie sind nämlich absolut langweilig. Und deshalb ist es ein Glück, dass diese Geschichte nicht von so einem Kind handelt.

Dies ist die Geschichte von Archer Benjamin Helmsley.

37

DIE HÖCHST WUNDERSAME REISE ZUM ENDE DER WELT

✦ TEIL EINS ✦

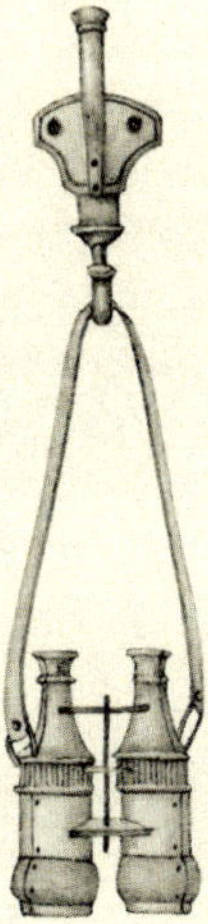

Archer B. Helmsley

1

✦ Das Haus der Helmsleys ✦

Archer hatte keinen Hund und keine Katze wie andere Kinder, dafür besaß er unter anderem einen Strauß, einen Dachs und eine Giraffe. Auf allen vier Etagen und in sämtlichen Zimmern im Haus der Helmsleys wimmelte es von Tieren. Sie säumten die engen Treppen und die noch engeren Flure. Alle waren mit Flocken ausgestopft und konnten rein gar nichts tun, aber das störte Archer nicht. Und weil er keine Geschwister hatte, sprach Archer eben mit den Tieren.

»Guten Morgen, Dachs«, sagte Archer auf dem Weg in die Küche. »Wie ist das Wetter?«

»Leider nehmen die Herbststürme kein Ende«, antwortete der Dachs. »Diese Feuchtigkeit setzt dem Fell schrecklich zu. Schau nur, es ist ganz verfilzt.«

Archer tätschelte dem Dachs den Kopf. »Das wäre mir gar nicht aufgefallen«, log er. (Bei hoher Luftfeuchtigkeit sah das Fell vom Dachs immer furchtbar zerrupft aus.)

Mrs Helmsley streckte den Kopf aus der Küchentür.

»Mit wem redest du da?«, fragte sie.

»Ach, mit niemandem«, antwortete er. »Nur mit mir selbst.«

Unter dem nachdenklichen Blick seiner Mutter trat Archer in die Küche.

Nachdem er sein Frühstück aus Tee mit Milch und zwei Scheiben Toast mit Marmelade beendet hatte, begann Archer seine Erkundungstour. Er wanderte durch den Flur im Erdgeschoss zum Wintergarten, einem Raum ganz aus Glas, der bis in den Garten hineinreichte und in dem etliche Schaukästen aufgestellt waren. Archer presste das Gesicht an einen Kasten, der mit seltsamen Dschungel-Insekten angefüllt war.

Gut, dass die tot sind, dachte er. Eines, da war er sich sicher, musste nur in seinen Zeh beißen und schon würde sein Gesicht dunkelrot anlaufen. Ein anderes, vermutete er, könnte sich durch seine Haut bohren und im Inneren seines Körpers beschließen, eine Familie zu gründen. *Wirklich gut, dass die tot sind*.

An den Wänden standen noch mehr Glaskästen mit fein säuberlich aufgereihten Schmetterlingen. Archer stellte fest, dass einige nicht zu der Sorte gehörten, für die man sich interessieren und denen man nachjagen sollte. Ganz im Gegenteil, sie sahen eher so aus, als könnten sie sich für dich interessieren und dir nachjagen.

»Diesen Schmetterlingen sollte man besser aus dem Weg gehen«, sagte er zur Giraffe.

»Eine kluge Entscheidung«, erwiderte die Giraffe. »Ich schaudere jedes Mal, wenn ich sie nur ansehe.«

»Glaubst du, man sollte sie überhaupt Schmetterlinge nennen?«, fragte er.

»Vielleicht würde ein Name wie *Schauderlinge* besser passen«, sagte die Giraffe.

Archer grinste. »Ja. Das sind ganz bestimmt Schauderlinge.«

Er drehte sich um und wollte gehen, erschrak aber ganz fürchterlich, weil seine Mutter hinter ihm stand. Sie hatte die Hände fest in die Hüften gestemmt.

»Mit wem redest du da?«, fragte sie wieder.

»Ach, mit niemandem«, antwortete er. »Nur mit mir selbst.«

Archer schlich unter dem nachdenklichen Blick seiner Mutter weiter und setzte seinen Rundgang fort.

✦ Rockenschaub & Ringelpiez ✦

Die Mutter von Archer, Helena E. Helmsley, richtete häufig festliche Abendessen aus. Die Gäste freuten sich immer darauf, das Haus der berühmten Forscher zu besichtigen. Archer dagegen freute sich nicht besonders auf Gäste.

»Heute Abend wird es richtig voll«, sagte er und klopfte dem Strauß tröstend auf den Rücken.

»Fass mich nicht an«, fauchte der Strauß. »Ich habe dir doch gesagt, du sollst mir mit deinen schmutzigen Händen nicht zu nahe kommen.«

Archer entschuldigte sich und zog sich zurück. (Manchmal war der Strauß eben so.)

Erwachsene schauen Kinder ja häufig an, als wären sie seltsame Ausstellungsstücke in einem Museum. Aber für einen Jungen wie Archer, der in einem Haus wie diesem wohnte, war es noch schlimmer. Viel schlimmer. Deshalb versuchte er an solchen Abenden immer, nach oben zu entwischen – oft mit wenig Erfolg.

»Archer«, sagte Mrs Helmsley, als er gerade den Fuß auf die Treppe setzen wollte. »Ich würde dir gern Mr Rockenschaub vorstellen.«

Archer drehte sich um und ging zu dem schnauzbärtigen Mann, der aussah, als müsse er niesen.

»Guten Abend, Mr Trockenstaub«, sagte er.

Mr Rockenschaub runzelte die Stirn. Mr Helmsley hielt nur mit Mühe ein Lachen zurück, was Mrs Helmsley ohne Mühe gelang.

»*Rockenschaub*«, sagte sie mit Nachdruck. »Ihm gehört in Deutschland eine preisgekrönte Werkzeugfabrik.«

»Korrekt«, schnaubte Mr Rockenschaub.

Archer war froh, dass der Mann nicht Trockenstaub hieß. Mit einem solchen Namen hätte er es sicherlich nicht zu einer eigenen Werkzeugfabrik gebracht.

»Entschuldigung, Mr Klopfundschraub«, sagte er.

Mr Helmsley platzte fast vor Lachen. Mrs Helmsley nahm Archer beim Arm und zog ihn von Mr Rockenschaub fort. Sie erteilte ihm den Auftrag, den Gästen auf einem Tablett Gurken anzubieten.

»Du lächelst und nickst einfach nur«, sagte sie und ihre nussbraunen Augen blickten furchtbar ernst. »Du musst heute Abend nichts mehr sagen.«

Während er seine Gurkenrunde drehte, entdeckte Archer einen zotteligen älteren Mann, der in den Fluren herumschlich, als würde er sich bestens darin auskennen. Neugierig folgte er dem Mann und beobachtete, wie dieser in ein leeres Zimmer humpelte. Archer steckte vorsichtig den Kopf zur Tür herein und hätte beinahe aufgeschrien und die Gurken fallen gelassen, weil der Mann genau vor ihm stand und ihn anstarrte. Er bedeutete Archer mit einem Nicken hereinzukommen, bevor er sich auf einen Sessel setzte.

Schweigend stand Archer vor dem Fremden und dachte, dass dieser beim festlichen Abendessen seiner Mutter völlig fehl am Platz wirkte. Aber obwohl der Mann schon sehr alt war, sprühten seine hellgrünen Augen vor Leben.

»Du bist bestimmt Archer Helmsley«, sagte der Mann lächelnd. »Der wunderbare Enkel von Ralph und Rachel Helmsley. Und wie ich sehe, bringst du Geschenke.«

Archer hob das Tablett in die Höhe. »Möchten Sie eine Gurke?«, fragte er.

»Danke, aber ich mag sie nicht besonders«, gestand der Mann und schüttelte den Kopf, ohne Archer dabei aus den Augen zu lassen. »Deine Großeltern haben ein herrliches Haus. Was hältst du von ihnen?«

Archer zuckte die Schultern. »Ich habe sie nie getroffen.«

Der Mann nickte. »Das überrascht mich kaum, aber ich bin überzeugt, du wirst sie schon bald kennenlernen.« Obwohl sonst niemand im Zimmer war, senkte er die Stimme. »Unter uns: Sie wären nicht gerade begeistert, dass im berühmten Haus der Helmsleys so ein öder Ringelpiez veranstaltet wird.«

Archer wusste zwar nicht, was *Ringelpiez* genau bedeutete, musste bei dem Wort aber lächeln. Und er freute sich, dass seine Großeltern auch nichts von den festlichen Abendessen hielten.

»Dort draußen wartet eine faszinierende Welt, Archer Helmsley«, fuhr der Mann fort. »Obwohl man das nicht vermuten würde, wenn man sich die Leute hier anschaut.« Er sah auf seine Uhr. »Ich fürchte, ich muss jetzt los. Ob ich mich wohl auf deine Schulter stützen darf?«

Archer senkte das Tablett.

»Wir gehen am besten so schnell und heimlich wie möglich vor«, sagte der Mann, stand auf und hielt sich an Archers Schulter fest. »Wir wollen ja nicht, dass deine ...« Er sprach nicht weiter.

Archer schaute zu ihm hoch. »Wer soll was nicht?«, fragte er.

Der Mann lächelte und schüttelte den Kopf. »Ach, niemand«, antwortete er. »Wir wollen uns nur nicht in ein *unerfreuliches* Gespräch verwickeln lassen.«

Archer nickte. An solchen Abenden gab es davon nämlich mehr als genug. Weil er sich im Haus bestens auskannte, führte er den Mann durch leere Flure und über Hintertreppen bis zur Haustür, ohne dass sie jemand bemerkt hätte.

Der Mann blieb in der Haustür stehen und schaute auf Archer hinunter. Im silbernen Schein der Straßenlaterne sah sein Körper aus wie ein Scherenschnitt.

»Putzen sie dich immer wie einen Weihnachtsbaum heraus?«, fragte er.

In seinem grünen Samtanzug und mit der rot gepunkteten Fliege wirkte Archer in der Tat ziemlich feierlich. Mrs Helmsley fand, dass er wie ein feiner Herr aussah, aber Archer musste dem Fremden recht geben. Er sah aus wie ein Weihnachtsbaum.

Der Mann legte eine Hand auf Archers Schulter. »Du bist ein Helmsley, Archer, vergiss das nie. Denn ein Helmsley zu sein, das heißt schon was.«

Er wollte gehen, doch Archer hielt ihn mit einer Frage zurück. »Woher kennen Sie meine Großeltern?«

»Das ist eine lange Geschichte«, antwortete der Mann, ohne sich umzudrehen. »Erinnere mich beim nächsten Mal daran, dass ich sie dir erzähle.«

Archer schaute zu, wie der alte Mann den Bürgersteig entlanghumpelte, und war leicht besorgt, er könnte in den entgegenkommenden Verkehr stolpern. Da erschien eine Hand und schloss die Tür.

»Wer war das?«, fragte Mrs Helmsley.

»Keine Ahnung«, sagte Archer. »Aber er kennt Oma und Opa.«

Archer wünschte, er hätte so viel Glück wie der Mann. Er hatte seine Großeltern nie gesehen. Seit seiner Geburt waren sie durch die Welt gereist. Für Archer waren Ralph und Rachel Helmsley ein in tausend Rätsel gehülltes Geheimnis, das er zu gern gekannt hätte. Aber seine Mutter wechselte immer das Thema, sobald ihre Namen erwähnt wurden.

»Wo ist das Tablett?«, fragte sie.

Archer seufzte, suchte das Tablett und setzte seine Gurkenrunde fort. »*Du bist ein Helmsley ... das heißt schon was.*« Obwohl Archer nicht wusste, was das heißen sollte, war er sich ziemlich sicher, dass es nichts mit Gurken zu tun hatte. Trotzdem bahnte er sich einen Weg durch die überfüllten Zimmer und wollte gerade einen zweiten Fluchtversuch starten, als das Stachelschwein auf der Heizung fragte, ob es eine Gurke probieren dürfe.

»Gern«, sagte Archer. »Aber nicht vor allen Leuten.«

Er nahm das Tier mit ins leere Esszimmer.

»Die schmecken scheußlich«, sagte das Stachelschwein.

Archer probierte eine und musste ihm recht geben. Er ließ das stachelige Kerlchen auf einem Stuhl zurück und ging in die Küche, um etwas Besseres aufzutreiben. Währenddessen marschierten die Gäste ins Esszimmer und nahmen Platz. Mr Rockenschaub bemerkte nicht, dass sein Stuhl schon besetzt war, und senkte den Allerwertesten mitten auf das Stachelschwein. Archer kehrte aus der Küche zurück, blieb aber in der Tür stehen und beobachtete, wie Mr Rockenschaub entsetzt schnaubte und alle anderen Gäste die Augen aufrissen. Nur sein Vater schien sich über die Szene zu amüsieren.

»Der war's!«, rief Mr Rockenschaub, während er sich den Allerwertesten rieb und mit einem Wurstfinger auf Archer zeigte.

Mrs Helmsley drehte sich auf ihrem Stuhl schnell zu Archer um und schaute ihn an, als hätte sie selbst soeben auf einem Stachelschwein gesessen.

»Stimmt das?«, fragte sie streng.

Archer wusste nicht, was er sagen sollte, deshalb sagte er nichts.

Es war für ihn kein Geheimnis, dass seine Mutter an allem, was er tat, etwas auszusetzen hatte. Und er wusste auch, dass sie das Haus nicht so sehr mochte wie er. Aber sie war auch keine geborene Helmsley und da kann so etwas schon mal vorkommen.

Mit seinem Vater war das etwas ganz anderes.

✦ Der kleine gestreifte Kerl ✦

Der Vater von Archer, Richard B. Helmsley, war Rechtsanwalt. Archer wusste nicht viel über Rechtsanwälte und interessierte sich, ehrlich gesagt, auch nicht besonders für diesen Beruf. Viel mehr interessierten ihn die heimlichen Ausflüge, die er mit seinem Vater unternahm. Sie hatten angefangen, als Archer sieben Jahre alt war, und sie mussten heimlich stattfinden, weil seine Mutter nicht viel davon gehalten hätte.

»Psst«, hatte Mr Helmsley eines Tages geflüstert.

»Hallo!«, platzte Archer heraus.

»Scht«, zischte sein Vater.

»Warum flüstern wir?«, flüsterte Archer.

»Keine Zeit für Erklärungen. Komm mit.«

Archer folgte seinem Vater aus dem Haus und lief hinter ihm den Gehsteig entlang.

»Wohin gehen wir?«, fragte er.

Mr Helmsley führte ihn in den Park von Rosewood, der eher an einen Urwald erinnerte. Die gewundenen Wege verschwanden schnell, aber ein Stück weiter geradeaus, hoch über den Baumkronen und in ein strahlend oranges Licht getaucht, ragten die Türme des Museums von Rosewood auf. Archer fand, dass das Museum uralt aussah, mit seinen verzierten Terrakotta-Ziegeln und dem schimmelgrünen Dach obendrauf. Der Vorgarten hätte besser gepflegt werden müssen, aber Archer gefiel die verfallene Pracht.

Drinnen folgte er seinem Vater durch unzählige Flure, in denen unzählige Kuriositäten standen, und lauschte den Geschichten, wie sein Vater beinahe der berühmteste Forscher unzähliger Länder geworden wäre.

»Und dann wäre ich beinahe der berühmteste Ägypten-Forscher der Welt geworden«, sagte Mr Helmsley, als sie sich dem Sarkophag von Pharao Tabenkuse näherten.

Archer bewunderte seinen Vater und mochte seine Geschichten, aber er wusste auch, dass er Rechtsanwalt war.

»Warum bist du es nicht geworden?«, fragte er.

Mr Helmsley steckte die Hände in die Jackentaschen. Es war eine einfache Frage, aber Erwachsene machen einfache Dinge gern kompliziert. Und genau wie seine Mutter das Thema wechselte, sobald Archer nach seinen Großeltern fragte, wechselte sein Vater das Thema, sobald er diese Frage stellte.

»Wusstest du, dass dieser kleine gestreifte Kerl einer der jüngsten Pharaonen war, die Ägypten jemals regiert haben?«, sagte er, wobei er unauffällig von einer Hinweistafel ablas. »Unser Freund Tabby war gerade mal dreizehn Jahre alt, als er König wurde.«

Archer schaute sich Tabby genau an und kam zu dem Schluss, dass es zum Glück nicht allzu viele dreizehnjährige Könige gab. »Er sieht traurig aus.«

»Das liegt bestimmt nur am Lidstrich«, sagte Mr Helmsley.

Er befeuchtete einen Zeigefinger und streckte ihn zum Sarkophag aus.

»Nicht anfassen!«, sagte ein Museumswärter.

»Entschuldigung«, erwiderte Mr Helmsley.

»Wollte er denn König werden?«, fragte Archer.

Sein Vater zuckte die Achseln. »Er regierte nur zwei Jahre lang und starb dann.«

»Dann wollte er bestimmt nicht König werden«, sagte Archer erschüttert und wandte sich vom Sarkophag ab.

Archer hörte sich noch ein paar Geschichten über die Beinahe-Abenteuer seines Vaters an, bevor er ihm zum Ausgang folgte. Auf dem Nachhauseweg dachte er an seine Großeltern. »Wie sind sie so und warum sind sie nie zu Hause?«, fragte er. »Wann lerne ich sie kennen?«

»Als du ganz klein warst, hast du sie mal gesehen«, sagte Mr Helmsley.

Archer bezweifelte das. Er konnte sich nämlich nicht daran erinnern.

Als sie die Treppe zum Haus der Helmsleys hochstiegen, entdeckte Archer ein Paket, das an der Tür lehnte. Es war in braunes Papier eingewickelt, mit rotem Band verschnürt und an ihn adressiert. Schnell hob er es auf.

»Was ist das?«, fragte Mr Helmsley.

»Was soll was sein?«, sagte Archer und versteckte das Paket hinter seinem Rücken. »Da ist nichts.«

»Nach nichts sieht das aber nicht aus.«

In diesem Moment trat ihr Nachbar Mr Glub aus seinem Haus und rief Mr Helmsley zu: »Wir haben uns ja eine Ewigkeit nicht gesehen!«

Mr Helmsley winkte und ging die Treppe hinunter, um mit ihm zu plaudern. Archer schlich ins Haus und nach oben in sein Zimmer.

✦ Von Auge zu Glasauge ✦

Archer betrat sein Ankleidezimmer und knipste das Licht an. Er schob die Kleiderbügel zur Seite und enthüllte ein Regal, auf dem sich etliche Schachteln stapelten. Alle stammten von seinen Großeltern, und Archer versteckte sie, weil sein Großvater ihm in einem Brief dazu geraten hatte – und weil er unbedingt ein Geheimnis haben wollte. Er setzte sich auf den Boden, löste das rote Band und riss das Papier ab.

ARCHER B. HELMSLEY
WEIDENGASSE NR. 375

15. OKTOBER

LIEBER ARCHER,
DAS GESCHENK IST ETWAS SELTSAM, ABER WIR DACHTEN, ES KÖNNTE DIR GEFALLEN. EIN KAPITÄN HAT ES UNS GEGEBEN. ER WAR DER EINZIGE, DER DEN WEG ZU DER VULKANINSEL KANNTE, DIE VON DEN EINHEIMISCHEN »TODESBERG« GENANNT WIRD.

IN WAHRHEIT WAR ES NUR EIN WINZIGER HÜGEL, DER SENKRECHT AUS DEM WASSER RAGTE UND MIT BÄUMEN GESPRENKELT WAR. ER WAR VIEL SCHÖNER, ALS ES DER NAME VERMUTEN LIESS.

BEIGEFÜGT IST EIN GLASAUGE. SEIN GLASAUGE. ER HATTE NUR EIN AUGE. DER KAPITÄN. ABER DAS HAT IHN NICHT GESTÖRT. ER HAT ES UNS AUF DER RÜCKFAHRT GESCHENKT, DAMIT WIR NIE VERGESSEN, DASS WIR DEN BERG GESEHEN HABEN.

VIELE GRÜSSE
Ralph und Rachel Helmsley

Archer schaute auf das Glasauge. Das Glasauge schaute zurück. Er hob es hoch und hielt es vor sein Auge, weil er hoffte, den Berg zu sehen, aber er sah nur die Rückseite von einem Glasauge.

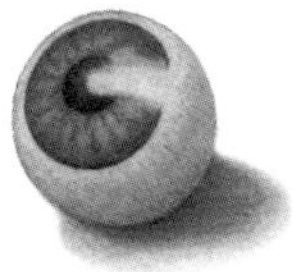

Archer hätte seine Großeltern so gern einmal getroffen. Nach ihren Briefen und dem Haus zu urteilen, mussten sie wunderbare Leute sein. Wann würden sie nach Hause zurückkehren? Bald, hoffte er. Das ruhige Leben in der Weidengasse wurde immer langweiliger. Mehr als alles andere wollte er mit seinen Großeltern auf eine Expedition gehen und ein Abenteuer erleben.

Ein besonderes, außergewöhnliches Abenteuer – vielleicht die Taschen voller Kieselsteine zu haben und von einem Pelikan bis zum Rand der Welt getragen zu werden, wo er die Steine aus großer Höhe übers Wasser hüpfen lassen und dabei zuschauen konnte, wie sie nach und nach in die Dunkelheit schlitterten.

Doch Mrs Helmsley hatte andere Pläne. Sobald jemand fragte, was Archer später einmal werden wollte, antwortete sie, bevor er es tun konnte.

»Er möchte ein angesehener Rechtsanwalt wie sein Vater werden.«

Am Anfang widersprach Archer, aber dann stellte er fest, dass das keinen Zweck hatte. Einen Streit mit seiner Mutter konnte er nicht gewinnen. Und in diesem Fall musste er es gar nicht. Er musste nur auf die Rückkehr seiner Großeltern warten. Sie würden die Dinge schon geraderücken.

✦ Keine guten Nachrichten ✦

Am Morgen seines neunten Geburtstags öffnete Archer die Haustür, weil er hoffte, ein weiteres Paket mit seinem Namen zu entdecken. Stattdessen entdeckte er eine Zeitung mit den Namen seiner Großeltern.

5. Mai $1.50

Doldrums Press

FORSCHER IM EISMEER VERSCHOLLEN

Die berühmten Naturforscher Ralph und Rachel Helmsley waren mit dem Schiff unterwegs in die Antarktis, wo sie die Verwandtschaftsbeziehungen von Pinguinen untersuchen wollten. Während der Fahrt in Richtung Süden entdeckte Ralph Helmsley einen Eisberg mit zwei getrennt lebenden Pinguinkolonien. »Wir müssen näher ran«, sagte er. »Ich will mir den Eisberg ansehen.« Der Kapitän fuhr das Schiff so nahe heran, wie es die Sicherheit erlaubte, und die Crew ließ ein Beiboot zu Wasser. Ralph und Rachel Helmsley steuerten das Boot auf den gewaltigen Eisbrocken zu und kletterten hinauf. Während ihrer Erkundungstour be-

wölkte sich der Himmel und bald fielen erste Schneeflocken. Ralph Helmsley hatte gesagt, dass sie nach einer Stunde zurück sein wollten, doch auch zwei Stunden später hatten sie sich nicht wieder eingefunden.
Der Kapitän beobachtete, wie sich neblige Stille über den Eisberg senkte. Um den Helmsleys den Weg zu weisen, ließ er mehrmals das Nebelhorn ertönen, aber sie kehrten nicht zurück. Daraufhin löste der Kapitän Alarm aus.
Die Mitglieder der Crew bildeten so schnell wie möglich einen Suchtrupp. Sie befestigten eine Sicherheitsleine am Schiff, bevor sie ein weiteres Beiboot zu Wasser ließen.
Die Suche zog sich hin, da der Eisberg gigantisch groß war. Doch statt der Forscher fanden sie nur einen Pinguin und die Mütze von Ralph Helmsley.
Nach ihrer Rückkehr ließ der Kapitän den Motor abstellen.
»Alle Mann an Deck«, befahl er.
Die Mannschaft stellte sich an die Reling und suchte schweigend die verschwommenen Umrisse des Eisbergs ab, in der Hoffnung, irgendetwas zu sehen oder zu hören. Doch sie hörten nur das Schlagen der Wellen.
Das Wetter verschlechterte sich. Der Eisberg wurde vom Nebel verschluckt. Die Crew gab auf.
Der Kapitän hatte keine Wahl und stellte den Motor wieder an. Die Helmsleys blieben verschollen. Auch wenn nichts auf ihren Tod hindeutet, besteht für sie wenig Hoffnung.

Aubrey Glub
Chefredakteur

Archer stand barfuß im Hauseingang und konnte es nicht fassen.

Haben Pinguine meine Großeltern gefressen?, fragte er sich. *Ist das überhaupt möglich?*

Er warf die Tür zu und lief in die Küche. »Oma und Opa sind an einem Eisberg festgefroren!«, rief er.

Mr Helmsley nippte an seinem Kaffee. Mrs Helmsley köpfte ihr Ei.

»An einem *Eisberg*!«, wiederholte er.

Mr und Mrs Helmsley wussten schon, was passiert war. Einen Tag zuvor war im Büro der Rechtsanwälte Helmsley & Durbish ein Brief angekommen.

Sehr geehrter Mr Helmsley,
leider muss ich Ihnen mitteilen, dass Ihre Eltern auf einem Eisberg verschollen sind – alle Mitglieder unserer Gesellschaft sind darüber schwer erschüttert. Wir hoffen auf das Beste und werden Sie über weitere Entwicklungen auf dem Laufenden halten.

Mit traurigen Grüßen
Herbert P. Birthwhistle
~~Ralph B. Helmsley~~
Präsident der Gesellschaft

Seine Eltern hatten Archer davon nichts gesagt.

Nachdem die Zeitung auf der Treppe gelandet war, dauerte es nur eine Stunde, bis aus allen Richtungen Reporter zu dem hohen, schmalen Haus in der Weidengasse geströmt kamen. Sie hatten Kameras und Notizblöcke dabei und bombardierten Mr und Mrs Helmsley, die in der Tür standen, mit Fragen. Archer beobachtete das Durcheinander vom Dach aus.

Es war der schlimmste Geburtstag, den Archer je erlebt hatte. Traurig starrte er auf seine Vanillesahnetorte (die zu allem Unglück an einen Eisberg erinnerte) und hörte mit an, wie seine Eltern sich im Flur stritten.

»Tu bloß nicht so, als wüsstest du nicht, nach wem er gerät«, sagte seine Mutter.

»Übertreibst du es nicht ein bisschen mit deiner Vorsicht?«, sagte sein Vater.

»Es ist nur zu seinem Besten.«

Noch wusste Archer nicht, worum es ging, aber er sollte es bald herausfinden. Die heimlichen Ausflüge mit seinem Vater nahmen ein plötzliches Ende, er bekam keine Pakete mit roten Bändern mehr und alles wurde nur noch schlimmer. Es gab keine neuen Nachrichten über Ralph und Rachel Helmsley. Mit der Zeit verloren die Reporter das Interesse an der Geschichte und bald senkte sich neblige Stille über das hohe schmale Haus in der engen, verwinkelten Weidengasse.

2

✦ Hüte deine Zunge ✦

Zwei Jahre waren seit dem Vorfall mit dem Eisberg vergangen und Archer war jetzt elf Jahre alt. Mr Helmsley verbrachte die meiste Zeit im Büro oder in seinem Arbeitszimmer und Mrs Helmsley fand im Haus immer etwas zu tun. Es war Samstag, aber Archer durfte nicht nach draußen. Wenn er nicht gerade die Schule besuchte, durfte er das nie. Seine Mutter hatte es so gewollt.

»Was ist deinen Großeltern zugestoßen?«, fragte sie ihn regelmäßig.

»Ein Eisberg«, murmelte Archer.

»Du musst lauter reden«, sagte sie. »Und deutlicher.«

»Ein Eisberg«, wiederholte Archer. »Sie sind auf einem Eisberg aufs Meer hinausgetrieben.«

»Richtig. Sie sind auf einem Eisberg aufs Meer hinausgetrieben. Möchtest du auch auf einem Eisberg aufs Meer hinaustreiben?«

Das war keine Frage, auf die man mit Ja oder Nein hätte antworten können. Es gab nur eine richtige Antwort.

»Aber in Rosewood gibt es keine Eisberge«, sagte Archer.

Doch das spielte keine Rolle. Wenn es kein Eisberg wäre, dann etwas anderes. Nach elf Jahren kannte Mrs Helmsley die *Neigungen* – so nannte sie es – von Archer ganz genau. Archer war wie seine Großeltern. Und das durfte man nicht zulassen. Mrs Helmsley wollte nämlich nicht dabei zusehen, wie Archer auf einem Eisberg aufs Meer hinaustrieb.

»Und ich möchte nicht noch mal einen Zeitungsartikel lesen, in dem man sich über uns lustig macht.«

Wenn Archer nicht in der Schule war, verbrachte er die meiste Zeit damit, seiner Mutter bei öden Aufgaben im Haushalt zu helfen. Er staubte die Tiere ab (mit denen er immer noch redete, wenn seine Mutter nicht in der Nähe war), bohnerte die Holzböden oder leckte, wie an diesem Tag, Berge von Umschlägen und Briefmarken an, die seine Mutter für den Rundbrief an alle Nachbarn benutzte.

Blumenfest in der Weidengasse

Die Blütenpracht im Frühling war wunderschön, und ich bin gespannt, was Sie sich für das Sommerfest am 10. Juli einfallen lassen werden. Und merken Sie sich bitte den Termin für das Herbstfest vor: Samstag, 27. September.

Als Archer alle Briefmarken angeleckt hatte, war sein Mund voller Kleber, und er hatte sich die Zunge am Papier geschnitten.

»Fertig«, sagte er und stand auf.

»Warte«, sagte seine Mutter.

Neben ihr lag ein dicker Stapel Umschläge ohne Marken. Sie nahm ihre Tasche und ging neue kaufen. Archer stöhnte und ließ den Kopf auf die Tischplatte fallen. So sollte es im Haus der Helmsleys nicht zugehen. Das Haus der Helmsleys war ein Tempel, der der Forschung und den Abenteuern geweiht war, und kein Ort, wo man seine Zeit mit dem Anlecken von Briefmarken verschwendete.

Archer hatte immer geglaubt, dass seine Großeltern eines Tages zurückkehren und ihn in fantastische Länder mitnehmen würden. Stattdessen hatten sie sich von einem Eisberg mitnehmen lassen und Archer war allein zurückgeblieben. Immer wieder ließ er den Kopf auf die Tischplatte fallen.

Da klingelte es an der Tür. Archer hielt inne und dachte schon, er wäre durch das ständige Kopfschlagen verrückt geworden, aber dann klingelte es ein zweites Mal. Er steckte den Kopf in den Flur.

»Mach nicht auf«, sagte der Dachs. Der Fuchs war derselben Meinung. Aber Archer ging zur Tür.

✦ Scharlachrote Koffer ✦

Es klingelte nicht nur, auch die Türklinke wurde hoch- und runtergedrückt. Archer war zu klein, um durch den Spion zu spähen, deshalb ging er zum Fenster und presste das Gesicht gegen die Scheibe. Auf der Treppe standen so viele Koffer, dass man nicht sehen konnte, wer sie dort abgestellt hatte.

Sie sind es!, dachte er und rannte zurück zur Tür.

Als Archer die Tür aufriss, stellte er fest, dass der Mann vor ihm nicht sein Großvater war. Er war groß und dünn und trug einen schäbigen Overall, der mit Öl- und Schmutzflecken übersät war und nach Benzin roch. Der Mann hatte ein nettes Gesicht und freundliche Augen, oder besser gesagt: *ein* freundliches Auge. Das andere wurde von einer Augenklappe verdeckt. Archer schluckte schwer.

Er ist wegen dem Glasauge hier!, dachte er.

»Das ist also das Haus der Helmsleys«, sagte Augenklappe und spähte über Archers Kopf hinweg in die Eingangshalle. »Ich habe zwar schon gehört, wie wunderbar es ist, aber heute sehe ich es zum ersten Mal mit eigenem Auge!« Besagtes Auge wanderte zu Archer. »Bist du Archer?«, fragte er.

Archer bekam eine Gänsehaut und nickte langsam. *Er kennt meinen Namen?*

Augenklappe musste bemerkt haben, dass Archer sich unwohl fühlte, denn er trat schnell zur Seite und zeigte auf die Koffer.

»Ich soll die hier nur abliefern«, sagte er. »Sie gehörten Ralph und Rachel ... standen seit fast zwei Jahren bei der Gesellschaft in Barrow's Bay rum. Keine Ahnung, warum man sie nicht schon früher hergebracht hat.«

Die Koffer waren scharlachrot, abgewetzt und wunderschön.

»Das waren ihre Koffer?«, fragte Archer.

Augenklappe nickte. »Darf ich sie reinbringen?«

Archer half dem Mann, die Koffer in die Eingangshalle zu

schleppen. Insgesamt waren es fünf, und sobald sie alle drinnen standen, ging Augenklappe wieder vor die Tür.

»Die Koffer bleiben bestimmt nicht lange da«, sagte er und sein Auge blickte trübe. »Ich weiß zwar, was alle denken, aber ich wette, deine Großeltern sind noch am Leben.«

Das hätte Archer gern geglaubt. »Es ist zwei Jahre her«, sagte er.

»Stimmt«, gab Augenklappe zu. »Aber Ralph und Rachel haben schon Schlimmeres überstanden.« Er blickte über seine Schulter. »Ich gehe jetzt besser. Deine Nachbarn schauen mich an, als ob sie gleich die Polizei rufen wollen – in der Weidengasse bekommt man wohl nicht so viele ölfleckige Augenklappen zu sehen.«

Archer hätte gelächelt, aber er war zu sehr damit beschäftigt, sich zu überlegen, wer der Mann wohl war. Bevor er ihn fragen konnte, tippte Augenklappe sich mit einem Finger an die Stirn und verschwand.

Archer schloss die Tür und kniete sich vor einem der scharlachroten Koffer hin. Er war froh, dass seine Mutter nicht da war. Sie hätte die Koffer nicht ins Haus gelassen. Aber er musste sich beeilen. Sie holte nur Briefmarken. Er ließ den Verschluss des Koffers aufschnappen, klappte den Deckel auf und war sofort von einem eigenartigen Duft eingehüllt – eine Spur von Seetang, ein Anflug von Nebel und ein leichter, aber deutlicher Hauch von Sumpf.

Im Koffer waren Sachen von seinem Großvater, und Archer wollte gerade darin stöbern, als er erstarrte. Draußen waren Schritte zu hören. Jemand stand vor der Tür. *Seine Mutter.* Archer warf den Deckel zu, schnappte sich den kleinsten

Koffer und flitzte nach oben. Als er gerade sein Zimmer erreicht hatte, ertönte in der Eingangshalle ein schriller Schrei. Schnell schob er den Koffer unters Bett und schlenderte nach unten, als wäre nichts gewesen.

Die Koffer waren verschwunden. Wo sie gestanden hatten, stand jetzt eine staubige, verschwitzte Mrs Helmsley, die ihn anstarrte, als krabbelte eine Spinne über seine Stirn.

»Warst du die ganze Zeit oben?«, fragte sie.

Archer nickte. »Ich habe versucht, mir den Kleber von der Zunge zu putzen«, antwortete er. »Wieso?«

Mrs Helmsley wischte sich mit einer schmutzigen Hand über die Wange. Ein Streifen blieb zurück.

»Nur so«, erwiderte sie. »Schluss jetzt. Ab in die Küche – es gibt neue Briefmarken.«

Während Archer sich durch einen zweiten Berg Briefmarken leckte, fragte er sich ununterbrochen, was wohl in den Koffern war. Als Mrs Helmsley ihn endlich gehen ließ, rannte er nach oben. Er hatte sich noch dreimal die Zunge am Papier geschnitten.

✦ Das goldene Zeitalter der Helmsleys ✦

Archer saß auf seinem Bett dem kleinen Koffer gegenüber. Darin waren ein Fernglas, ein Bündel mit alten Tagebüchern und eine Kassette mit der Aufschrift »Sprachaufzeichnung«.

Archer schnürte das Bündel mit den Tagebüchern auf und blätterte durch die Hefte. Sie waren vollgeschrieben mit Einzelheiten zu den Reisen seiner Großeltern. Er schaute auf die Jahreszahlen und rechnete aus, dass sie ungefähr siebenundzwanzig Jahre alt gewesen waren, als sie die Notizen gemacht hatten.

Während er auf dem Bett lag und in einem Heft las, kam ihm eine Idee. Er setzte sich auf und zog die Kassette aus dem Koffer. »Sprachaufzeichnung«, murmelte er. »Das heißt …«

Er nahm die Kassette und lief aus dem Zimmer.

Am Ende des engen Flurs im zweiten Stock befand sich ein großer Raum mit hohen, schmalen Fenstern auf der einen und Landkarten auf der anderen Seite. In der Mitte stand ein langer Holztisch, der mit weiteren Landkarten und Globussen übersät war. Archer lief daran vorbei und steuerte auf einen kleinen Tisch in einer Ecke des Zimmers zu, auf dem eine komplizierte Anlage stand. Er legte die Kassette ein und setzte sich auf einen Stuhl.

Die Anlage hatte zwar viele verschiedene Knöpfe und Regler, aber nur eine Taste zum Ein- und Ausschalten. Archer drückte erst sie und dann einen zweiten Knopf. Doch er hörte nicht seine Großeltern, sondern nur Rauschen. Dann sagte eine Stimme: »*Bonjour?*«

Archer nahm das Mikrofon. »Schuh?«, fragte er.

»*Oui, bonjour.*«

»Wie bitte, Schuh?«

»*Oui! Bonjour.*«

»Danke, aber ich brauche keine neuen Schuhe.«

Archer hatte keine Ahnung, wer da sprach und was die Person ihm verkaufen wollte, aber es war ihm auch egal. Er drückte eine andere Taste. Der Kassettenspieler sprang an, und das Band begann, sich zu drehen. Archer lehnte sich vor.

ANFANG DER AUFZEICHNUNG

Ein lauter Knall / Ein seltsames Kreischen / Tee wird eingeschenkt / Und dann die Stimmen von Oma und Opa Helmsley

Opa Helmsley:	Ist es an? Die Lampe blinkt. Heißt das, das Gerät nimmt auf?
Oma Helmsley:	Ich glaube schon. Ja, sieht so aus.
Opa Helmsley:	Sehr gut. Dies ist das erste Tonband, auf dem wir unsere Tagebucheinträge aufzeichnen.
Oma Helmsley:	Wie wär's mit einer Tasse Tee?
Opa Helmsley:	Oh ja, sehr gern. Vielen Dank. Also … Vielleicht beginnen wir mit – oh – pass bitte mit dem Tee auf! Ich glaube – ja, ich habe mir die Zunge verbrannt.
Oma Helmsley:	Halb so schlimm, Schatz. Wir verschwenden Tonband. Nimm doch dieses Tagebuch. Beginnen wir mit Ägypten. Zuerst müssen wir aber erklären, dass wir damals viel jünger waren.
Opa Helmsley:	Gute Idee. Lass uns mit einem Knüller einsteigen. Er räusperte sich. Nachdem wir stundenlang über Landkarten gehockt und eine Reiseroute zusammengestellt hatten, machten wir das Flugzeug startklar und brachen nach Ägypten auf. Leider war der Kompass defekt, sodass wir ein paarmal falsch abbogen. Aber wir konnten unseren

	Kurs korrigieren und bald überflogen wir das Meer.
OMA HELMSLEY:	Aber wir hatten viel Benzin verschwendet und nicht mehr genug übrig, um die Reise bis zum Ziel fortzusetzen.
OPA HELMSLEY:	Als wir die Wüste erreichten, ging die Sonne schon unter. Die Maschine begann zu stottern. Ich versuchte eine sanfte Landung, aber die Luft war zu dünn und wir stürzten mit der Nase voran in eine Sanddüne. Zum Glück schafften wir es rechtzeitig, die Fallschirme anzulegen und aus dem Flugzeug zu springen. Was für ein Anblick das war! Wer niemals kopfüber in einem Fallschirm über der Wüste gehangen hat, der hat noch keinen echten Sonnenuntergang gesehen. Das war schön, nicht wahr?
OMA HELMSLEY:	Wunderschön, Schatz.
OPA HELMSLEY:	Wo war ich stehen geblieben? Ach, ja. Nachdem wir gelandet waren, suchten wir das Flugzeug. Wir retteten so viel wie möglich aus dem Wrack und schlugen unser Zelt auf. Wir hatten keine Ahnung, was wir machen sollten, und schliefen kaum. Die Sterne über der Wüste lenkten uns ab. So schöne Sterne hatten wir nirgends auf der Welt gesehen. Am nächsten Morgen weck-

te mich eine Zunge, die über mein Gesicht leckte.

OMA HELMSLEY: Ich war's nicht.

OPA HELMSLEY: Nein – sondern ein Kamel! Ein Kamelwecker sozusagen. Das war die perfekte Einstimmung auf den Tag. Aber wir hatten wirklich Glück, denn das Kamel gehörte einer Gruppe von Beduinen, die uns ihre Hilfe anboten. Wir sammelten unsere Siebensachen ein und …

EIN TELEFON KLINGELT. OMA HELMSLEY NIMMT AB.

OMA HELMSLEY: Hallo … Ja … Oh, Richard, was für eine schöne Neuigkeit!

OPA HELMSLEY: Was gibt's denn?

OMA HELMSLEY: Warte, ich erzähl's deinem Vater. Es ist ein Junge. Sie haben einen Jungen – Archer Benjamin.

OPA HELMSLEY: Archer B. Helmsley? Das klingt hübsch.

SCHRITTE ENTFERNEN SICH / OMA HELMSLEY TELEFONIERT WEITER

OMA HELMSLEY: Wir bleiben auch nicht lange. Wir wollen dir nur einen Vorschlag machen.

Schritte von Opa Helmsley kommen näher /
Oma Helmsley legt auf

Oma Helmsley: Wir müssen los. Sie sind im Krankenhaus von Rosewood, Zimmer 37E. Was machst du da … was ist das für eine Truhe?

Opa Helmsley: Da drin sind die alten Bücher aus Richards Schulzeit.

Oma Helmsley: …

Opa Helmsley: Ich dachte, ich lese ihm was vor. Er langweilt sich bestimmt, wenn er den ganzen Tag nur an die Decke starrt.

Oma Helmsley: So viel Zeit haben wir nicht, Schatz, also stell sie wieder zurück. Wie macht man dieses Gerät aus? Nein, ich glaube, es ist der da – rechts – nein? Dann probier den – ja, genau.

ENDE DER AUFZEICHNUNG

Archer saß da und starrte das Gerät an. Die Stimme von seinem Großvater klang seltsam vertraut. Aber das war nur logisch. Schließlich war er ein Helmsley, genau wie Archers Vater und Archer selbst. Aber ganz gleich, was ihm an dieser Stimme vertraut vorkam, sie klang einfach wunderbar. Beide Stimmen taten das.

Archer lehnte sich zurück.

Wenn sie einen Flugzeugabsturz in der Wüste überlebt haben, dachte er, was kann ihnen da ein Eisberg schon anhaben? Vielleicht hat Augenklappe recht.

Archer nahm die Kassette aus dem Gerät und wollte gerade aufstehen, als sein Fuß gegen etwas Hartes stieß. Er beugte sich hinunter und entdeckte unter dem Tisch eine Holztruhe. Vorsichtig wischte er etwas Staub vom Deckel und las die Buchstaben R. B. H. Es waren die Initialen seines Vaters. Das kann nicht dieselbe Truhe sein, dachte er. Trotzdem kribbelten seine Finger, als er den Deckel aufklappte. In der Truhe lagen lauter Bücher.

Er setzte sich wieder hin, wischte die Buchrücken sauber und schlug ein Buch mit dem Titel »Der Wind in den Weiden« auf. Das Buch war sehr gut. Es erinnerte ihn an sein Zuhause.

Archer brachte die Truhe in sein Zimmer, wo er »Gullivers Reisen«, »Die Schatzinsel«, »Die Reise zum Mittelpunkt der Erde« und »Alice im Wunderland« verschlang.

Er brauchte nur wenige Tage, bis er alle Bücher durchgelesen hatte. Seine Mutter, die froh war, dass er eine sinnvolle Beschäftigung gefunden hatte, ließ ihn in Ruhe. Vielleicht hätte sie es sich anders überlegt, wenn sie sich die Mühe gemacht und auf die Titel geschaut hätte.

Nachdem Archer »Alice im Wunderland« beendet hatte, legte er das Buch beiseite und glitt vom Bett. Hinter einer Tür in seinem Zimmer war ein Balkon. Archer trat hinaus.

✦ Archers Entschluss ✦

Hinter den Häusern in der Weidengasse lag eine geheime Welt. Dort sprossen Bäume aus dem Boden, und jedes Haus hatte einen ummauerten Garten und im oberen Stockwerk einen Balkon, von dem aus man alles überblickte. Von dort oben spionierte Archer oft den Nachbarn hinterher. Er lehnte sich ans Geländer und schaute in die Gärten hinunter.

Wie im Wunderland, dachte er. *Ich muss nur das Loch zu einem Kaninchenbau finden.*

Doch die einzigen Löcher, die es in der Stadt gab, führten zu Abwasserkanälen, und Archer konnte sich nicht vorstellen, dass dort unten das Wunderland auf ihn wartete.

Als er vom Balkon über die Gärten schaute, fasste Archer einen Entschluss.

Er wollte nicht länger herumsitzen. Er wollte sich einen Plan zurechtlegen, wie er dem hohen, schmalen Haus in der Weidengasse entkommen und ein richtiges Abenteuer erleben konnte. Er musste es tun. Schließlich war er ein Helmsley, und ein Helmsley zu sein, das hieß schon was. Und Archer wusste jetzt, was es hieß. Er musste etwas Großartiges erleben – etwas, das an das Goldene Zeitalter der Helmsleys heranreichte, ja, dieses Goldene Zeitalter vielleicht sogar *zurückholte*. Er wusste, es würde nicht leicht werden, aber er durfte nicht zulassen, dass die Helmsleys zu Briefmarkenleckern verkamen. Was würden seine Großeltern sagen, wenn sie das wüssten? Nein, er wollte ein Abenteuer bestehen, das sie mit Stolz erfüllte. Und weil seine Großeltern ihm nicht helfen konnten, würde er sich woanders Hilfe suchen.

Noch ahnte er nicht, dass der Junge, den er fragen würde, gleich nebenan wohnte. Der Junge hieß Oliver J. Glub und saß zur selben Zeit auf *seinem* Balkon und versuchte herauszufinden, wie viele Blaubeeren er auf einmal in seinen Mund stopfen konnte. Archer beobachtete ihn und schätzte, dass mindestens zwanzig in seinen Mund passten, doch nach der neunzehnten Beere kamen ihm Zweifel.

»Du wirst noch platzen«, rief Archer ihm zu.

Oliver schluckte schwer. »Das ist ganz unmöglich«, antwortete er.

Obwohl die beiden Nachbarn waren und dieselbe Schule besuchten, waren dies die ersten Wörter, die sie jemals miteinander gewechselt hatten.

✦ Nur ein Glub ✦

Archer und Oliver gingen auf die Rosewood Schule, die vier Blocks entfernt gleich gegenüber vom Park lag. Vor langer Zeit war in dem Gebäude eine Knopffabrik untergebracht gewesen (und die Schüler nannten die Schule heute noch so). Nach einer Reihe von Renovierungen und einer neuen Schicht Farbe sah die Fabrik jetzt einigermaßen aus wie eine Schule. Doch über dem Dach ragten noch die hohen

Schornsteine auf, und Archer stolperte hin und wieder über einen Knopf, den er aufsammelte und seiner Sammlung hinzufügte. In der Knopffabrik begegneten Archer und Oliver sich zum zweiten Mal.

Oliver war ein ruhiger Junge, der die meiste Zeit für sich allein blieb. Wenn man aber ein ruhiger Junge ist, der die meiste Zeit für sich allein bleibt, dann gibt es immer andere, die sich das Maul darüber zerreißen.

»Der ist ein bisschen weich in der Birne«, sagte Charlie H. Spindle.

»Der hat einen ziemlichen Riss in der Birne«, sagte Molly S. Tinker. »Hoffentlich fressen ihn eines Tages die Würmer.«

»Das wird nicht geschehen«, sagte Alice N. Erving. »Der hat so eine Matschbirne, den wollen nicht mal die Würmer.«

In der Schule flüsterte man sich zu, die Eltern von Oliver würden in Wahrheit *Ungeschick* und *Pech* heißen. Vielleicht stimmte das. Aber Oliver war etwas Besonderes. Das wurde Archer in dem Moment klar, als er mit ihm zusammenstieß.

»Tut mir echt leid«, sagte Oliver und half Archer vom Rasen hoch. »Ich habe dich gar nicht gesehen.«

»Das wundert mich nicht«, sagte Archer. »Machst du beim Laufen immer die Augen zu?«

»Nur wenn ich spät dran bin«, antwortete Oliver. »Wenn ich die Augen zumache, fühlt es sich an, als würde ich schneller laufen.«

KNOPFFABRIK

FOLDINKSTRASSE 51

Archer lächelte. Der Gedanke war ihm noch nie gekommen.

Auch wenn Archer nicht besonders viel über Oliver wusste, so wusste Oliver doch eine Menge über ihn. Oliver war nicht der Einzige. Viele Schüler der Knopffabrik wussten eine Menge über Archer und seine sonderbare Familie.

»Die sind alle verrückt«, sagte Alice N. Erving. »Seine Großeltern sind an einem Eisberg festgefroren.«
»Ich dachte, sie wurden von Pinguinen aufgefressen«, sagte Molly S. Tinker. »Bei ihm zu Hause stehen Pinguine rum, das weiß ich.«
»Nicht nur Pinguine«, sagte Charlie H. Spindle. »Im Haus der Helmsleys gibt es viele seltsame Viecher – sogar einen Archer.«

Archer und Oliver standen neben dem verfallenen Springbrunnen im Hof der Knopffabrik und starrten sich an, wie sie es schon von ihrem Balkon aus getan hatten. Oliver war um Haaresbreite größer als Archer (was nur daran lag, dass sich seine Haare einfach nicht glätten ließen). Er entschuldigte sich noch einmal und wollte weitergehen, doch Archer streckte ihm die Hand hin.

»Ich bin Archer Helmsley«, sagte er.

Oliver schüttelte sie. »Ich bin nur ein Glub«, erwiderte er. »Oliver Glub.«

»Weißt du, was ein Komplize ist?«, fragte Archer.

Oliver zuckte zusammen. »Bitte nicht.«

Nach dem Unterricht saß Oliver im Aufenthaltsraum auf

dem abgewetzten Sofa und lauschte Archer, der die Geschichte von seinen Großeltern erzählte. Oliver tat so, als würde er alles zum ersten Mal hören, dabei kannte er die Geschichte so gut wie kein Zweiter. Und obwohl er kein Interesse daran hatte, ein Abenteuer oder Ähnliches zu erleben, hatte er großes Interesse daran, einen Freund zu finden. Daher versprach er Archer, ihm bei der Suche nach einem Abenteuer zu helfen.

Außerdem, dachte er, *darf Archer das Haus nicht verlassen. Was kann da schon groß passieren?*

3

✦ Archer geht tauchen ✦

Es war der letzte Schultag vor den Sommerferien, obwohl man das bei dem Wetter nicht vermutet hätte. Den ganzen Tag über klopfte der Regen an die Scheiben der Knopffabrik. In einigen Klassenzimmern tropfte das Wasser sogar von der Decke und sammelte sich in den Eimern darunter.

Mitglied im Bibliothekenverband von Rosewood

Schulbücherei der Lehranstalt von Rosewood

• BUCHANFRAGE •

Ausweis Nr. 37953

Liebe Miss Whitewood,

könnten Sie mir bitte Bücher über die Tiefsee heraussuchen? »20000 Meilen unter dem Meer« habe ich schon gelesen.

Archer Helmsley

Nach dem letzten Klingeln flitzten die Schüler zum Ausgang wie Mäuse, die das sinkende Schiff verlassen. Archer rannte in die entgegengesetzte Richtung, ein paar Treppen hoch, dann durch einige Gänge, wo er kurz anhielt, um einen Knopf aufzuheben, bevor er in die Schulbücherei weiterlief. Die Bibliothek der Knopffabrik war riesig. Die Regale reichten bis an die Decke. Leitern waren daran befestigt, damit man auch an die oberen Reihen herankam. In einem zweiten Raum standen alte Sofas und Sessel, auf denen die Schüler sitzen und in den Innenhof schauen konnten. Dort lümmelte Oliver in einem großen Sessel und wartete, als Archer eintrat.

»Ich habe eine tolle Idee«, sagte Archer.

Oliver sah ihn skeptisch an und er hatte allen Grund dazu. Nach seinen Berechnungen hatte Archer in den letzten Wochen viel öfter *kein* Abenteuer gefunden, als er nach einem *gesucht* hatte. Allerdings war Oliver in Mathe nicht besonders gut, und es ist gar nicht möglich, etwas häufiger nicht zu finden, als man danach sucht. Aber mit einer Sache hatte er recht. Die Erfolgsquote von Archer sah trostlos aus. Aber das störte Oliver nicht.

Archer öffnete seine Tasche und reichte Oliver ein Mobile mit Fischen.

»Was soll ich damit?«, fragte Oliver.

»Benutz das Stirnband«, sagte Archer, »und binde es dir um den Kopf.«

Oliver überlegte einen Moment, bevor er sich wie ein guter Komplize das Mobile an den Kopf band. »Warum trage ich Fische auf dem Kopf?«, fragte er.

»Damit bringen wir uns in die richtige Stimmung«, sagte Archer.

Die Schulbibliothekarin Miss Whitewood rollte mit ihrem Wagen vorbei. Von allen Lehrern in der Knopffabrik mochte Archer sie am liebsten. Sie hatte dunkles, welliges Haar und duftete nach Büchern.

»Hallo, Archer«, sagte sie. »Ich bringe die Bücher, die du haben wolltest. Aber ich fürchte, du …« Als sie Oliver sah, verstummte sie.

✦ Zwei Wochen zuvor ✦

»Hast du das Vogelfutter?«, fragte Archer.

Oliver klopfte auf seine Hosentaschen. Beide waren voll. »Ich halte das trotzdem für keine gute Idee. Falls es Riesenadler wirklich gibt, und ich bin mir sicher, es gibt sie nicht, dann würde ich mich lieber von ihnen fernhalten.«

»Vertrau mir«, sagte Archer. »Wir treffen uns nach dem Unterricht in der Bibliothek und steigen aufs Dach.«

Archer saß in der Bibliothek und las »20 000 Meilen unter dem Meer«. Miss Whitewood stand auf einer Leiter und stellte Bücher ins Regal. Plötzlich wurde die Tür aufgerissen, Oliver kam hereingeschossen und raste wie eine brennende Katze durch die Gänge.

»Lauf!«, rief er. »Lauf!«

Hinter ihm folgte eine Schar aufgescheuchter Hühner und vor ihm stand die Leiter von Miss Whitewood. Archer sah Alice, Charlie und Molly, die im Türeingang standen, einen

leeren Vogelkäfig hielten und schadenfroh ins Zimmer linsten.

»Mach die Augen auf!«, rief Miss Whitewood. »Mach die Augen auf!«

Oliver öffnete die Augen, gerade rechtzeitig, um den Warnhinweis an der Seite der Leiter zu lesen.

ACHTUNG: VOR DEM BENUTZEN BREMSHEBEL EINRASTEN LASSEN.

Miss Whitewood hatte das nicht getan.

Oliver prallte gegen die Leiter und ging zu Boden. Die Hühner stürzten sich auf ihn. Miss Whitewood stieß einen Schrei aus. Die Leiter schlitterte bis zum Ende des Regals und noch weiter und katapultierte Miss Whitewood auf ein Mädchen namens Isabella.

Isabella kehrte eine Woche später in die Schule zurück. Oliver brummte seine Strafe ab. Und das Humpeln von Miss Whitewood war inzwischen kaum noch zu erkennen.

*

»Warum trägt er Fische auf dem ... ach, egal. Es geht mich ja nichts an.« Miss Whitewood drehte sich wieder zu Archer.

»Wie ich schon sagte, ich habe hier ein paar Bücher, die dir vielleicht weiterhelfen. Leider musst du sie hierlassen. Über die Sommerferien darf man keine Bücher ausleihen.«

Archer bedankte sich. Oliver schwieg, bis Miss Whitewood mit dem Wagen weitergerollt war.

»Nur aus Neugier«, sagte er, »in was für eine Stimmung soll ich uns mit den Fischen eigentlich bringen?«

Archer war zu sehr mit seinem Notizbuch beschäftigt und überhörte die Frage. Seine Finger zuckten, seine Augen leuchteten, und obwohl er nur wenige Zentimeter von Oliver entfernt saß, war er mindestens 20 000 Meilen weit weg.

Oliver wartete geduldig.

Archer ließ sein Notizbuch sinken. »Ich bin bereit«, sagte er.

»Bereit wofür?«

✦ Der grösste Tiefseeforscher der Welt ✦

Nachdem er alles sorgfältig und genau durchdacht hatte, hatte Archer beschlossen, der größte Tiefseeforscher der Welt zu werden. Er würde die unermesslichen Weiten der Ozeane bereisen und in die tiefsten Tiefen vordringen. Er würde die Tagebücher von seinen Expeditionen veröffentlichen und darin aufzählen, wie viele Meutereien und Seeräuberangriffe er überstanden hatte, während er auf hoher See dahintrieb. Menschenfressende Oktopusse würden erschauern, sobald sein Name erwähnt wurde – ein Name, der untrennbar mit dem Meer verbunden wäre. Wo Kapitän Ahab versagt hatte, würde Archer siegen und so viele weiße Wale fangen, dass es für die Geschichtsbücher reichte.

Oliver hörte zu, und nachdem Archer ihm sein nächstes großes Abenteuer geschildert hatte, lächelte er und sagte: »Klingt echt toll.« Und das war ernst gemeint. »Abgesehen von der Stelle, wo ich über Bord gehe. Ich kapiere nicht, warum das sein muss.«

Archer blätterte in seinen Aufzeichnungen. »Wenn du willst, ändere ich das«, sagte er. »Aber versuch jetzt erst mal, dich nicht mit unwichtigen Einzelheiten aufzuhalten.«

Doch dafür war es zu spät. Obwohl Oliver wirklich alles daransetzte, sich für Archers Einfälle zu begeistern, hielt er sich immer mit unwichtigen Einzelheiten auf. Er schlug eine Zeitschrift auf und redete, ohne aufzusehen.

»Was ist mit dem Schiff?«, fragte er. »Wie willst du das ohne Schiff schaffen?«

»Daran arbeite ich noch«, sagte Archer. Doch der erste Schritt war, sich um Mitternacht im Park von Rosewood zu treffen und von dort zum Hafen der Stadt zu gelangen. Wahrscheinlich würden am Eingang ein, zwei Wachmänner stehen. Aber wenn sie sich unbemerkt an ihnen vorbeischleichen konnten, wäre der Rest ein Kinderspiel. »Wir müssen nur ein Schiff entern und lossegeln.«

»Und wer soll das machen?«, fragte Oliver.

»Wir«, erwiderte Archer.

»Du kannst ein Boot steuern?«

Archer konnte kein Boot steuern – diese winzige Einzelheit hatte er tatsächlich übersehen. Das nächste Problem war das U-Boot. Ein U-Boot konnte er auch nicht steuern. Tatsächlich wies Oliver ihn darauf hin, dass es auf seiner Liste genau genommen nichts gab, was er tun konnte – angefangen mit Punkt eins: *das Haus verlassen*.

»Kann ich die Fische jetzt abnehmen?«, fragte Oliver.

Archer nickte und riss die Seite aus seinem Notizbuch. Er war enttäuscht, aber das war nichts Neues.

Wenn dir eine Freundin erzählt, dass sie Gänsebraten mit Apfelfüllung liebt, ja, dass sie dieses Essen mehr liebt als alles andere auf der Welt, dann kann es passieren, dass du einen ganzen Tag damit zubringst, dieser Freundin einen Gänsebraten mit Apfelfüllung zuzubereiten. Und wenn diese Freundin nur einen Bissen probiert und sagt: »Danke, das reicht«, dann platzt dir womöglich der Kragen und du schmeißt die beiden dummen Gänse aus dem Fenster. Es ist nämlich sonnenklar, dass diese Freundin sich von Anfang an gar nichts aus Gänsebraten mit Apfelfüllung gemacht hat.

Wenn du etwas lieber magst als alles andere, dann reicht dir ein kleiner Bissen niemals aus. Wenn du etwas lieber magst als alles andere, dann willst du den ganzen Braten. So ist das. Und so war es auch bei Archer. Er wollte nicht nur einen winzigen Bissen Abenteuer probieren, mit einer übrig gebliebenen Entdeckung als Füllung. Er wollte die ganze Gans, und sie sollte mit so vielen Gewürzen gefüllt sein, dass seine Geschmacksknospen explodieren würden. Natürlich hatte ein Junge, der eine Schuluniform in Größe S trug, sich damit ein bisschen zu viel auf den Teller geladen.

Archer knüllte das Blatt zu einer Kugel zusammen und warf sie in den Papierkorb. »Keine Angst, ich lasse mir was einfallen«, sagte er. »Das muss ich einfach.«

Oliver hatte währenddessen in der Zeitschrift die Anzeige von einem Laden in Rosewood entdeckt, der *Straße von Magellan* hieß. Der Laden verkaufte alles Mögliche, aber in der Anzeige wurden Überlebensausrüstungen angeboten. Oliver riss die Seite aus und verstaute sie in seiner Hosentasche.

»Ich habe keine Angst«, sagte er und schaute auf die Uhr. »Aber wir gehen jetzt besser. Wenn du nicht bald zu Hause bist, bekommst du noch Ärger.«

✦ Alle Glubs an Bord ✦

Auf dem Heimweg hing noch immer feiner Nieselregen in der Luft. Wegen der vielen Wolken fühlte es sich viel später an, als es eigentlich war. Archer beobachtete, wie sich das Licht der Straßenlaternen in den Pfützen spiegelte. Oliver starrte zu den Wolken hinauf.

»Ich wäre gern eine von ihnen«, sagte er.

»Was denn?«, fragte Archer.

»Eine Wolke«, sagte Oliver. »Ich wäre gern eine Wolke.«

»Warum?«

»Glaubst du nicht, es wäre schön, eine flauschige weiße Masse zu sein und sich die Welt von oben anzuschauen, während man in sicherer Entfernung darüberschwebt? Ich stelle mir das sehr schön vor.«

Aber diese Wolken waren weder flauschig noch weiß.

»Und was ist mit Gewitterwolken?«, fragte Archer.

Eine Gewitterwolke wollte Oliver nicht sein.

Die Jungen stiegen die Treppe zum Haus von Oliver hoch.

Archer wollte sein Fernglas wiederhaben, das er Oliver geliehen hatte, damit der die neue Nachbarin ausspionieren konnte, die erst vor Kurzem in das Haus auf der anderen Seite des Gartens gezogen war.

»Wie ist sie denn so?«, fragte Archer.

»Unheimlich«, sagte Oliver. »Letzte Nacht hat sie den Mond angeheult und einen Käfer gegessen. Das glaube ich wenigstens.«

»Einen *Käfer?*«

»Vielleicht war's auch eine Rosine«, gab Oliver zu.

Sie öffneten die große grüne Tür zum Haus mit der Nummer 377 und traten ein. Oliver raste die Treppen hinauf, während Archer sich auf eine Bank setzte und sich in der Eingangshalle umschaute. Das Haus der Glubs sah immer so aus, als hätte ein Riese es hochgehoben und geschüttelt, und es erinnerte an einen selbst gestrickten Pullover, den man von seiner Oma zu Weihnachten bekommen hat – an den Ärmeln etwas zu lang, um den Bauch etwas zu weit, aber doch wärmer als alle anderen Pullover. Archer gefiel das Haus. Er besaß keinen Pullover von seiner Oma.

In der Küche schepperten Töpfe. Die Tür flog auf und eine Maus flitzte über den Teppich, die Knopfaugen vor Schreck weit aufgerissen. Sie wurde von Olivers kleiner Schwester Claire verfolgt, der ein Stück Toast im Mundwinkel hing.

»Hall-oo, Ar-char!«, rief sie und war schon wieder weg.

Mrs Glub steckte den zerzausten Kopf aus der Küchentür. »Jag das Tier bloß aus dem Haus!«, rief sie. »Wenn du sie nicht erwischst – *oh*, Archer –, ich hatte ja keine Ahnung, dass du hier bist.«

Mrs Glub brauchte einen Moment, um sich zu beruhigen, aber eine ruhige Mrs Glub sah auch nicht viel anders aus.

»Du bist ja völlig durchnässt. Hast du Hunger? Du siehst hungrig aus. Tee mit Milch oder ein Toast mit Marmelade?«

»Nein danke«, sagte Archer. »Ich kann nicht bleiben.«

Mrs Glub nickte. »Falls du deine Meinung änderst, weißt du ja, wo du mich findest«, sagte sie. »Du kannst jederzeit den Mund aufmachen.«

»Hat hier jemand ›Archer‹ gesagt?«, rief eine Stimme aus dem oberen Stockwerk.

Das war Mr Glub.

»Ja, jemand *hat* ›Archer‹ gesagt«, erwiderte Mrs Glub. »Aber zuerst die Mausefallen, bitte.«

Mrs Glub lächelte Archer an und ging in die Küche zurück. Mr Glub kam die Treppe herunter wie ein siegreicher Held. Er war ein rundlicher Mann, der immer abgewetzte Anzüge trug, und seine hellblauen Augen strahlten, sobald er Archer sah.

»Hallo, Mr Glub. Wie geht es Ihnen?«

Mr Glub hob die Hände. »Ich bin munter und vergnügt, wie man so sagt, Archer. Immer hübsch munter und vergnügt – oder so was in der Richtung.«

Er klopfte Archer mit der Faust auf den Kopf – ein Ritual, an das Archer sich gewöhnt hatte.

»Du scheinst dich auf die Sommerferien nicht halb so zu freuen wie Oliver. Zweieinhalb Monate Urlaub vom Gefängnis, oder?«

Archer kamen die Sommerferien nicht wie zweieinhalb

Monate Urlaub vom Gefängnis vor. Im Gegenteil. Während der Schulzeit blieben Archer wenigstens die Knopffabrik und die Bibliothek. Während der Sommerferien blieb ihm, von ein paar Ausnahmen abgesehen, nur das Haus der Helmsleys.

»Solange es geht, solltest du es genießen, eine runde Tomate zu sein«, sagte Mr Glub. »Ehe du bis drei zählen kannst, bist du nämlich eine runzelige Tomate wie ich.«

Die runzelige Tomate war der Chefredakteur von der Lokalzeitung *Doldrums Press*. Selbst wenn man beide Augen zudrückte, konnte man die Zeitung nicht als furchtbar erfolgreich bezeichnen, aber immerhin hatte sie eine kleine, treue Leserschaft. Tatsächlich war es die *Doldrums Press* gewesen, die damals mit der Eisberg-Geschichte vor Archers Haustür gelandet war, und Archer hatte es sich angewöhnt, Mr Glub zu fragen, ob es Nachrichten über seine Großeltern gab.

»Immer noch nichts«, sagte Mr Glub, während er in den Regenmantel schlüpfte und den Hut aufsetzte. »Aber es gibt dieses Sprichwort: ›Keine Nachrichten sind gute Nachrichten.‹ Und obwohl das für meinen Beruf eine schlechte Nachricht ist, bedeutet das in einer Situation wie dieser nur Gutes, glaubst du nicht auch?«

Archer war nicht überzeugt, dass keine Nachrichten in dieser speziellen Situation tatsächlich gute Nachrichten waren, aber er nickte trotzdem.

»Ich kannte sie gut … deine Großeltern, meine ich«, fuhr Mr Glub fort und stützte sich auf Archers Schulter ab, während er die Stiefel anzog. »Ralph hat mal gesagt, wir wären alle Forscher, was ich für eine gute Beobachtung hielt. ›Das

Problem ist nur‹, habe ich zu ihm gesagt, ›dass die meisten von uns auf einer unglaublich langweiligen Expedition sind.‹«

Archer nickte. »Meine Expedition ist ganz schön langweilig«, sagte er.

Mr Glub schüttelte den Kopf und öffnete die Haustür. »Das kann ich mir nicht vorstellen«, erwiderte er. »Nein, gleich bei unserer ersten Begegnung habe ich das Funkeln in deinen Augen gesehen, und sofort wusste ich, da ist was im Busch. Deiner Mutter habe ich natürlich nichts gesagt – ich weiß nicht, ob ihr das gefallen würde. Mir hat's trotzdem gefallen. Also: Kopf hoch.«

Damit warf er die Haustür zu und trat pfeifend auf den regennassen Bürgersteig.

»Gefunden!«, rief Oliver von oben. Er nahm drei Treppenstufen auf einmal und verfehlte die letzten beiden. Beherzt griff er nach dem Geländer, drehte sich um die eigene Achse und plumpste auf den Boden.

»Hoffentlich habe ich es nicht kaputt gemacht«, sagte er und gab Archer das Fernglas.

»Hoffentlich hast du dich nicht kaputt gemacht«, erwiderte Archer und half ihm hoch. »Du musst endlich aufhören, immer die Augen zuzumachen.«

»Kann schon sein«, murmelte Oliver und klopfte Staub von seinen Ärmeln. »Aber ich habe über die Sache mit den Abenteuern nachgedacht. Als Erstes musst du mit deiner Mutter reden, damit du im Sommer endlich mal aus dem Haus darfst. Sonst wirst du nicht weit kommen. Es ist jetzt zwei Jahre her. Wie lange wollen sie dich noch einsperren?«

Archer hängte sich das Fernglas um den Hals. »Bis ich so alt bin, dass ich nicht mehr laufen kann«, erwiderte er.

Oliver grinste. »Das ist ja nur noch wie lange hin? Höchstens siebzig Jahre.«

Archer verabschiedete sich und trat hinaus in den Regen. Als er zum Haus der Helmsleys kam, fand er an der Tür einen durchweichten Zettel:

Lieber Archer,
ein Opossum hat die Gärten verwüstet und die Nachbarn angefallen. Ich bin nebenan bei Mrs Leperton. Es hat beinahe ihren Knöchel aufgefressen. Du bleibst im Haus und machst keinen Unsinn. Ich bin bald wieder da.

Oliver hatte recht. Er musste seine Mutter um Erlaubnis bitten, damit er in den Sommerferien aus dem Haus durfte. Es wäre allerdings nicht das erste Mal, dass er seiner Mutter mit dieser Bitte kam, und er wusste jetzt schon, was sie erwidern würde: Eisberge und *Neigungen*. Es war hoffnungslos. Als er aber einen letzten Blick auf die Weidengasse warf und die Tür hinter sich zuzog, war er fest entschlossen, es dieses Mal zu schaffen.

4

✦ Macher und Träumer ✦

Archer hatte Mühe mit dem Aufstehen. Nicht zum ersten Mal hatte er geträumt, er wäre derjenige, der auf dem Eisberg festsaß. Auf der Suche nach dem Meer war er übers Eis gelaufen, aber um ihn herum waren immer neue schneebedeckte Gipfel aufgetaucht, und ganz gleich, wie weit er gewandert war, er hatte das Meer nicht gefunden. Wie immer war er gerade rechtzeitig aufgewacht, bevor er im Traum erfror, und er blieb unter der Bettdecke liegen, bis die Sonne seine Lider in ein leuchtendes Orange tauchte. Dann ging er ins Badezimmer, verband dem Flamingo die Augen und nahm ein Bad.

Die erste Woche der Sommerferien war schon um, aber Archer hatte immer noch nicht gefragt, ob er aus dem Haus durfte. Heute war der Tag gekommen. Er wusste bloß noch nicht, wie er vorgehen sollte. Mrs Helmsley und er waren grundverschiedene Menschen.

Es ist eine Tatsache, dass wir alle im Schlaf träumen. Egal,

wie viel Mühe wir uns auch geben, wir können es nicht abstellen. Erst nach dem Aufwachen lassen sich die Menschen in zwei Sorten einteilen.

Auf der einen Seite gibt es die Macher, auf der anderen Seite die Träumer.

Wenn ein Macher aufwacht, dann hat es sich für ihn ausgeträumt, und in der Regel ist er froh darüber. Er wäscht sich das Gesicht, putzt die Zähne und beginnt seinen Tag, in der Hoffnung, dass nichts Neues und Ungewöhnliches passiert. Macher machen sich keine neuen Gedanken, sie machen sich nichts aus Überraschungen, und sie machen nie etwas Unerwartetes oder etwas, das noch kein Mensch vor ihnen gemacht hat.

Trotzdem nennt man sie Macher, daher müssen sie *irgendetwas* machen und so ist es auch. Tatsächlich machen Macher tagein, tagaus dasselbe. Man nennt es Routine und darin sind Macher sehr gut.

Träumer sind anders.

Wenn ein Träumer aufwacht, dann fängt er erst an zu träumen. Er wäscht sich das Gesicht, putzt die Zähne und öffnet die Tür, in der Hoffnung, dass dort draußen etwas Neues und Ungewöhnliches auf ihn wartet. Träumer stellen gern Fragen, die noch nie jemand vor ihnen gestellt hat, sie machen gern Dinge, die noch nie jemand vor ihnen gemacht hat, und das auf eine Weise, an die noch nie jemand vor ihnen gedacht hat.

Archer war ein Träumer. Das war sonnenklar. Und jede Taube in Rosewood hätte gewusst, dass Mrs Helmsley eine Macherin war.

Archer ging in die Küche, wo sein Frühstück aus Toast mit Marmelade und Tee mit Milch auf ihn wartete. Er hörte sich an, was ihm der Löffel riet, der beim Umrühren gegen den Tassenrand schlug. »Kopf hoch«, sagte der Löffel. »Bald kommst du hier raus.« Archer legte sich gerade einen Plan zurecht, als seine Mutter mit Lebensmitteln beladen in die Küche trat. Mr Helmsley hatte den Kopf hinter der Zeitung versteckt.

»Ich habe die neuen Nachbarn für heute Abend zum Essen eingeladen«, verkündete Mrs Helmsley. »Sie heißen Murkley. Ich habe Mrs Murkley gerade auf der Straße getroffen. Sie wirkt ein bisschen ... nun, sie und ihr Mann sind bestimmt reizende Menschen.«

Reizend?, dachte Archer. Nach allem, was Oliver von Mrs Murkley erzählt hatte, wäre ihm das Wort *reizend* niemals eingefallen.

Mr Helmsley ließ die Zeitung sinken und trank einen Schluck Kaffee. Er sah auch nicht gerade begeistert aus.

»Und wann kommen diese Murrköpfe?«, fragte er.

Archer lächelte. Das war genau das Wort, das ihm eingefallen wäre. Mrs Helmsley fand es weniger witzig.

»Sie heißen Murkley«, sagte sie. »Und sie kommen um sieben. Archer, ich erwarte, dass du dich von deiner besten Seite zeigst.«

»Also von der rechten«, sagte Mr Helmsley und hob die Zeitung wieder hoch. »Sag ihnen, sie sollen um acht kommen. Ich bin bis sieben in einer Besprechung.«

Mrs Helmsley nickte und zeigte mit einem Bund Möhren auf Archer. »Der erste Eindruck zählt am meisten«, ermahnte sie ihn. »Wir müssen uns deine letzten Auftritte nicht noch mal ins Gedächtnis rufen, oder? Obwohl sie es nicht zugibt, hat Mrs Leperton *immer noch* Angst, uns zu besuchen.«

Archer seufzte. Es stimmte zwar, dass er Mrs Leperton vor ein paar Jahren bei einem Abendessen beinahe in Brand gesteckt hatte, aber es stimmte nicht, dass er es absichtlich getan hatte. Er hatte nur zum ersten Mal in seinem Leben versucht, eine Kerze anzuzünden.

»Aber er hat das ganze Streichholzbriefchen benutzt, Helena! Und als es brannte, hat er es mir in den Schoß geworfen!«

Nein, das musste er sich nicht noch einmal ins Gedächtnis rufen. Archer konnte sich nur zu gut an alle festlichen Abendessen erinnern und legte deshalb keinen Wert darauf, heute Abend dabei zu sein. Er fragte seinen Tee um Rat, aber der Becher war leer und so musste Archer allein eine Entscheidung treffen.

»Dann bleibe ich eben oben«, sagte er und hoffte, damit hätte sich die Sache erledigt.

Er hatte sich geirrt.

»Kommt gar nicht infrage«, erwiderte seine Mutter. »Ich habe sie nur eingeladen, damit sie dich kennenlernt.«

»Wozu?«, fragte Archer, obwohl er sich nicht sicher war, ob er die Antwort wirklich wissen wollte.

»Mrs Murkley wird ab Herbst an deiner Schule unterrichten. Vorher war sie Lehrerin in Raven Wood. Und ich möchte, dass sie dich kennenlernt. Jetzt mach nicht so ein

Gesicht. Du brauchst jemanden, der einen guten Einfluss auf dich hat!«

»Aber mir geht's nicht gut«, log er.

»Bist du krank?«, fragte Mr Helmsley.

»Er ist *nicht* krank.«

»Ich fühle mich aber krank.«

»Dann legst du dich eben noch mal hin, bevor sie kommen«, sagte sie und damit hatte es sich. Wenn Mrs Helmsley ein Machtwort sprach, dann ließ sie keinen Millimeter Platz für andere Meinungen.

Archer stocherte in seinem Toast herum und dachte nach. Vielleicht war das die Gelegenheit. Vielleicht konnte er die Sache so drehen, dass er auch etwas davon hatte. Einen Versuch war es wert. Er wandte sich an seine Mutter und sagte schlicht: »Ich möchte in den Sommerferien aus dem Haus dürfen.«

Mrs Helmsley fielen die Möhren aus der Hand.

»Damit ich mit Oliver in den Park kann«, fügte er schnell hinzu.

»Ich wüsste nicht, was dagegenspricht«, sagte Mr Helmsley hinter seiner Zeitung. »Hier steht nichts davon, dass im Park von Rosewood Eisberge gesichtet wurden.«

»Das ist nicht witzig«, sagte Mrs Helmsley.

»Ich bin Rechtsanwalt, da braucht man einen Sinn für Humor. Erst gestern war ein Mann bei uns, der wollte seinen Hund verklagen.«

»Man kann einen Hund nicht verklagen«, sagte Archer.

»Nein«, gab Mr Helmsley zu. »Aber er hatte es satt, dass der Hund das Familiensilber ständig im Garten vergräbt.«

Mrs Helmsley stand schweigend am Spülbecken und wusch die Möhren. Archer beobachtete sie aus den Augenwinkeln. Er war sich sicher, dass gleich etwas passieren würde – aber würde es etwas *Gutes* sein? Er versuchte, die Luft nicht anzuhalten.

Tatsächlich war bereits etwas passiert. Weil Archer in den letzten Monaten die Nase fast immer in Büchern vergraben hatte, dachte Mrs Helmsley jetzt, dass seine *Neigungen* vielleicht nicht mehr ganz so ausgeprägt wären wie früher. Archer wusste das zwar nicht, aber es erklärte das, was nun folgte.

»Wenn es keine *Zwischenfälle* gibt«, sagte seine Mutter. »Wenn du bei Mrs Murkley einen guten ersten Eindruck hinterlässt, dann reden wir noch mal über die Sommerferien. Aber ich verspreche nichts.«

Das musste sie nicht. Mehr war nicht nötig. Archer strahlte praktisch bis über beide Ohren. Er würde tatsächlich frei sein! Bevor er es vermasseln konnte, verließ er schnell die Küche.

»Von deiner besten Seite«, rief seine Mutter ihm hinterher, aber Archer war schon oben auf der Treppe.

✦ Das Elefantenhaus ✦

Archer betrat sein Ankleidezimmer und suchte die geheimen Schachteln ab. Er zog Nummer 17, *das Elefantenhaus,* aus dem Regal, setzte sich auf den Teppich vor der Balkontür und löste das rote Band.

ARCHER B. HELMSLEY
WEIDENGASSE NR. 375

LIEBER ARCHER,

ICH HABE DIR DIESEN BRIEF AUF DEM RÜCKEN EINES ELEFANTEN GESCHRIEBEN. WIR WAREN UNTERWEGS IN EINEM KLEINEN LAND, WO DIE EINWOHNER IHRE HÄUSER AUF ELEFANTENRÜCKEN BAUEN. DIE MENSCHEN WAREN NETT UND GASTFREUNDLICH UND LUDEN UNS FÜR EIN PAAR TAGE ZU SICH EIN. ZUM GLÜCK WAREN SIE SO FREUNDLICH UND BANDEN MICH NACHTS FEST. (ICH HABE NÄMLICH DIE NEIGUNG ZUM SCHLAFWANDELN.)

EIN MANN NAMENS AYYAPPIN HAT DIESES ELEFANTENHAUS ALS GESCHENK GESCHNITZT. ES IST AUS JADE. WUNDERSCHÖN, ODER? WIR DACHTEN, ES KÖNNTE DIR GEFALLEN.

LIEBE GRÜSSE
Ralph Helmsley

Archer wünschte sich, das Haus der Helmsleys wäre auch auf einem Elefantenrücken gebaut worden. Jede Nacht, wenn er schlief, würde der Elefant umherstreifen, sodass Archer jeden Morgen an einem neuen Ort aufwachen würde. Doch das Haus mit der Nummer 375 war fest im Boden verankert und die Aussicht vom Balkon blieb immer dieselbe.

Archer ging zu seiner Kommode, schaltete das Radio ein und nahm sein Notizbuch aus der Schublade. Während er zum Teppich zurückkehrte, dachte er an den Park von Rosewood. Er hatte nicht vor, im Park zu bleiben. Die Frage war nur, wohin er von dort aus gehen konnte. Während das Sonnenlicht schräg durch die Balkontür fiel, saß er still da und überlegte.

Da wurden seine Gedanken plötzlich von einem schrillen Schrei unterbrochen, der aus einem der Gärten zu ihm hochdrang.

»HENRY!«, kreischte eine Stimme.

Archer legte den Kopf schief.

»HENRY!«, kreischte die Stimme wieder.

Archer nahm das Fernglas und lief auf den Balkon.

✦ Das nicht nachtaktive Opossum ✦

Oliver war ebenfalls auf seinen Balkon geflitzt. Archer winkte ihm zu. Oliver kletterte über eine Leiter aufs Dach, sprang über den schmalen Spalt zwischen ihren beiden Häusern und glitt die Leiter zum Balkon von Archer hinunter.

»Was ist da los?«, fragte er.

Archer war sich nicht sicher. Er richtete das Fernglas nach unten in die Gärten. Die Stimme, die »Henry!« gerufen hatte, gehörte zu Mrs Murkley, einer kugelrunden Frau mit kurzem Hals, die gerade von einem Opossum in die Ecke gedrängt wurde.

»HENRY!«, kreischte sie. »HENRY!«

Die Gartentür der Murkleys sprang auf, und ein Mann, der aussah, als könnte er dringend eine anständige Mahlzeit gebrauchen, stolzierte heldenhaft hindurch.

»Ja, meine Liebe?«, sagte er. »Was ist denn – *oh*! Was ist *das* denn?«

»Etwas, das du gleich töten wirst«, rief Mrs Murkley. »Also steh nicht bloß rum, sondern hol die Schaufel und vernichte es!«

Auf der Welt gibt es viele Methoden, ein wildes Tier zu besänftigen. Diese gehörte eindeutig nicht dazu. Das Opossum machte einen Buckel und fauchte fürchterlich.

»Zeig ihm nicht, dass du Angst hast«, sagte Henry. »Ich glaube, sie greifen an, wenn sie Angst wittern.«

Das Opossum drehte den Kopf zu Henry und beäugte ihn von oben bis unten. Henry wich in die andere Ecke vom Garten zurück.

»Obwohl ...«, sagte er. »Zeig ihm vielleicht ein kleines bisschen, dass du Angst hast, Schatz.«

Oliver legte eine Hand auf Archers Schulter und gab sich größte Mühe, nicht ängstlich zu wirken. »Opossums greifen doch nicht an, wenn sie Angst wittern, oder?«, fragte er.

»Normale Opossums tun das nicht«, sagte Archer. »Sie stellen sich tot.« Aber dieses Tier lief am helllichten Tag herum, und Archer vermutete, es könnte sich um ein nicht nachtaktives Opossum handeln. »Tagsüber habe ich noch nie eins entdeckt.«

Das hatte Oliver auch nicht. »Aber es sieht viel zu weich und flauschig aus, um gefährlich zu sein«, sagte er. »Mrs Murkley dagegen ...«

Vom ganzen Geschrei war Mrs Murkley im Gesicht dunkelrot angelaufen und sah aus wie eine vollgesaugte Mücke. Das nicht nachtaktive (und vermutlich auch nicht gefährliche) Opossum musterte die beiden Murkleys. Ihm schien klar zu werden, dass es in der Unterzahl war, denn es blies zum Rückzug. Es huschte rückwärts die Gartenmauer hoch und trippelte davon. Dabei legte es eine kurze Pause ein und blickte zu Archer und Oliver hoch.

»Ich glaube, es hat mir zugezwinkert«, sagte Oliver. »Ich wusste, es ist nicht gefährlich. Aber ist *sie* nicht fürchterlich?«

Archer richtete das Fernglas wieder auf das Haus der Murkleys. Der Garten war leer.

»Sie kommt heute zum Abendessen«, sagte er.

Oliver wurde blass. »Wie schrecklich! Warum lädt deine Mutter so jemanden ein?«

»Sie unterrichtet ab Herbst in der Knopffabrik.«

Oliver musste sich einen Augenblick setzen. Er hatte schwer an der Nachricht zu schlucken. Währenddessen berichtete Archer, was seine Mutter sonst noch gesagt hatte, und erklärte, dass sie schon morgen auf dem Weg zum Park von Rosewood sein würden.

»Der Park macht mir eine Gänsehaut«, sagte Oliver. »Als wäre die Stadt um ihn rumgewachsen und niemand hätte gewusst, was man mit ihm anfangen soll. Deshalb ließen sie ihn einfach da.«

»Wir bleiben doch gar nicht *im* Park«, sagte Archer. »Es geht nur darum, *hier* rauszukommen. Vom Park können wir nach ... irgendwo.«

»Und wo genau liegt *irgendwo*?«, fragte Oliver.

Archer wusste es nicht genau. Deshalb verschwand er in sein Zimmer und kehrte mit einem Tagebuch von seinem

Großvater zurück. Darin wimmelte es nur so von genialen Einfällen.

»Komm doch mit zu mir«, sagte Oliver, »und denk dir dort was aus.«

Aus der Küche von Familie Glub stieg ein köstlicher Duft hoch. Mrs Glub war eine wunderbare Köchin. Archer wusste das, weil er oft ins Haus der Glubs entwischte, seit er sich mit Oliver angefreundet hatte. Seine Mutter hatte keine Ahnung, wie leicht das ging und wie oft er es tat. Gefallen hätte ihr das nicht. Aber weil die Freiheit fast schon greifbar war, hätte Archer das Risiko ausgerechnet heute vielleicht lieber nicht eingehen sollen. Aber wenn seine Mutter ein Abendessen gab, war sie den ganzen Tag mit Vorbereitungen beschäftigt, das wusste Archer. Er musste eben vorsichtig sein. Und deshalb kletterte er hinter Oliver die Leiter hoch, über den schmalen Spalt und die Leiter in die Küche der Glubs hinunter.

✦ Überraschung im Unkraut ✦

Mrs Glub bekam einen gewaltigen Schreck, als Archer und Oliver durch die Hintertür in die Küche gestolpert kamen.

»Seid ihr wieder übers Dach gekommen?«, fragte sie und starrte die beiden an.

Archer und Oliver tauschten einen Blick.

»Es ist viel zu gefährlich, über den Spalt zu springen! Eines Tages werdet ihr reinfallen und Mr Glub muss euch rausfischen!«

DOLDRUMS PRESS
CREAM OF

»Aber übers Dach geht es schneller«, sagte Oliver, der von dem köstlichen Duft aus dem Backofen angezogen wurde.

»Schneller bedeutet selten auch sicherer«, sagte Mrs Glub. »Aber ich freue mich, dass du hier bist, Archer. Ihr kommt gerade rechtzeitig. Setzt euch.«

Mrs Glub zog ein dampfend heißes Backblech mit Apfeltaschen aus dem Ofen. Sie waren mit Karamell und Nüssen überzogen und dufteten himmlisch.

»Ich gehe mit deiner Schwester ein neues Kleid kaufen«, sagte sie zu Oliver. »Während wir weg sind, musst du im Garten Unkraut jäten. Dieses Blumenfest, oder wie auch immer sie es nennen, steht vor der Tür.« Mrs Glub runzelte die Stirn. »Bestimmt tuscheln die Nachbarn wieder.«

Oliver versprach, nach dem Essen in den Garten zu gehen, und sobald Mrs Glub aus dem Haus war, stopften die beiden Jungen im Eiltempo Apfeltaschen in ihre Münder, wobei sie darauf achteten, sich nicht die Zungen zu verbrennen. Beim Essen hatte Archer die Nase im Tagebuch von seinem Großvater vergraben. Was sollte er tun, wenn er es aus dem Haus geschafft hatte?

»*Schleck & Schmeck* hat endlich ein zweites Stockwerk aufgemacht«, sagte Oliver. »Alle aus der Knopffabrik waren gestern da. Falls du wirklich aus dem Haus darfst, könnten wir dorthin. Bestimmt schmecken dir die neuen Bonbons …«

»Das wäre was für uns«, unterbrach ihn Archer, der gar nicht zugehört hatte.

… im Dschungel tropfte die Gefahr von den Bäumen. Überall waren Insekten: Sie flogen, hüpften und krab-

belten an Bäumen hoch. Eins stach mir in den Arm. Sofort schwoll er an, die Beule entzündete sich und platzte auf. Eine gelbe Flüssigkeit sickerte heraus. Bald war ich im Delirium. Rachel saugte das Gift aus der Wunde und wir bauten uns für die Nacht eine Höhle. Die Luft war stickig und das Holz zu feucht, um ein Feuer zu machen. Wir trieben auf einem Meer aus Moos und Blättern. Große Tiere lauerten im Schein des Mondes. Wir konnten sie zwar nicht sehen, wussten aber, dass sie ganz nah waren …

Oliver legte die Apfeltasche weg. Der Appetit war ihm vergangen. »Manchmal verstehe ich dich nicht – *ziemlich oft* sogar. Was klingt daran gut?«

»*Auf einem Meer aus Moos und Blättern treiben*«, sagte Archer. »Tief im Dschungel, im Schein des Mondes. Dort müssen wir hin. Das wäre toll.«

Oliver schüttelte den Kopf und schnippte Krümel von seinen Fingern.

»*Toll*«, murmelte er, sprang von der Küchentheke und ging zur Gartentür. Archer folgte ihm. In der einen Hand hielt er eine Apfeltasche, in der anderen das immer noch geöffnete Tagebuch.

… eine merkwürdige Pflanze. Rachel hatte recht gehabt. Ich hätte sie nicht essen sollen. Sie sah aus, als würde sie gut schmecken. Aber ich hatte mich geirrt …

Oliver und Archer traten in den Garten.

»Nun«, sagte Oliver, »da hast du dein Meer aus Moos und Blättern.«

Archer ließ das Tagebuch sinken.

Der Garten der Glubs war so etwas wie der Schandfleck des Viertels. Die Gehwegplatten waren mit einer schleimig grünen Schicht überzogen und die Mauern von Efeu überwuchert. Der Apfelbaum, der niemals Äpfel trug, musste dringend beschnitten werden, und der Rasen, wenn man ihn denn so nennen wollte, war selbst an den kürzesten Stellen kniehoch. Wer in diesem Garten Unkraut jäten wollte, musste vor allem unterscheiden können, was Unkraut war und was nicht. Es sah nämlich alles gleich aus.

»Ich mache immer nur einen Sack voll und gebe dann auf«, sagte Oliver.

Archer entdeckte die pinkfarbene Oberseite von einem Gegenstand, den man im hohen Gras nicht genau erkennen konnte.

»Ist das ein Flamingo?«, fragte er.

Oliver nickte. »Dad hat ihn gewonnen. Mom findet ihn scheußlich.«

Archer blickte hinüber zur Rückseite von seinem Haus. Die Fenster standen offen, aber von seiner Mutter war nichts zu sehen. *Sie ist bestimmt noch in der Küche*, dachte er. Er legte das Tagebuch auf das Fensterbrett und krempelte die Ärmel hoch.

»Du willst mir helfen?«, fragte Oliver.

»Das gibt mir Zeit zum Nachdenken«, antwortete Archer.

Oliver holte einen Müllsack und sie begannen mit der Arbeit. Bald flog Unkraut hierhin und dorthin. Es war eine ziemliche Sauerei und sie machten sich von oben bis unten dreckig. Archer schaute ständig zu seinem Haus hin, bis er zu dem Schluss kam, dass es sicherer und einfacher war, wenn er in der Nähe der Gartenmauer blieb, wo seine Mutter ihn nicht sehen konnte. Oliver kämpfte mit einem besonders hartnäckigen Unkraut, als ihm auffiel, dass die Oberseite vom Flamingo verschwunden war.

»Wo ist der Flamingo?«, fragte er. »Du hast ihn nicht aus Versehen ausgerissen, oder?«

Das hatte Archer nicht, und als er es Oliver sagte, wäre er fast über irgendetwas gestolpert. Mit dem Fuß schob er das Gras beiseite und entdeckte einen moosbewachsenen Stein, in den der Name *Theo* eingeritzt war.

»Wer ist Theo?«, fragte er.

Oliver ließ das hartnäckige Unkraut los und landete rückwärts auf ein paar glitschigen Steinen.

»Ich möchte nicht darüber reden«, sagte er, während er sich aufrappelte. »Du würdest es mir sowieso nicht glauben.«

Als sie fertig waren, hätte Archer nicht sagen können, ob der Garten nun besser oder schlechter aussah. Oliver zuckte mit den Schultern. Für ihn sah er immer gleich aus.

Während sie Unkraut in den Müllsack stopften, drangen Stimmen über eine Mauer zu ihnen herüber. Die Murkleys waren es nicht. Archer wies zum apfellosen Apfelbaum. Sie kletterten am Stamm hoch und spähten in den Garten, der gegenüber von Archers Haus lag. Eine winzige Frau im Blümchenkleid, die in der einen Hand ein Klemmbrett und in der anderen eine Kaffeetasse trug, führte einen großen, wie aus dem Ei gepellten Mann durch die Verandatür nach draußen. Archer wunderte sich, dass dort überhaupt Leute waren. In dem Haus wohnte nämlich niemand.

✦ Der grosse, wie aus dem Ei gepellte Mann ✦

Die geblümte Frau trank den letzten Schluck Kaffee und reichte dem großen, wie aus dem Ei gepellten Mann die leere Tasse, ohne den Blick vom Klemmbrett zu nehmen.

»Und das ist der Garten«, sagte sie und schaute nun doch hoch. »Oh! Ist er nicht entzückend – einfach entzückend. So einen entzückenden Garten habe ich mir immer gewünscht, aber nie gehabt. Diese entzückenden Blumen und die entzückenden Bäume und – sehen Sie nur! In diesem Baum sitzen sogar zwei entzückende Jungen! Ein Jungenbaum? So einen entzückenden Jungenbaum habe ich noch nie gesehen!«

Archer und Oliver versteckten sich schnell hinter Ästen.

»Sie hat seltsame Augen«, flüsterte Oliver.

Archer nickte.

Die Augen der geblümten Frau waren rundherum weiß und hatten in der Mitte zwei kleine schwarze Punkte, als hätte sie den ganzen Nachmittag in die Sonne gestarrt.

»Oder als wäre sie vom Blitz getroffen worden«, flüsterte Archer.

Der große, wie aus dem Ei gepellte Mann starrte auf die Rückseite vom Haus und redete mit lustigem Akzent.

»Es ist so entzückend, wie Sie versprochen haben«, sagte

er. »Aber bevor wir übers Meer ziehen, müssen noch ein paar kleine Änderungen vorgenommen werden. Meine Tochter soll sich hier zu Hause fühlen.«

»Übers Meer?«, flüsterte Archer.

»Tochter?«, flüsterte Oliver.

Die geblümte Frau nickte schnell. »Oh ja, natürlich. Alles, was Sie wollen. Alles. Ich werde einen Mann, nein, zwei entzückende Männer bitten, sich mit Ihnen in Verbindung zu setzen. Sie machen alles, was Sie wollen. Sie bauen alles so um, wie Sie es brauchen. Wunderbar, ja, sehr schön. Dann haben wir ein neues Zuhause für Sie gefunden – ein ganz und gar entzückendes Haus!«

Der Mann grinste. »Noch einen Espresso?«, fragte er. »Oder vielleicht einen doppelten?«

Die geblümte Frau bekam jetzt richtige Stielaugen. »Sie können einen *Doppelten* machen?«, erwiderte sie.

Sie gingen ins ganz und gar entzückende Haus zurück.

»Wir kriegen noch mehr neue Nachbarn?«, sagte Oliver.

Archer wollte ihm gerade antworten, aber im selben Moment tauchte Mrs Murkley auf der anderen Seite der Mauer auf und walzte mit hoch erhobener Schaufel durch den Garten.

»DA IST ES WIEDER, HENRY!«, keifte sie. »DAS VIECH SITZT DA OBEN IM BAUM!«

Archer geriet ins Schwanken und fiel rückwärts auf den Boden. Oliver erstarrte. Mrs Murkley ließ die Schaufel mit unglaublicher Kraft niedersausen. Die Schaufel krachte durch die Äste und schlug den neben Olivers Kopf entzwei. Oliver verlor das Gleichgewicht. Der Flamingo fing seinen Sturz ab und zerbrach in tausend Stücke.

Mrs Murkley jubelte auf der anderen Seite der Mauer. »TREFFER!«, schrie sie. »ICH HABE DAS SCHRECKLICHE VIECH GETÖTET!«

In den Gärten kehrte wieder Ruhe ein, während zwei Häufchen Jungen unter dem Baum nach Luft japsten. Aus Angst, seine Mutter könnte den Krach bemerkt haben, hatte Archer sich an die Mauer gekauert. Oliver starrte ihn ungläubig an.

»Sie hätte mir beinahe den Kopf abgehackt!«, sagte er, während er sich aufsetzte und einen Flamingosplitter aus den Haaren zog. »Und die kommt wirklich heute zum Abendessen zu euch?«

Archer nickte. In wenigen Stunden würde er mit dieser Frau an einem Tisch sitzen. Oliver rappelte sich hoch und reichte Archer eine Hand.

»Ich muss los«, sagte Archer.

»Bete lieber, dass sie die Schaufel zu Hause lässt«, sagte Oliver.

»Darum kümmere ich mich«, antwortete Archer. »Du musst nur dafür sorgen, dass du morgen früh bereit bist.«

Aber als Archer in seinem Zimmer angekommen war, hatte die Angst vor dem festlichen Abendessen die Vorfreude auf den nächsten Tag erstickt. »Von meiner besten Seite«, wiederholte er immer wieder, während er einen neuen grünen Samtanzug anzog und eine rote Fliege am Kragen befestigte.

5

✦ Ein Pelzmantel im Sommer ✦

Am Abend klingelte es an der Tür – eine viertel Stunde zu früh. Mr Helmsley war oben und versuchte, Rasierwasser abzuwaschen, das er allzu großzügig aufgetragen hatte. Archer saß am Tisch und beobachtete aus den Augenwinkeln, wie Mrs Helmsley hektisch durch die Küche lief. Er hatte ihr seine Hilfe angeboten, aber sie wollte alles perfekt machen. Deshalb saß er mit seiner Fliege still am Tisch und beschäftigte sich mit einem Tagebuch von seinem Großvater, das er so hielt, dass seine Mutter es nicht sehen konnte.

… der Zug war grün – leuchtend grün. Drinnen waren alle Plätze besetzt, deshalb kletterten wir aufs Dach und setzten uns dorthin. Eine sehr gute Wahl. Die kurvenreiche Fahrt durch die Berge war wunderschön …

Als es an der Tür klingelte, war Mrs Helmsley gerade dabei,

den Lammbraten in Scheiben zu schneiden. Deshalb schickte sie Archer los, um die Murkleys zu begrüßen.

»Und denk an das, was ich dir gesagt habe«, ermahnte sie ihn (und das Messer in ihrer Hand ließ sie äußerst bedrohlich aussehen). »Sag immer schön: ›Freut mich sehr‹, ›Ja bitte‹ und ›Nein danke‹. Und vergiss nicht, dich vorzustellen: ›Ich bin Archer.‹«

Archer schlich in die Eingangshalle und der Kanarienvogel im Wohnzimmer verstummte. Er griff nach der Klinke, doch bevor er sie erreicht hatte, flog die Tür auf, und Mrs Murkley, dicht gefolgt von Henry, stampfte herein. Archer war sprachlos und für den Bruchteil einer Sekunde kopflos. Er starrte Mrs Murkley an. Mrs Murkley starrte zurück.

Es war eine Sache, Mrs Murkley vom Balkon oder vom Baum aus zu sehen. Aus diesem Blickwinkel betrachtet, hatte ihre Figur verblüffende Ähnlichkeit mit einem Heißluftballon. Doch Archer tippte, dass diese Frau niemals so anmutig vom Boden abheben würde.

Mrs Murkley brach schließlich das Schweigen.

»Junger Mann«, schnaubte sie. »Willst du mir nicht endlich den Mantel abnehmen?«

Archer wollte etwas erwidern, aber er war so durcheinander, dass er keinen Ton herausbrachte. Jedes Wort wäre besser gewesen als keins, aber ihm fiel absolut nichts ein. Da erinnerte er sich plötzlich an die Worte seiner Mutter.

»Freut mich sehr«, sagte er.

»Was freut dich sehr?«, fuhr Mrs Murkley ihn an.

»Ja bitte«, erwiderte er.

»Bitte, was?«

»Nein danke.«

»Was ist bloß in dich gefahren?«

»Ich bin Archer«, sagte Archer.

Mit anzusehen, wie Archer völlig die Fassung verlor, war ein schreckliches Schauspiel, aber im Blick von Mrs Murkley lag etwas, das ihn aus der Bahn warf. Mrs Murkley richtete diesen Blick nun auf Henry.

»Gleich lasse ich meinen Mantel auf dieses Wesen fallen«, flüsterte sie. »Halt dich von ihm fern – und lass dich ja nicht anfassen.«

Archer streckte den Arm aus. Mrs Murkley ließ ihren Mantel fallen und ging ins Esszimmer. Henry folgte ihr. Mr Helmsley lief die Treppe hinunter, während er das Hemd in die Hose stopfte, und nickte Archer zu.

»Ein *Pelz*mantel?«, flüsterte er im Vorbeigehen. »Wer trägt im Sommer bitte Pelz?«

Archer hätte darauf die eine oder andere Antwort gewusst, aber seine Knie drohten nachzugeben. Schnell streckte er die Hand nach den Geweihen der beiden Elche aus, die von den Helmsleys als Garderobenhaken benutzt wurden.

»Meins nicht!«, rief der erste. »Nimm seins. Mein Geweih kann so viel Gewicht nicht tragen.«

Archer drehte sich zum zweiten Elch.

»Was für ein Unsinn!«, erwiderte der. »Sein Geweih ist viel stärker als meins.«

»Tut mir leid, aber ich muss es tun«, sagte Archer und hängte den Mantel beim ersten Elch auf.

Sobald er losgelassen hatte, brach ein Stück des Geweihs ab, und der Mantel plumpste auf den Boden.

»Siehst du, was du angerichtet hast?«, rief der Elch.

Archer hob das Geweihende auf, steckte es in die Hosentasche und versprach, es nach dem Essen wieder anzukleben. Er ließ den Mantel liegen und rannte ins Esszimmer.

✦ Eine schwer zu schluckende Erbse ✦

Von allen Zimmern im Haus der Helmsleys war das Esszimmer das ungewöhnlichste. Rund um den Tisch standen Tiere aus aller Herren Länder. Auch ein Zebra, ein Pfau und eine Antilope gehörten dazu.

Mrs Murkley bekam den Platz direkt neben Archer. *Reizend.*

Beim Essen achtete Archer nicht weiter auf die Gespräche der Erwachsenen. Selbst wenn er sich dafür interessiert hätte, wusste er, dass niemand etwas auf seine Meinung geben würde. Deshalb achtete er nur darauf, den Mund zu halten und sich von seiner besten Seite zu zeigen. Er jagte eine Erbse mit der Gabel über den Teller.

Während Mrs Murkley ihr Lamm mit dem Messer bearbeitete, schossen ihre Blicke ununterbrochen durchs Zimmer. »Was, sagten Sie noch, machen Sie beruflich?«, fragte sie Mr Helmsley. »Parfümverkäufer, oder was war es gleich?«

»Ich bin Rechtsanwalt«, antwortete Mr Helmsley. »Aber falls Sie sich über das Haus wundern, meine Eltern haben es eingerichtet. Ralph und Rachel Helmsley. Sie waren Naturforscher. Vielleicht haben Sie schon von ihnen gehört?«

Mrs Murkley hatte noch nie von ihnen gehört und war froh darüber, weil sie sich nicht für Menschen interessierte, die ziellos in der Weltgeschichte herumreisten. Nachdem sie das gesagt hatte, glotzte sie wieder die Tiere an.

»Sie scheinen ziemlich, nun ja, *verschroben* zu sein«, sagte sie. »Mit solchen Leuten könnte ich nie unter einem Dach leben.«

»Sie leben nicht mehr hier«, sagte Mrs Helmsley.

»Es gab einen Unfall mit einem Eisberg«, sagte Mr Helmsley.

Mrs Murkley nickte. »Das ist ziemlich verschroben«, sagte sie. »Aber was kann man von Leuten, die so einen absonderlichen Beruf wählen, auch erwarten?«

Archer drückte die Gabel so fest auf den Teller, dass es furchtbar quietschte. Mrs Murkley funkelte ihn böse an.

»Hast du Besteckprobleme, Arthur?«, fragte sie.

»Ich heiße Archer«, sagte Archer und er hatte kein Besteckproblem. Er hatte ein Mürrisches-Monstrum-beleidigt-meine-Großeltern-Problem.

»Bist du dir sicher?«, bohrte Mrs Murkley weiter. »Du versuchst nämlich schon seit einer Ewigkeit, die Erbse einzufangen. Vielleicht mag deine Gabel ja kein Gemüse und läuft davor weg. Was auch immer es ist, hör sofort mit der Verfolgungsjagd auf und iss die Erbse.«

Archer hatte kein Problem damit, Erbsen zu essen, aber es ist nun mal ein gewaltiger Unterschied, ob man etwas tut, weil man es möchte oder weil man dazu aufgefordert wird. Als er aber den Blick spürte, den seine Mutter ihm über den Tisch zuwarf, wusste er, was er zu tun hatte. Widerwillig schluckte er die Erbse hinunter. Mrs Murkley wandte sich wieder den Erwachsenen zu und lächelte.

»Das ist meine besondere Gabe«, zwitscherte sie. »Ich

habe sie an mir entdeckt, als ich noch ganz klein war. Wenn ich den Menschen etwas sage, hören sie mir zu. Ich finde jeden Fehler und bringe ihn in Ordnung. Nehmen Sie zum Beispiel dieses Zimmer«, sagte sie und benutzte die Gabel als Zeigestock. »Ich kenne jemand, der das furchtbare Durcheinander, das Ralph und Rachel Ihnen hinterlassen haben, in Ordnung bringen kann.«

Die müsste selbst mal in Ordnung gebracht werden, dachte Archer.

Mr Helmsley lächelte. »Stimmt. Irgendwas stört hier«, sagte er. »Ich weiß nur noch nicht, was.«

Mrs Helmsley stupste ihn an.

»Das meine ich!«, kreischte Mrs Murkley. »Und genau deswegen unterrichte ich Kinder. Nehmen Sie es bitte nicht persönlich, Mr Helmsley, aber ältere Menschen sind im Kopf viel zu eingerostet, um sich noch zu ändern. Junge Menschen dagegen warten nur darauf, auf den rechten Weg gebracht zu werden. Im Prinzip geht man dabei nicht anders vor als ein Handwerker. Man steckt einen Schraubenschlüssel in ihre kleinen Ohren und dreht so lange an den Schrauben, bis sie wie geschmiert laufen – natürlich rein bildlich gesprochen«, fügte sie schnell hinzu.

In mein Ohr wird sie ihren Schraubenschlüssel nicht stecken, dachte Archer.

»Von einer Sache können wir wohl ausgehen«, fuhr Mrs Murkley fort. »Das Leben von Ralph und Rachel wäre anders verlaufen, wenn sie in ihrer Kindheit jemanden wie mich gehabt hätten. Ja, ich hätte ihnen den Kopf geradegerückt, wie ich es mit unserem Arthur hier vorhabe.«

»Das wäre bestimmt interessant gewesen«, erwiderte Mr Helmsley.

Archer fand das rein gar nicht interessant. Für wen hielt dieser Heißluftballon sich eigentlich, ins Haus der Helmsleys zu platzen und die Menschen zu beleidigen, die es erbaut hatten? Nein, Mrs Murkley hätte seine Großeltern nicht ändern können und sie würde auch seinen Kopf nicht kontrollieren. Während die Erwachsenen die Unterhaltung fortsetzten, drehte Archer seine beste Seite weg und schob eine Erbse nach der anderen vom Teller in seine Hand.

»Und warum sind Sie von Raven Wood weggegangen?«, fragte Mr Helmsley.

Mrs Murkley trank einen großen Schluck Wein. »Ach, Sie wissen ja, wie es an Schulen so zugeht«, sagte sie. »Ständig werden die Lehrer ausgewechselt. Manchmal komme ich mir vor wie einer dieser alten Missionare, die von Dschungel zu Dschungel zogen.«

Sobald Archer eine große Portion Erbsen zusammengesammelt hatte, schob er die Hand unauffällig hinter den Rücken, um die Erbsen im Maul der Antilope verschwinden zu lassen.

»Ich will sie auch nicht«, sagte die Antilope.

»Aber du bist ein Pflanzenfresser«, flüsterte Archer.

»Auch Pflanzenfresser fressen nicht alles.«

Das Protestieren half nichts, denn kurz darauf spürte die Antilope die Hand von Archer in ihrem Maul. Aber in dem Moment, als Archer die Erbsen hineinwerfen wollte, fiel ein Schatten aus dem Osten auf ihn.

»Was wird das hier?«, kläffte Mrs Murkley.

Eine Erbse sprang aus ihrem Mund und landete mitten in Henrys Auge.

Archer erstarrte.

»Nimm die Hand da weg!«, rief sie, doch Archer ließ sie, wo sie war.

Die Luft gefror. Henry fischte schnell die Erbse aus seinem Auge, damit ihm nichts entging.

»Archer Helmsley, du nimmst *sofort* die Hand da weg!«, befahl Mrs Helmsley.

Sofort bereute Archer, dass er sich in diese Lage hineinmanövriert hatte. Alle starrten ihn an, aber er schaute nur zu seiner Mutter. Ihr würde das nicht gefallen. Kein bisschen. Langsam zog er die Hand weg. Die Antilope seufzte erleichtert auf. Mrs Murkley packte Archer am Handgelenk. Erbsen hüpften in alle Richtungen. Das Auge von Henry fing eine zweite auf.

»Dachte ich's mir doch«, verkündete Mrs Murkley. »Wie es aussieht, Mrs Helmsley, hat Ihr Sohn das Maul von einer toten Gazelle als Versteck für unerwünschtes Gemüse zweckentfremdet.«

»Das ist keine Gazelle«, sagte Archer und riss sein Handgelenk aus dem Klammergriff. »Das ist eine Antilope.«

»Ja«, bestätigte Henry. »Wenn du dir das Geweih genau ansiehst …«

»Es ist mir egal, was für ein Tier das ist«, kläffte Mrs Murkley. »Ein Mülleimer ist es jedenfalls nicht, das weiß ich ganz sicher.«

Während seine Mutter versuchte, die widerspenstigen Erbsen einzusammeln, schrumpfte Archer in sich zusammen. Wenn ihm nicht bald etwas einfiel, um den Schaden wiedergutzumachen, konnte er seinen Plan vergessen.

»Ich muss mich bei Ihnen beiden entschuldigen«, sagte Mrs Helmsley. »Das ist *nicht* das Benehmen, das wir von Archer erwarten.«

»Das will ich schwer hoffen«, sagte Mrs Murkley und stopfte sich eine Kartoffel in den Mund. »Ein solches Benehmen werde ich bei meinen Schülern nicht tolerieren. Und ich muss Sie beide vorwarnen: Sollte Archer so weitermachen, würde es mich nicht überraschen, wenn er eines Tages im Gefängnis landet.«

»Im Gefängnis?«, sagte Henry.

»Im Gefängnis?« Mr Helmsley grinste.

»Ja, im *Gefängnis*«, sagte Mrs Murkley.

Ich bin schon im Gefängnis, dachte Archer.

»Ich wette, wenn man eine Umfrage machen würde«, sagte Mrs Murkley, »würde man herausfinden, dass viele Verbrecher auf die schiefe Bahn geraten sind, weil sie unerwünschtes Gemüse in das Maul von einem Tier gestopft haben.«

»Man sollte lieber *ihr* das Maul stopfen«, flüsterte die Antilope.

Archer lächelte, aber das war der nächste Fehler. Mrs Murkley sah es und dachte, er würde sie anlächeln. Mrs Murkley war keine Frau, die man einfach so anlächelte. Eine kleine Ader an ihrer Schläfe schwoll aufs Doppelte an und ihr Gesicht färbte sich so rot wie der Wein in ihrem Glas.

»Lach du nur, junger Mann!«, blaffte sie ihn an und warf die Serviette auf den Tisch. »Warum schütten wir uns nicht alle aus vor Lachen? Erwarte nur keinen Funken Mitleid, wenn die Polizei an deine Tür hämmert und dich als Strafe für deine Verbrechen auf den elektrischen Stuhl setzt!«

Archer schaute zu seinem Vater.

»Warum gehst du nicht nach oben«, sagte Mr Helmsley, »und wir besprechen den Vorfall später.«

»Und ob wir das tun werden«, sagte Mrs Helmsley, die in diesem Moment noch furchterregender aussah als Mrs Murkley.

Ohne Widerrede und ohne seiner Mutter dabei in die Augen zu blicken, stand Archer auf und ging. Kurz vor der Tür drehte er sich noch einmal um, weil er sich entschuldigen wollte, doch Mrs Murkley schnitt ihm das Wort ab.

»Pass bloß auf, junger Mann«, sagte sie. »Oder du findest dich eines Tages auch auf einem Eisberg wieder.«

✦ Hitze steigt nach oben ✦

Man sagt ja, dass Hitze nach oben steigt. Und es muss stimmen, denn als Archer die oberste Treppenstufe erreichte, war ihm unter seinem Kragen furchtbar heiß. Der Grund war nicht schwer zu erraten. Wenn ein mürrisches Monstrum in dein Haus marschiert und deinen Eltern erzählt, dass du es dir eines Tages auf dem elektrischen Stuhl gemütlich machen wirst, dann kann dir schon mal der Kragen platzen. Aber daran lag es gar nicht so sehr. Es war die Bemerkung, dass seine Großeltern verrückt wären, die Archer zum Kochen brachte.

Tanzten Ralph und Rachel aus der Reihe? Möglicherweise.

Vielleicht konnte man sogar sagen, dass sie auf alle Reihen pfiffen und lieber auf dem Tisch tanzten. Aber verrückt? Das waren sie ganz bestimmt nicht. Ralph und Rachel trugen im Sommer keine Pelzmäntel.

Wütend riss Archer seine Fliege ab und warf sie auf den Boden. Er schleppte sich durch den Flur und wusste, dass auch der nächste Tag nichts Neues bringen würde. Stattdessen würde alles noch viel schlimmer werden. Und jetzt wollte er nur noch diese fiese Frau aus dem Haus der Helmsleys vertreiben.

»Pass bloß auf«, sagte er zu dem Eisbären in der Nische. »Wenn es stimmt, dass Hitze nach oben steigt, dann wird der Heißluftballon da unten früher oder später hier vorbeikommen. Und sie wird dich anglotzen, als wärst *du* das seltsame Museumstier.«

»Aber ich bin ein seltsames Museumstier«, antwortete der Eisbär.

»Du bist viel echter als sie!«

Sobald Archer den Satz ausgesprochen hatte, kam ihm ein genialer Einfall, und ein Lächeln breitete sich auf seinem Gesicht aus.

»Du bist außerdem viel größer als das nicht nachtaktive Opossum«, sagte er.

»Bitte, zieh mich nicht in die Sache hinein«, antwortete der Bär.

Aber das war genau das, was Archer tat. Er nahm seine ganze Kraft zusammen und schleifte den Bären in sein Zimmer.

Archer würde sich rächen.

Archer hatte schon viele festliche Abendessen im Haus der Helmsleys erlebt und wusste, dass fast jeder Gast früher oder später um eine Besichtigungstour durchs Haus bat. Diese Touren endeten immer vor seinem Zimmer im obersten Stockwerk. Er hoffte, dass das auch heute so wäre, und tatsächlich waren keine Stunde später Stimmen auf der Treppe zu hören.

»Und das, Mr Murkley, ist unser …« Mr Helmsley stockte. »Wo ist der Eisbär?«

Mrs Helmsley schüttelte den Kopf. »Welcher Eisbär?«, fragte sie.

»Hier stand ein Eisbär.«

»Ich habe hier noch nie einen Eisbären gesehen.«

Henry nickte. »Manchmal sind Eisbären eben so.«

»Schluss jetzt mit den Eisbären!«, befahl Mrs Murkley. »Wenn dieses Tier das Leben in diesem Haus nur halb so verstörend gefunden hat wie ich, dann ist es vermutlich in den ersten Bus gestiegen, der es von hier fortgebracht hat. So, ich habe mehr gesehen, als mir lieb ist, und möchte jetzt nach Hause.«

Mrs Murkley wollte zur Treppe zurückmarschieren, aber Mrs Helmsley hielt sie auf. Sie hatte Mrs Murkley nur nach oben geschleift, damit Archer sich bei ihr dafür entschuldigte, dass er den Pelzmantel auf dem Fußboden liegen gelassen und sich beim Essen schlecht benommen hatte. Mrs Murkley seufzte und machte die typische *Bringen-wir-es-endlich-hinter-uns*-Handbewegung. Sie drängelte sich an die Spitze der kleinen Truppe und zeigte auf eine Tür. Mrs Helmsley nickte.

»Na schön«, schnaubte Mrs Murkley und stieß die Tür auf.

*

Rache ist ein Gericht, das am besten kalt serviert wird. Aber man sollte immer darauf achten, dass es nicht zu kalt wird. Archer hatte es zu kalt werden lassen. Nachdem er fast eine Stunde lang gewartet hatte, war er nämlich eingeschlafen. Noch schlimmer aber war, dass er in der Falle eingeschlafen war, die er eigentlich für Mrs Murkley aufgebaut hatte. Das hieß, er schlief mit dem Kopf im weit aufgerissenen Rachen des ausgestopften Eisbären, und sein Körper hing schlaff auf einem Stuhl.

Als Mrs Murkley die Tür aufstieß, knallte diese gegen die Wand, sodass Archer aus seinem Traum hochschrak und sich an einem Ort wiederfand, den er nicht sofort erkannte. Er sah Zähne, fühlte Fell und brach in Panik aus.

Archer schrie. Das Glasauge fiel aus der Schnauze des Eisbären und kullerte über den Boden. Es prallte von einem Schuh von Mrs Murkley ab, blieb liegen und starrte zu ihr hinauf. Der Schrei von Mrs Murkley war so laut und schrill, dass er, hätten sie im Himalaya gewohnt, eine Lawine ausgelöst und alle darunter begraben hätte. Henry fiel rückwärts die Treppe hinunter. Mr Helmsley konnte ihn nicht rechtzeitig festhalten. Der Gesichtsausdruck von Mrs Helmsley war vollkommen leer (vermutlich sparte sie ihn sich für später auf). Archer machte sich darauf gefasst, dass das Haus zusammenbrechen würde. Aber zum Glück brach Mrs Murkley zuerst zusammen.

✦ Ein Herz & ein Verbrecher ✦

Archer stand draußen auf der Treppe und schaute zu, wie die Rettungssanitäter Mrs Murkley auf einer Krankentrage aus dem Haus brachten. Er war von dem, was gerade geschehen war, noch ganz benommen.

»Ein Verbrecher«, murmelte Mrs Murkley, als sie vorbeigetragen wurde. »Das ist es, was du bist! Das ist es, was Sie da herangezüchtet haben!«

»Ich weiß gar nicht, wie ich mich bei Ihnen für den Abend entschuldigen kann«, sagte seine Mutter.

»Nicht nötig«, sagte Henry, während er hinten in den Krankenwagen stieg. Er tippte sich dort auf die Brust, wo vermutlich sein Herz war. »Die Pumpe«, sagte er. »Seit ihrer Kindheit hat die schon nicht richtig funktioniert. Machen Sie sich keine Sorgen.« Er senkte die Stimme zu einem Flüstern. »Sie macht deswegen nur gern ein Riesentheater.«

»Zur Seite«, sagte ein Sanitäter und knallte die Tür zu.

Mit heulenden Sirenen raste der Krankenwagen durch die Weidengasse zum Krankenhaus von Rosewood. Und der letzte Rest Hoffnung von Archer, in den Sommerferien etwas anderes zu sehen als das Innere vom Haus der Helmsleys, raste mit ins Krankenhaus. Aber im Gegensatz zu Mrs Murkley würde seine Hoffnung die Nacht nicht überleben.

Archer steckte die Hände in die Jackentaschen.

»Tut mir leid«, sagte er. »Ich bin eingeschlafen.«

»Und es wird Zeit, dass du aufwachst!«, ermahnte Mrs Helmsley ihn. »Du verlierst den Sinn für die Realität.«

»Die rechte war wohl doch nicht die beste Seite«, murmelte Mr Helmsley. »Jetzt heißt es: ab nach oben. Nicht nach rechts oder links, sondern geradeaus nach oben. Trotzdem sind wir uns wohl alle einig, dass sie ziemlich, nun ja, verschroben war.«

»Das ist keine Entschuldigung!«

Archer spürte die heiße Wut, die aus seiner Mutter strömte. Er hatte sie schon oft wütend erlebt, aber so noch nie. Vermutlich hätte man auf ihrer Stirn ein Ei braten können, aber jetzt war kein guter Zeitpunkt, um das auszuprobieren. Archer hatte Mrs Murkley aus dem Haus der Helmsleys vertreiben wollen. Aber er hatte nicht gewollt, dass sie mit einem Krankenwagen abgeholt wurde. Aber genau das war passiert. Und nachdem er seinen Eltern ins Haus gefolgt war, sauste der Arm der Justiz nieder und traf ihn mit voller Wucht.

6

✦ Tapetenwechsel ✦

Im Haus der Helmsleys ging es nie laut zu, aber in den Wochen nach dem Eisbär-Vorfall war es dort noch stiller als sonst. Es mag Ausnahmen geben, aber in der Regel entlockt es jedem zivilisierten Menschen ein Stirnrunzeln, wenn einer den anderen in einen krankenhausreifen Zustand versetzt.

Abgesehen von den kurzen Momenten, in denen ein Tablett mit Essen in Archers Zimmer gebracht wurde, blieb seine Tür von außen verschlossen. In den ersten Tagen waren auf dem Tablett die Reste von dem Essen mit den Murkleys, sodass Archer den Abend immer wieder aufs Neue durchleben musste. Warum hatte er sich bloß so blöd angestellt? Archer streckte sich auf dem Bett aus und versuchte, die Tagebücher von seinem Großvater zu lesen, aber dann legte er sie wieder beiseite.

Eines Morgens tauchte Oliver auf und überredete Archer zu einem heimlichen Besuch in seinem Haus. Archer war mehr als froh darüber.

»Er ist unschuldig!«, rief Claire, die kleine Schwester von Oliver.

»Natürlich ist er das«, sagte Mr Glub und legte die Hände auf Archers Schultern. »Vielleicht nicht unbedingt im klassischen Sinn, aber diese Frau hatte kein Recht, in euer Haus zu platzen und deine Großeltern zu beleidigen. Mir ist noch niemand begegnet, der ein schlechtes Wort über Ralph und Rachel verloren hat.«

»Ich glaube, sie streitet sich einfach gern«, sagte Oliver.

Mrs Glub nickte und stellte eine Apfeltasche vor Archer auf den Tisch. »Wer Ärger sucht, der findet auch welchen.«

Archer war froh, dass die Glubs sich auf seine Seite schlugen, und er wünschte sich, seine Eltern würden ihre Einstellung teilen. Leider taten sie das nicht.

Eines Abends wurde die Tür zu seinem Zimmer endlich aufgesperrt und Archer durfte mit seinen Eltern zusammen essen. Aber am Tisch sagte kaum jemand ein Wort, weil alle an ihren eigenen Gedanken zu kauen hatten. Mrs Helmsley warf Archer einen Blick zu, den sie sonst nur machte, wenn sie an sauer gewordener Milch schnupperte.

»Dass du mir endlich mit dem Unsinn aufhörst«, sagte sie. »Noch ein solcher Vorfall – wirklich *ein einziger* – und ich rufe in Raven Wood an. Diese verrückten Einfälle – diese *Neigungen* – sie sind gefährlich! Und sie hören sofort auf!«

Sogar Mr Helmsley widersprach ihr nicht.

Archer wusste nicht viel über Raven Wood, nur dass es ein Internat war und mit dem Zug drei Stunden nördlich von Rosewood lag. Auf der einen Seite wurde die Schule von dichtem Nadelwald eingeschlossen, auf der anderen befanden sich ein felsiger Strand und das Meer, das auch an Rosewood angrenzte. Archer erklärte Oliver, Raven Wood sei die Schule, von der Mrs Murkley gekommen war. Und obwohl sie nicht gesagt hatte, warum sie dort weggegangen war, waren die beiden Jungen sich einig, dass das nicht unbedingt für das Internat sprach.

»Ich wette, dort sind alle Lehrer so«, sagte Oliver.

In der Nähe seiner Mutter war Archer besonders vorsichtig. Aber merkwürdigerweise ist es so, dass man ausgerechnet dann, wenn man besonders vorsichtig sein will, etwas Unvorsichtiges tut. Archer war da keine Ausnahme. Eines Tages tat er etwas Unvorsichtiges. Er vergaß, sein Geheimregal zu verbergen, als seine Mutter mit frisch gebügelten Hemden und Socken in sein Zimmer kam.

»Was sind das da für Schachteln?«, fragte sie.

Archer sprang so schnell auf, dass ihm das Herz bis zum linken Knöchel rutschte.

»Nichts!«, sagte er und versuchte, sie aus dem Zimmer zu schieben. »Das ist nichts!«

Mrs Helmsley ließ sich nicht wegschieben. Sie bückte sich und zog eine Schachtel hervor.

»Sind die etwa von ...? Wie hast du denn ...? Wie haben sie ...?«

Archer wurde blass. »Die gehören mir nicht«, sagte er, weil ihm nichts Besseres einfiel.

Seine Mutter musterte ihn. »Aber da steht dein Name drauf.«

Archer sank auf die Bettkante. Mrs Helmsley fing an, links und rechts Schachteln einzusammeln, bis ihre Arme voll und die Regale leer waren. Die Tagebücher nahm sie auch mit. Nur das Glasauge wagte einen Fluchtversuch. Als Mrs Helmsley bei der Tür ankam, rutschte es vom Stapel und kullerte bis zu Archers Fuß. Archer beförderte es mit einem Tritt unters Bett.

»Wir sprechen uns später«, sagte seine Mutter. Doch Tage vergingen und der Zwischenfall wurde nie wieder erwähnt.

Archer war in seinem ganzen Leben nur ein einziges Mal noch unglücklicher gewesen, nämlich an dem Morgen, als er die Schlagzeile mit dem Eisberg entdeckt hatte. Aber dann geschah etwas, das ihn ein wenig von seinem Kummer ablenkte. Eines Morgens fingen im gegenüberliegenden Haus die Bauarbeiten an, und das in aller Frühe.

✦ Kleine Veränderungen ✦

Archer lehnte im Schlafanzug am Geländer von seinem Balkon und spähte hinüber. Es war das erste Mal, dass er den Ausblick nicht wiedererkannte.

Das Haus auf der anderen Seite vom Garten (wo er die geblümte Frau und den großen, wie aus dem Ei gepellten Mann gesehen hatte) war von einem Gerüst eingehüllt. Handwerker kletterten im Affentempo Leitern rauf und runter und schrien dabei:

»Vorsicht!« »Du musst das mit dem Rücken hochhieven!« »Ja, so!«

»Das kann nicht stimmen!«

»Soll das wirklich so aussehen?«

Oliver rannte auf seinen Balkon und rief: »Was ist denn da los?«

Wegen des Lärms verstand Archer kein Wort. Er winkte Oliver zu sich, der wie immer die Abkürzung nahm.

»Guten Morgen«, murmelte Archer.

»Das ist kein guter Morgen«, sagte Oliver, der vor wenigen Sekunden aus dem Bett gesprungen war, weil er überzeugt war, die Welt würde untergehen.

Unter ihnen stürmte Mrs Murkley aus der Gartentür, gefolgt von Henry, der eine Leiter schleppte. Offensichtlich hatte sie sich vom Eisbär-Vorfall vollständig erholt und war zu alter Hochform aufgelaufen. Archer musste sie nur sehen, schon kochte er vor Wut. Sie riss ihrem Mann die Leiter aus der Hand, lehnte sie an die Mauer und kletterte hinauf. Als sie oben angekommen war, schnauzte sie sofort die Handwerker an. Henry, der noch Bademantel und Hausschuhe trug, verschwand wieder im Haus.

»Was hat das alles zu bedeuten?«, fauchte Mrs Murkley.

Die Bauarbeiten hörten schlagartig auf. Ein Mann kam zur Mauer und reichte Mrs Murkley etwas, das wie eine Visitenkarte aussah.

»Schönen guten Morgen«, sagte er fröhlich. »Mein Name ist Pierre.«

Ein zweiter Mann kam und reichte ihr eine zweite Visitenkarte.

»Mein Name ist ebenfalls Pierre«, sagte er.

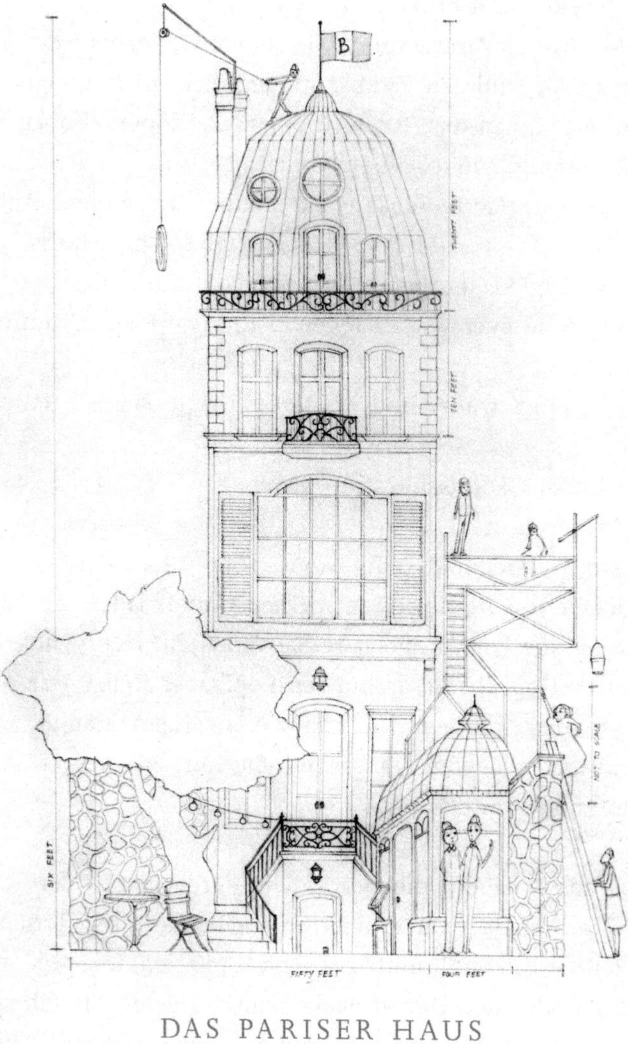

DAS PARISER HAUS

WEIDENGASSE 376

Danach sprachen sie wie aus einem Mund weiter.

»Wir sind die Gebrüder Pierre – Ihre Experten für Umbauarbeiten aller Art.«

Mrs Murkley musterte erst den einen Pierre, dann den anderen. »Sie sind eine Zirkusnummer, mehr nicht«, sagte sie und warf ihnen die Visitenkarten an die Köpfe. »Haben Sie eine Ahnung, wie spät es ist?«

Der eine Pierre schaute zur Sonne. Der andere Pierre schaute auf seine Uhr. Beide kamen zum selben Schluss.

»Sieben Uhr morgens«, sagten sie einstimmig.

»Aber je eher wir anfangen …«, sagte Pierre Nummer eins.

»… umso früher sind wir fertig«, sagte Pierre Nummer zwei.

»Die sind komisch«, sagte Oliver.

Archer nickte.

Mrs Murkley zeigte zum Gerüst. »Sollte auch nur ein Krümelchen von *irgendwas* in meinen Garten fallen … dann rufe ich die Polizei und lasse Sie verhaften! Henry, hol das Telefon! Henry?« Sie drehte den Kopf, aber Henry war verschwunden. »So ein Nichtsnutz von einem Mann!« Die Handwerker lachten. »Ja, lachen Sie nur! Sie werden sich schon noch umschauen!«

Der Umbau dauerte mehrere Wochen. Archer störte der ständige Lärm nicht, denn er übertönte seinen Kummer. Er stand hinter der Balkontür und beobachtete mit dem Fernglas, wie Mrs Murkley den Garten nach Schutt absuchte. Sie sah aus wie ein Maulwurf, der den Kopf aus seiner unterirdischen

Höhle streckt, um einen Blick auf das Treiben der oberirdischen Bewohner der Welt zu erhaschen. Es gab keinen Schutt. Dafür aber jede Menge Staub. Und der Staub verdarb das Sommerblumenfest. Mrs Helmsley war außer sich, weil ihre Pflanzen kalkweiße Blüten trugen.

Als die Bauarbeiten nach ein paar Wochen abgeschlossen waren und das Gerüst entfernt wurde, starrte Archer vom Garten der Glubs auf ein Haus, wie er es noch nie zuvor gesehen hatte. Es war so hoch und schmal wie alle Häuser in der Weidengasse, aber das war schon die einzige Gemeinsamkeit.

»Was ist das?«, fragte Archer.

»Ich glaube, das kommt aus Frankreich«, sagte Mr Glub. »Genauer gesagt: aus Paris.«

»Wo auch immer es herkommt, es ist wunderschön«, sagte Mrs Glub, die nicht anders konnte, als es mit dem Garten zu vergleichen, in dem sie gerade standen.

Archer lehnte an der Mauer, damit seine Mutter ihn nicht sah. Mrs Helmsley stand am Fenster und starrte ebenfalls auf das außergewöhnliche Haus.

»Es mag ja wunderschön sein«, sagte Mr Glub, »aber ich wette, sie haben keinen …« Er verstummte und suchte den Garten ab. »Wo ist mein Flamingo?«

Archer und Oliver schlichen ins Haus.

Ein paar Tage später kamen die Möbelpacker. Archer und Oliver beobachteten mit dem Fernglas, wie sie Möbel, Kartons und allen möglichen Krimskrams durchs Haus trugen. Es herrschte ein ziemliches Chaos. Nachdem die Möbelpacker fertig waren, kehrte wieder Ruhe in die Weidengasse ein. Und mit ihr kehrten auch Archers Gedanken zurück, die nun noch finsterer waren als vorher. Die Schachteln waren fort. Die Tagebücher waren fort. Seine Großeltern waren fort. Jetzt blieb ihm nur noch das Haus der Helmsleys, das er in naher Zukunft nicht verlassen durfte.

Wenn du jemals so viel Zeit bei dir zu Hause verbracht hast wie Archer, dann ist es dir vielleicht wie ihm ergangen und deine Gesichtsfarbe wurde grau und deine Gedanken wurden noch grauer. Welche Hoffnung gab es, das Goldene Zeitalter der Helmsleys wiederaufleben zu lassen, wenn er in einem Haus eingesperrt war? Was konnte Archer da drinnen tun, das seine Großeltern stolz gemacht hätte? Es gab rein gar nichts, was er tun konnte – abgesehen davon, dass er sich ganz klein vorkommen konnte, weil er auf Schritt und Tritt von den Erinnerungen an ihr großartiges Leben umgeben war.

Archer schüttelte den Kopf. Er war nicht wie sein Großvater. Er war nur ein Junge, der mit dem Kopf in der Schnauze von einem Eisbären einschlief.

Eine Woche nachdem die Möbelpacker weggefahren waren, trafen Archer und Oliver sich wie fast jeden Abend auf dem Dach. Nur war dieser Abend ganz anders als die anderen. Tatsächlich sollte dieser Abend die Welt von Archer völlig auf den Kopf stellen.

Aber das wusste Archer noch nicht. Nein, als er die Leiter zu Olivers Haus hochkletterte, war er überzeugt, dass sich in seinem Leben nie etwas ändern würde, es sei denn, seine Großeltern kehrten irgendwann zurück.

Der Abend war kalt und klar. Archer steckte einen Finger in den Mund und hielt ihn dann über den Kopf. »Ein schwacher Wind aus Südsüdwest, oder?«, sagte er.

»Glaube schon«, sagte Oliver und schaute in Richtung Nordnordost.

Die Sterne warteten geduldig, bis die Sonne hinter den Häusern untergegangen war, dann nahm einer nach dem anderen seinen Platz ein, bis die Bühne bereitet war und die Nacht beginnen konnte.

Archer stocherte mit einem Stock in der Dachrinne herum, als er einen Käfer entdeckte, der auf einem Blatt krabbelte. Er hob ihn hoch. Einen solchen Käfer hatte er noch nie gesehen. Er war blau mit gelben Punkten und sah höchst ungewöhnlich aus.

Aber Archer interessierte sich nicht für ihn, sondern schnipste ihn in den Garten. Oliver schaute zu, wie der Käfer wegbrummte.

»Wir finden schon noch raus, ob Mrs Murkley sie wirklich isst«, sagte er, weil er hoffte, Archer ein Lächeln zu entlocken. Er hatte keinen Erfolg.

Archer setzte sich neben ihn und ließ die Beine vom Dach baumeln.

»Früher habe ich geglaubt, ich hätte Glück, weil ich ein Helmsley bin«, sagte er. »Aber seit dem Eisberg ist der Name zu einem Fluch geworden.«

Er war überzeugt, dass alles anders gekommen wäre, wenn die Sache mit dem Eisberg nicht passiert wäre. Aber sie war nun einmal passiert. Vor mehr als zwei Jahren, einer gefühlten Ewigkeit. Das machte es noch schlimmer.

»Sie kommen nicht mehr zurück«, sagte er.

Archer hatte viel Zeit damit verbracht, sich auszurechnen, wie hoch die Lebenserwartung von einem Eisbergbewohner war. Das Ergebnis hatte ihn erschüttert. Wieder und wieder rechnete er von Neuem, aber es kam immer dasselbe dabei heraus. Feuer war das größte Problem.

»Ohne Feuer kann man nicht überleben«, sagte er. »Aber auf einem Eisberg kann man keins machen.«

Oliver nickte, stellte aber eine Sekunde später seine eigene Theorie auf.

»Vielleicht haben sie gegraben«, sagte er.

»Das ergibt keinen Sinn. Warum sollten sie graben?«

»Um sich zum Mittelpunkt des Eisbergs vorzuarbeiten«, sagte Oliver achselzuckend. »Das würde ich jedenfalls so machen.«

Oliver hatte ebenfalls lange nachgedacht. Er würde graben. Er würde graben, bis er den Mittelpunkt des Eisbergs erreicht hatte. In einer kleinen Höhle im Inneren wäre es nämlich gerade warm genug, dass er nicht erfrieren müsste, aber nicht so warm, dass der Eisberg schmelzen würde. Und morgens, wenn die Sonne über dem Meer aufging, würde sie durch die dicken Eiswände scheinen, sodass man beim Aufwachen etwas Wunderschönes sehen würde.

»Die Sonne würde die Höhle erwärmen«, fügte er hinzu und zuckte wieder die Achseln.

»Hast du das irgendwo gelesen?«, fragte ein verblüffter Archer.

Oliver schüttelte den Kopf. »Aber ich denke darüber nach, seit ich die Schlagzeile gelesen habe«, sagte er. »Ich versuche nämlich, auf alle möglichen Situationen gut vorbereitet zu sein.«

Tatsächlich war das eine Aufgabe, die Oliver sich selbst täglich stellte. Jeden Abend las er die Zeitung von seinem Vater und suchte nach Lösungen für die schlimmen Lagen, in die andere Menschen geraten waren. Nur für den Fall der Fälle.

Archer war verwirrt. Diesen Oliver kannte er noch gar nicht (was daran liegen konnte, dass Archer zu sehr mit den eigenen Einfällen beschäftigt war, um sich die von Oliver anzuhören). Die Idee war einfach genial. Aber Oliver wurde langsam etwas unsicher, weil Archer ihn die ganze Zeit über anstarrte. Er wischte sich mit der Hand über die Stirn.

»Krabbelt mir irgendwas übers Gesicht?«, fragte er.

»Wir müssen in die Antarktis«, sagte Archer.

Oliver lachte, aber Archer hatte keinen Witz gemacht.

»Ist das dein Ernst?«, fragte Oliver.

»Ja«, sagte Archer.

»Aber das ist unmöglich.«

»Schwierig«, verbesserte Archer ihn, »aber nicht unmöglich.«

Oliver schüttelte den Kopf. »Ich sehe wenigstens drei Riesenprobleme. Das erste und größte: Selbst wenn du es irgendwie in die Antarktis schaffst, wirst du dort bestimmt sterben.«

Archer lehnte sich zurück und fragte: »Und was noch?«

Oliver blinzelte ein paarmal. »Das reicht dir noch nicht?«,

sagte er und seufzte, bevor er die Liste fortsetzte. »Nummer zwei: Falls du es nicht schaffst und man dich erwischt, wirst du nach Raven Wood geschickt, und dort könnte es noch schlimmer werden. Nummer drei: Du hast überhaupt keine Erfahrung mit solchen Sachen. Man fährt nicht mal eben in die Antarktis.«

Obwohl er es nicht gern tat, musste Archer zugeben, dass er wirklich keine Erfahrung hatte. Er hatte keine Erfahrung damit, irgendetwas von dem zu tun, was er gern getan hätte.

»Und wenn ich jemanden auftreibe, der Erfahrung hat?«, fragte er nach einer kurzen Pause. »Jemanden, der uns helfen kann? Was wäre, wenn ich in die Antarktis fahren und dort meine Großeltern finden würde? Du würdest doch mitkommen, oder?«

Oliver gefiel der Ausdruck in den Augen von Archer gar nicht. Archer schien es ernster zu meinen als mit den Plänen, die er in der Bibliothek geschmiedet hatte. Zum Glück tauchte in diesem Moment der Kopf von Mr Glub am Rand des Daches auf.

»Ich hatte so eine Ahnung, dass du hier oben steckst«, sagte Mr Glub. »Und auch dir einen guten Abend, Archer.« Er blickte hinauf zu den Sternen. »Was für ein schöner Abend. Es tut mir leid, dass ich euch trennen muss, aber Oliver hat versprochen, mir bei der Wochenbeilage für die Zeitung zu helfen – natürlich nur, falls er es sich nicht anders überlegt hat.«

Oliver hatte es sich nicht anders überlegt und war insgeheim froh, dass er vom Dach wegkonnte. Er verabschiedete sich von Archer und kletterte die Leiter hinunter. Archer kletterte seine Leiter hinunter. Er schaltete das Radio ein und ließ die Balkontür offen, damit er es draußen hören konnte. Dann stieg er mit dem Fernglas zurück aufs Dach und schaute in den Himmel. Er entdeckte das Sternbild des Orion – den großen Jäger – und lächelte zum ersten Mal seit Wochen.

»Keine Angst«, sagte er. »Wir sitzen hier nicht mehr lange fest.«

✦ Sternbilder ✦

Unten im Garten tauschten die Grillen im Mondschein Höflichkeiten aus.

»Guten Abend«, zirpte eine.

»Lass mich in Ruhe«, zirpte eine andere.

Oben auf dem Dach saß Archer und dachte immer noch über die Antarktis nach. Ihm fehlte Erfahrung. Das konnte er nicht abstreiten. Aber mit der richtigen Hilfe, mit jemandem, der die nötige Erfahrung hatte, wäre es nicht unmöglich. Er brauchte Zeit für die Vorbereitungen, ein Schiff, auf dem er sich als blinder Passagier verstecken konnte, und natürlich einen guten Fluchtplan. Denn Oliver hatte recht: Falls er versagte und erwischt wurde, hätte das schlimme Folgen. Aber man muss die Folgen eben in Kauf nehmen, wenn sie mit einer Sache zusammenhängen, die man tun *muss*.

Archer wanderte mit dem Fernglas von einem Sternbild zum anderen, bis er eins entdeckte, das er noch nie gesehen hatte. Er stellte das Fernglas scharf. Das war kein Stern. Das war die Laterne von dem seltsamen Haus auf der anderen Seite vom Garten.

»Dein Zimmer ist oben«, rief der große, wie aus dem Ei gepellte Mann, nachdem er die Gartenlaterne angeknipst hatte.

Archer sah, wie im ersten Stock, dann im zweiten Stock und schließlich im obersten Stock das Licht anging.

»Es ist die Tür links«, sagte der große Mann.

Ein Mädchen mit einem Koffer trat in das Zimmer im obersten Stock, dicht gefolgt von dem Mann, der noch mehr Gepäck trug. Das Mädchen ging zur Balkontür und trat hinaus.

»Vielleicht suchen wir dir lieber weiter unten ein Zimmer«, sagte der Mann.

»Mir gefällt es hier«, antwortete das Mädchen.

Der Mann stellte das Gepäck ab und verließ das Zimmer. Das Mädchen lehnte sich gegen das Geländer und schaute in den Garten. Der Wind aus Südsüdwest änderte die Richtung und wehte die Musik aus dem Zimmer von Archer zu ihrem Balkon. Das Mädchen entdeckte ihn. Schnell senkte Archer das Fernglas. Sie stellte sich auf die Zehenspitzen und stand einen Moment lang stockstill da. Archer hob das Fernglas wieder hoch. Das Mädchen fing an, sich zu drehen, was wunderschön aussah, bis sie das Gleichgewicht verlor und mit einem dumpfen Knall zu Boden ging.

»*Sur la table, Adélaïde*«, rief ihr der große, wie aus dem Ei gepellte Mann vom Garten zu.

Das Mädchen rappelte sich hoch und kehrte ins Zimmer zurück. Im obersten Stock, im zweiten Stock und schließlich im ersten Stock ging das Licht aus.

Adélaïde?, dachte Archer. *Was ist eine Adélaïde?*

Sie hieß Adélaïde. Adélaïde L. Belmont. Adélaïde ist ein französischer Name.

»Wie spricht man das aus?«, fragte der Zollbeamte und schaute von ihrem Pass hoch.

Adélaïde war so fasziniert, weil der Mann verblüffende Ähnlichkeit mit einem Walross hatte, dass sie einen Moment für ihre Antwort brauchte

»A-de-lei-id L. Bell-mohn«, sagte sie schließlich. »Das *t* ist still.«

»Du meinst, es ist *stumm*«, erwiderte das Walross.

»Nein«, sagte sie. »Nur still. Manchmal kann man es hören.«

Adélaïde hatte einen französischen Namen, weil sie Französin war, denn bevor Adélaïde im Hafen von Rosewood angekommen war, hatte sie in Frankreich gewohnt.

»Und weshalb bist du den weiten Weg übers Meer gekommen?«, fragte der Beamte.

Adélaïde biss sich auf die Lippe, klopfte mit den Fingern auf das Pult vom Walross und schaute über die Schulter zu ihrem Vater, der Koffer auf einen Gepäckwagen stapelte. Sie wusste nicht, was sie auf die Frage antworten sollte. Als ihr Vater den Umzug angekündigt hatte, war sie selbst überrascht gewesen.

Das soll aber nicht heißen, dass sie deswegen traurig gewesen wäre. Im Gegenteil, Adélaïde hatte sich sogar darauf gefreut, aus Frankreich wegzuziehen – nur aus welchem Grund eigentlich?

»Wegen des Balletts«, sagte sie und drehte den Kopf wieder zum Walross.

»Du bist Ballerina?«

»Nicht mehr.«

Der Beamte zog eine Augenbraue hoch. »Warum nicht?«, fragte er.

»Wegen des Brotes«, antwortete sie.

Der Beamte zog die zweite Augenbraue hoch. »Du bist wegen *Brot* keine Ballerina mehr?«

»Hauptsächlich wegen der Croissants«, sagte Adélaïde.

Darauf erhob sich das Walross, und Adélaïde schaute zu, wie er sich Kaffee nachschenkte, den Bleistift spitzte und zu seinem Platz zurückwatschelte.

»Ich will nur sichergehen, dass ich dich richtig verstanden habe«, sagte er und schaute auf seine Notizen. »Du sagst, du bist wegen des *Balletts* den weiten Weg übers Meer gekommen, obwohl du wegen der *Croissants* keine *Ballerina* mehr bist. Richtig?«

Das war nicht ganz richtig und auch die Reihenfolge war ein wenig durcheinandergeraten, aber Adélaïde lächelte und nickte trotzdem.

»Na schön«, sagte der Beamte, obwohl er rein gar nichts verstanden hatte. Er stempelte den Pass ab und gab ihn Adélaïde zurück. »Dann wünsche ich dir alles Gute.«

»Merci, Monsieur.«

Adélaïde trug ihren Koffer nach draußen. Ihr Vater winkte ein Taxi herbei und sie verstauten das Gepäck im Kofferraum.

»Wo soll's hingehen?«, fragte der Taxifahrer.

»In die Weidengasse Nummer drei-sieben-sechs«, sagte

ROSEWOOD PORT

Mr Belmont. Er hob ein unsichtbares Glas in die Luft. »Auf den Tapetenwechsel.«

*

Bevor wir mit der Geschichte fortfahren, gibt es vielleicht einige unter euch, die sich die gleichen Fragen stellen wie das Walross.

✦ Ballett? Brot? Stille Ts? ✦

Das klingt nach einem Haufen Unsinn, oder? In Wahrheit war es kein Unsinn, denn Adélaïde war ein schlaues Mädchen. Weil sie mit dem Mann nicht darüber reden wollte, aber einen Zollbeamten schlecht anlügen konnte, wollte sie ihn wenigstens ein bisschen verwirren. Um die Fragen richtig zu beantworten, reisen wir am besten etwas in der Zeit zurück – bis zu dem Moment, als Archer die Haustür öffnete und entdeckte, dass seine Großeltern auf einem Eisberg aufs Meer hinausgetrieben worden waren. Zu diesem Zeitpunkt war Adélaïde neun Jahre alt und wohnte in Frankreich, genauer gesagt, im Norden von Paris. Und dort musst auch du dich nun hinbegeben – sei es in einem Flugzeug, auf einem Schiff oder, *si tu préfères*, auf einem Eisberg.

Bon Voyage

✦ TEIL ZWEI ✦

Das Mädchen aus dem Norden von Paris

7

✦ Das Mädchen im Norden von Paris ✦

Wenn man dem Verlauf der Rue Girardon folgt, an der Skulptur von dem Mann, der durch die Wand geht, vorbei, dann die hölzerne Windmühle hinter sich lässt, die enge Gasse neben dem gelben Briefkasten einschlägt und um die nächste Ecke biegt, erreicht man *Kaffee & Café Belmont*.

Das Café war eins von vielen, die dem Vater von Adélaïde gehörten, dem wohlhabenden Kaffeehändler François E. Belmont. Aber über diesem einen Café lag außerdem das Zuhause von Adélaïde.

Adélaïde war eine Winzigkeit zu klein für ihr Alter – vielleicht war sie sogar zwei, drei Winzigkeiten zu klein. Außerdem war sie ein schlaues, nettes und auf angenehme Art ehrliches Mädchen, das so aussah wie jedes andere, völlig normale neunjährige Mädchen auch. Ja, wer sie auf der Straße sah, hätte nie gedacht, dass sie ein ganz besonderer und höchst ungewöhnlicher Mensch war. Aber das war ein Irrtum. Adélaïde war etwas ganz Besonderes und höchst ungewöhnlich noch dazu.

Die Geschichte beginnt mit Brot.

✦ Alte Croissants ✦

Adélaïde liebte Brot, alle Sorten von Brot, und für den Brotliebhaber ist Paris eine sehr gute Stadt. Am liebsten aß sie butterige Croissants mit blättriger Kruste und Schokofüllung. Adélaïde hätte sie den ganzen Tag lang essen können: morgens, mittags und abends (aber ihre Mutter wollte von solchem Unsinn nichts wissen). Zum Glück wurde das *Café Belmont* jeden Morgen um sieben Uhr mit Brot beliefert. Daher lief Adélaïde jeden Morgen um sieben Uhr die Treppe hinunter.

Eines Morgens bediente Mr Belmont im Café die Espressomaschine, während der Kellner Amaury P. Guilbert argwöhnisch ein Tablett mit Croissants beäugte. Adélaïde saß auf einem Barhocker und beobachtete ihn. Amaury war ein freundlicher Mensch mit beachtlichem Bauchumfang, der immer eine Schirmmütze trug. Adélaïde fand, dass er damit aussah wie ein Fischverkäufer. Vielleicht lag das aber nur an seinem Geruch.

Was auch immer es war, Adélaïde mochte Amaury P. Guilbert gern.

»Stimmt was nicht?«, fragte sie.

Amaury stellte die Croissants vor ihr hin.

»Findest du, die sehen frisch aus?«, fragte er.

Adélaïde nahm ein Croissant in die Hand. Ein echter Brotkenner weiß sofort, ob es sich um frisches oder altes Brot handelt. »Man sieht es an der Kruste«, hätte Adélaïde erklärt. »Ist sie nicht blättrig, dann schmeckt's nicht.« Adélaïde konnte keine blättrige Kruste entdecken.

»Ich glaube, die sind von gestern«, sagte Amaury.

»Oder von vorgestern«, fügte Adélaïde hinzu.

»Nun, koste bloß mal dieses köstliche Tröpfchen«, rief Mr Belmont von der Espressomaschine her, drehte sich um und stellte eine kleine gelbe Tasse vor Adélaïde auf den Tresen. »Das ist die allerneueste Espressobohne aus meinem Sortiment. Trink bitte mal einen Schluck und sag mir dann, was du davon hältst.«

Adélaïde schaute auf die gelbe Tasse. Die gelbe Tasse schaute zurück. Adélaïde war keine große Kaffeetrinkerin. Sie trank lieber Tee.

»Das Brot ist schon wieder alt«, sagte Amaury über die Schulter. »Das dritte Mal in dieser Woche.«

Mr Belmont hörte nicht zu.

»Na los, Adié«, sagte er. »Wetten, der schmeckt dir vorzüglich?«

Adélaïde trank einen winzigen Schluck und der reichte schon. Ihre Augen sprühten Funken und ihre Stimme kletterte in die Höhe. »Köstlich«, piepste sie, obwohl sie in Wahrheit das Gegenteil dachte. Jetzt hatte sie Espresso-Augen – ringsherum weiß mit kleinen schwarzen Punkten in der Mitte.

Mr Belmont nahm ein Croissant und biss hinein.

»Der wird sich hervorragend verkaufen, und …« Er verstummte und betrachtete stirnrunzelnd das jämmerliche Gebäck. »Das schmeckt ja *schrecklich*!«

»Das habe ich doch gerade gesagt«, erklärte Amaury. »Stimmt's, Adié?«

Adélaïde wedelte mit dem kleinen Finger. Mehr konnte sie in diesem Moment nicht tun.

»Aber das ist in dieser Woche schon das dritte Mal«, sagte Mr Belmont.

Amaury seufzte. »Warum rede ich eigentlich überhaupt noch mit Ihnen?«

Mr Belmont befühlte die faden Hörnchen. »Wir haben wohl Pech«, sagte er. »Oder?«

»Nein«, sagte Amaury. »Wir haben alte Croissants.«

Adélaïde blinzelte zweimal und schob die gelbe Tasse langsam von sich weg. Sie durchsuchte das Tablett mit den Croissants, fand ganz unten zwei frische und verabschiedete sich.

Auf dem Weg nach draußen begegnete sie einem Mann, der einen Stapel Zeitungen neben den Tresen warf. Sie legte den Kopf schief und las die Schlagzeile.

LE PETIT JOURNAL

FORSCHER IM EISMEER VERSCHOLLEN

»*Die* hatten Pech«, sagte Mr Belmont und biss noch einmal ins Croissant, weil er schon wieder vergessen hatte, dass es alt und pappig war.

Adélaïde stieg die Treppe zur Wohnung hinauf. Sie ging in die Küche, stellte eine Holzkiste vor die Spüle und kletterte darauf, um Wasser in den Kessel zu füllen. Dann trug sie den Kessel zum Herd, zog die Kiste mit dem Fuß hinterher und zündete eine Gasflamme an, um sich eine Tasse Tee zu kochen.

Sie klopfte mit den Fingern auf die Arbeitsplatte und dachte, dass das Wasser nie schnell genug kochte, wenn ihr ein Croissant ins Gesicht lächelte.

»Halt dich zurück«, ermahnte sie sich selbst und schaute vom Croissant weg.

Ihre Mutter, Christine L. Belmont, saß am Küchentisch und frühstückte.

»Mit wem redest du da?«, fragte sie, ohne aufzublicken.

»Mit mir selbst«, antwortete Adélaïde.

»Dann sag dir bitte selbst, dass du den Mund halten sollst. Wie soll ich mein Frühstück genießen, wenn du den ganzen Morgen wie ein Wasserfall redest?«

»Aber wie soll ich mir sagen, dass ich den Mund halten soll, und gleichzeitig den Mund halten?«, fragte Adélaïde.

Mrs Belmont gab keine Antwort. Stattdessen biss sie geräuschvoll in ihren Toast und Krümel verteilten sich auf ihrem blitzblanken Äußeren. Sie zündete sich eine Zigarette an und verschwand in einer Rauchwolke.

Es gibt auf der Welt viele verschiedene Mütter, aber Mrs Belmont hätte wohl auf jeder Wunschliste ganz unten gestanden. Adélaïde kannte ihre Mutter kaum, denn Mrs Belmont ließ sich nur selten blicken. Das war nicht schlimm. Adélaïde fand es sogar besser so. Hättest du so eine Mutter, wärst du auch nicht furchtbar traurig, wenn sie nicht immer in deiner Nähe wäre. Manchmal ließ sich das natürlich nicht vermeiden.

»Schnecken für die Dame, sehr gern«, sagte der Kellner. »Und was möchte Ihre liebreizende Tochter zum Mittag bestellen?«
»Wenn Sie meine Tochter so liebreizend finden, können Sie sie gern haben«, sagte Mrs Belmont. »Ich kann Ihnen die nötigen Papiere in einer Stunde zukommen lassen.«
Der Kellner blinzelte. Adélaïde zuckte die Schultern.
»Wie können Sie so etwas sagen?«, fragte der Kellner. »Das ist Ihre *Tochter*!«
Mrs Belmont zündete sich eine Zigarette an. »Na, und wenn schon? Auf meinem Rücken ist ein Muttermal. Das Muttermal gehört zu mir, aber das heißt nicht, dass ich es haben *will*.«

Adélaïde machte sich eine Schale Tee und stellte sie zusammen mit den Croissants auf ein Tablett. Vorsichtig ging sie damit die Treppe hoch und trat aufs Dach hinaus.

Ein Croissant verfütterte sie an die Tauben, die geduldig auf ihr Frühstück warteten. Das andere tunkte sie in den Tee und aß es, während sie neben den Vögeln auf dem Dachrand hockte. Als sie fertig war, leckte sie sich die butterigen Krümel von den Fingern, drehte sich um und schaute zu, wie ganz Paris, das so weit reichte, wie sie sehen konnte, zum Leben erwachte.

Eine der Tauben räusperte sich.

»Glaubst du, du warst in einem früheren Leben mal eine Taube?«, fragte sie.

»Schon möglich«, antwortete Adélaïde. »Aber wohl eher nicht.«

»Ich glaube, du warst ein Croissant«, sagte eine zweite Taube.

»Wenn das stimmt«, sagte die erste, »kann es gut sein, dass wir dich gefressen haben.«

»Ganz bestimmt«, sagte Adélaïde. »Und dann wurde ich wiedergeboren als ...«

»ADÉLAÏDE!«, rief Mrs Belmont.

Adélaïde schaute nach unten. Obwohl sie ihre Mutter nicht sehen konnte, war sie sich fast sicher, kleine Spucketropfen zu erkennen, die das Licht der Morgensonne widerspiegelten.

»Ich bin hier oben«, antwortete sie.

»Ich weiß, wo du bist – deshalb schreie ich ja! Und nun hör auf, mit den Tauben rumzualbern, und komm sofort runter. Wehe, du lässt Madame Lambert noch eine Minute länger warten!«

Adélaïde riss das Schild vom Teebeutel ab und steckte es in die Tasche von ihrem Kleid.

Während sie missmutig das Tablett belud, schaute sie zu den Tauben hin.

»Fresst sie beim nächsten Mal«, sagte Adélaïde. »Dann wird sie bestimmt als Schnecke wiedergeboren.«

Madame Lambert war die Privatlehrerin von Adélaïde. Das Ballett war der Grund, warum Adélaïde zu Hause unterrichtet wurde. Wie viele Mädchen in ihrem Alter wollte Adélaïde Ballerina werden. Aber anders als viele Mädchen in ihrem Alter war Adélaïde ein echtes Wunderkind. Mit sechs Jahren wurde sie am Ballett-Theater von Paris aufgenommen, und weil sie so viel Zeit mit Training, Proben und Aufführungen verbrachte, konnte sie nicht auf eine normale Schule gehen. Stattdessen wurde sie bis ein Uhr mittags zu Hause unterrichtet und machte sich danach auf den Weg ins Theater. Es war nicht weit entfernt und Adélaïde ging gern zu Fuß. Sie packte ihre Tasche, schlug die enge Gasse neben dem gelben Briefkasten ein, spazierte an der hölzernen Windmühle vorbei, tätschelte dem Mann, der durch die Wand geht, den Kopf und folgte der Straße bis zum Theater.

Das Theater war in einem alten, runden Gebäude untergebracht. Adélaïde trat durch eine kleine Hintertür ein und versuchte, unbemerkt an der Pförtnerloge von Mr Stanislas vorbeizuschleichen. Beinahe wäre ihr das geglückt, doch dann bekam sie plötzlich Schluckauf.

»Ah, das Fräulein Adié.«

Mr Stanislas war der Theaterdiener und ein höchst unangenehmer Mensch dazu. Seine gehässigen Bemerkungen hinterließen bei Adélaïde immer einen üblen Geschmack auf der Zunge.

»Guten Tag«, erwiderte sie und zwang sich zu einem Lächeln.

Mr Stanislas wurde nicht dafür bezahlt, andere Leute nett und höflich zu behandeln, deshalb verzichtete er meistens darauf. Stattdessen klopfte er mit einem unordentlichen Stapel Papier so lange auf sein Pult, bis alle Seiten gerade waren, und schaute Adélaïde dabei streng über seine Himmelfahrtsnase hinweg an. »Hast du auf dem Dach etwa wieder diese dreckigen Tauben gefüttert?«, fragte er.

Adélaïde zuckte die Schultern. »Vielleicht«, erwiderte sie.

Weil sie bei den anderen jungen Ballerinen nicht furchtbar beliebt war, verbrachte Adélaïde tatsächlich die meisten Pausen auf dem Theaterdach. Mr Stanislas stand auf, verschränkte die Arme auf dem Pult und beugte sich vor. Adélaïde rührte sich nicht vom Fleck.

»Und wie, wenn ich fragen darf, füttert man *vielleicht* die Tauben?«, fragte er. »Ich habe gesehen, wie Leute Tauben *füttern* und wie Leute sie *nicht* füttern. Aber jemanden, der Tauben *vielleicht* füttert, den habe ich noch nie gesehen.«

»Auch Tauben müssen essen!«, beharrte Adélaïde.

»Das stimmt. Aber nicht auf meinem Dach!«, bellte er. »Falls du diese Viecher noch ein einziges Mal fütterst, schicke ich dich mit dem Mopp nach oben. Wenn der Direktor diese Sauerei sieht, verliere ich meinen Job. Haben wir uns verstanden?«

Das hatten sie zwar noch nie, aber Adélaïde nickte trotzdem. Sie setzte ihren Weg fort und rieb dabei mit der Zunge über ihren Gaumen, um den üblen Geschmack loszuwerden. In allen Fluren des Theaters standen junge Ballerinen und machten Übungen zum Aufwärmen und Dehnen. Als Adélaïde an ihnen vorbeiging, flüsterten und kicherten sie.

Die Umkleide von Adélaïde hatte die Nummer siebzehn. Sie trat ein und zog sich um.

✦ Solo für Adélaïde L. Belmont ✦

Es dauerte nicht lange, bis Adélaïde die anderen *Ballettratten* (so nennt man Ballettschülerinnen auch) überflügelt hatte und Klassenbeste wurde. Natürlich waren die Lehrer und Lehrerinnen von ihrem herausragenden Talent begeistert. Aber leider schmeckte nicht immer alles so süß wie Croissants mit Schokofüllung. Nicht selten musste Adélaïde eine Schnecke schlucken. Die anderen Ballettratten waren nämlich eifersüchtig auf den Wirbel, der um Adélaïde gemacht wurde.

»Die schummelt bestimmt.«

»Ist das überhaupt möglich?«

»Wenn du mich fragst, die sieht aus wie ein zappelnder Fisch auf dem Trockenen.«

»Das interessiert keinen. Mr Ravel hält sie für besser als uns.«

»Nicht nur Mr Ravel. *Sie* hält sich für besser als uns.«

Dass nichts davon stimmte, spielte keine Rolle. Oft hielten die anderen Mädchen sich an den Händen, tanzten im Kreis um Adélaïde herum und sangen:

Seht nur, unsere kleine Miss Pirouette,
wenn eine von uns das Sagen hätte,
machte man einen Schnitt in deine Silhouette
wie damals bei Königin Marie Antoinette!

Mit acht Jahren gab Adélaïde ihr Debüt als Solotänzerin. Es war eine Kinderaufführung und die Karten wurden zum halben Preis verkauft, aber trotzdem blieben viele Plätze leer. Adélaïde störte das nicht.

Die Vorstellung fing um acht Uhr abends an, daher sagte sie ihrem Vater, er solle um sieben da sein, obwohl sie genau wusste, dass er sogar dann noch zu spät kommen würde.

»Zum Ballett-Theater, geben Sie Gas!«, rief Mr Belmont, als er ins Taxi sprang.

Er sprintete die Treppenstufen zum Theatereingang hoch und rannte in die ausgebreiteten Arme von Mr Stanislas.

»Tut mir leid, aber ich darf Sie nicht mehr einlassen«, sagte Mr Stanislas.

»Aber das da drinnen ist meine Tochter«, erwiderte Mr Belmont.

Mr Stanislas spähte durch ein kleines Türfenster zur Bühne hinein.

»Das Fräulein?«, fragte er.

Mr Belmont zog eine Augenbraue hoch. »Wenn Sie sie so nennen …«

»Vorschriften sind Vorschriften«, sagte Mr Stanislas und grinste fies. »Ich bin nicht befugt, jemanden in eine laufende Vorstellung einzulassen.«

Mr Belmont schwieg einen Moment lang, dann sagte er: »Würden Sie mir wenigstens ein Glas Wasser bringen? Ich bin den ganzen Weg gelaufen.«

Mr Stanislas rümpfte die Nase, aber Mr Belmont bestand auf seinem Glas Wasser.

»Warten Sie hier«, sagte Mr Stanislas und verließ seinen Posten.

Sobald er außer Sichtweite war, schlüpfte Mr Belmont in den Theatersaal.

Oft geht ein Jahr in das andere über, ohne dass man einen Unterschied bemerkt. Doch von Zeit zu Zeit gibt es ein Jahr, das sich deutlich von den anderen abhebt. Das liegt meistens daran, dass etwas besonders Schönes oder Schlimmes geschieht. Bei Adélaïde war es das neunte Lebensjahr, das sich deutlich von den anderen abhob, und der Grund war leider ein sehr schlimmer. Alles begann damit, dass ein Bäcker in aller Früh Brot backen musste.

✦ Bäckerwagen & Laternenpfahl ✦

Ein Bäcker muss jeden Tag früh aufstehen und die frühen Morgenstunden nutzen, um frischen Teig in heiße Backöfen zu schieben und fertiges Brot wieder herauszuziehen. Ein solches Leben fällt nicht jedem leicht, aber es ist nun einmal nötig, damit wir Übrigen jeden Morgen frisches Brot essen können. Der Brotlieferant von *Kaffee & Café Belmont* war ein Bäcker namens Christoph, und Christoph war eigentlich ein sehr guter Bäcker. Das Problem war nur, dass Christoph häufig verschlief und dann keine Zeit mehr hatte, frisches Brot zu backen. Deshalb verkaufte er das Brot von gestern und manchmal sogar das von vorgestern.

»Schon wieder alt«, sagte Amaury.

»Die Kruste ist kein bisschen blättrig«, sagte Adélaïde.

Mr Belmont griff zum Telefon. »… schon gut, Christoph, aber wenn du mich noch mal mit alten Croissants übers Ohr haust, dann suche ich mir einen neuen Bäcker.«

Weil sein wichtigster Kunde abzuspringen drohte, blieb Christoph keine andere Wahl. Er stellte sich drei Wecker neben das Bett und wachte endlich jeden Morgen rechtzeitig auf, um frisches Brot zu backen. Doch das frühe Aufstehen wirkte sich auf Dauer recht seltsam auf Christoph aus. Bald sah er Dinge, die gar nicht da waren. Und Dinge zu sehen, die gar nicht da sind, hat schon viele Leute in ernste Schwierigkeiten gebracht.

Eines frühen Morgens, nachdem sie schon stundenlang Teig in Backöfen geschoben hatten, beluden Christoph und sein Partner Nicolas ihren Bäckerwagen und fuhren zu *Kaffee & Café Belmont*. Während der Fahrt fing das Hirn von Christoph an, ihm Streiche zu spielen. Als er in den seitlichen Rückspiegel blickte, glaubte er, eine Taube zu sehen, die den Lieferwagen verfolgte. Aber Tauben verfolgen keine Lieferwagen, deshalb kniff Christoph kurz die Augen zusammen und schüttelte den Kopf. Einen Augenblick später glaubte er, fünf weitere Tauben zu sehen. Er schaute zu Nicolas.

»Hast du das gesehen?«

»Was denn?«, fragte Nicolas.

»Vielleicht habe ich nur …«

»Vielleicht hast du nur … was?«

Christoph schüttelte wieder den Kopf. »Schon gut«, sagte er dann.

Nicolas zog eine Augenbraue hoch und stellte das Radio lauter. Währenddessen schaute Christoph in den Rückspiegel und war überzeugt, nicht weniger als siebenunddreißig Vögel zu zählen, die sich an ihre Fersen geheftet hatten. Nein, er war nicht verrückt geworden! Er sah sie so klar und deutlich, wie du jetzt dieses Buch siehst.

»Wir werden verfolgt!«, schrie Christoph.

»Von wem?«, fragte Nicolas ruhig.

»Von *Tauben*!«

Nicolas spähte in den Seitenspiegel. Er blinzelte zweimal und dann noch einmal. Die eingebildeten Vögel waren nicht zu sehen.

»Hast du wieder heimlich vom Calvados für die Crêpes genascht?«, fragte er besorgt.

Christoph wies den Vorwurf empört zurück. »Es ist das Brot! Sie sind hinter dem Brot her!« Er trat das Gaspedal durch und raste durch die Straße. Nicolas zog den Sicherheitsgurt fester.

Tatsächlich hockten die einzigen Tauben weit und breit auf dem Dach von Adélaïdes Haus und warteten auf Adélaïde oder, besser gesagt, auf ihr Frühstück. Aber die Tauben waren nicht die Einzigen, die Hunger hatten. Am Abend zuvor hatte Adélaïde die Tür zum Dach einen Spaltbreit offen gelassen, und als ihr Kater Napoleon gesehen hatte, wie die Morgensonne langsam über die Treppe gewandert war, hatte er der Sache auf den Grund gehen wollen. Er schlich aufs Dach und fand sich in einer äußerst delikaten Situation wieder.

Auf der Dachkante hockten unzählige Tauben, die alle noch halb schliefen. Napoleon duckte sich und versuchte zu entscheiden, welche er als Erstes fressen sollte. Nachdem er seine Wahl getroffen hatte, setzte er zum tödlichen Angriff an. Schnell wie eine Peitsche zischte er heran. Überall stoben Tauben auf, sie flatterten und flogen kreuz und quer.

Napoleon wusste nicht, wie ihm geschah. Er wollte eine fangen, sprang hoch in die Luft, aber in dem ganzen Durcheinander erwischte er keine einzige. Die Vögel sammelten sich. Sie stürzten sich vom Dach, hinunter auf die Straße. Sie waren so sehr in Panik geraten, dass sie kopfüber in den Bäckerwagen flogen, der über die Straße bretterte. Die Tauben prallten leblos von der Windschutzscheibe ab und fielen auf Passanten, die sich wünschten, sie wären im Bett geblieben.

Nicolas schrie auf.

»Ich hab's doch gesagt!«, rief Christoph. Er ließ das Lenkrad los und riss die Hände vors Gesicht. Der Lieferwagen scherte nach links und rechts aus und geriet schließlich ganz außer Kontrolle.

Es war sieben Uhr morgens. Adélaïde trat aus der Haustür. Der Lieferwagen schlitterte seitwärts über die Straße. Die Reifen waren kurz vorm Platzen. Tauben flatterten. Menschen schrien. Croissants kullerten. Überall flogen Federn. Adélaïde betrachtete das schlimme Schauspiel mit Espresso-Augen. *Das kann doch nicht wahr sein!*, dachte sie.

Der Bäckerwagen krachte seitwärts auf einen Laternenpfahl. Dann wurde es ganz still. Aber der Aufprall hatte die Schrauben von dem Laternenpfahl gelockert. Der Laternenpfahl fing an zu wanken. Das Metall gab ein unheimliches Geräusch von sich und eine Sekunde später fiel der Laternenpfahl um. Adélaïde stand zu sehr unter Schock, um rechtzeitig zur Seite zu springen.

✦ Die Königin der Lüge ✦

»Ich fahre für ein paar Tage weg«, verkündete Mr Belmont eines Nachmittags.

Seit dem Unfall mit dem Bäckerwagen waren zwei Jahre vergangen und Adélaïde war jetzt fast elf. Die letzten beiden Jahre hatte sie wie in einem Nebel verbracht, und als sie daraus wieder aufgetaucht war, hatte sie ein Holzbein. Obwohl sie keine Schülerin vom Pariser Ballett-Theater mehr war, wurde sie weiterhin zu Hause unterrichtet. Weil sie nicht wusste, was sie über die ganze Geschichte denken sollte, dachte sie lieber gar nicht daran. Und darüber reden wollte sie auch nicht. Wo sie auch hinkam, starrten die Leute sie an. (Die höflichen taten so, als würden sie ihr Bein nicht bemerken.) Deshalb blieb Adélaïde lieber zu Hause. Und wenn ihr Vater nicht da war, vertrieb sie sich die Zeit mit Amaury im Café.

An einem Nachmittag saß sie mit Amaury an der Theke und spielte Karten, als ein kleiner schlecht gelaunter Mann hereinkam. Er gab seine Bestellung auf und starrte unverschämt auf das Holzbein von Adélaïde.

»Was ist dir denn zugestoßen?«, fragte er.

Adélaïde schaute Amaury über die Karten in ihrer Hand hinweg an. Er grinste und beugte sich über die Theke. »Willst du es ihm sagen oder soll ich?«

»Lieber du«, erwiderte sie und zog eine Karte.

Amaury warf dem schlecht gelaunten Mann einen kurzen Blick zu.

»Was wissen Sie über Krokodile?«, fragte er.

»*Krokodile*?«, wiederholte der Mann.

Adélaïde nickte. »Haben es glatt abgebissen«, sagte sie und spielte die Karte aus.

Amaury legte eine Karte auf ihre. »Scheußliche Viecher«, sagte er.

»Schreckliche Zähne«, fügte sie hinzu.

Der schlecht gelaunte Mann verließ so eilig den Laden, dass er sogar seinen Kaffee vergaß. Adélaïde und Amaury lachten.

Ein paar Stunden später musste Amaury ans andere Ende von Paris fahren, um in einer Zweigstelle von Café Belmont nach dem Rechten zu sehen. Adélaïde machte sich eine Tasse Tee und ging in den Lagerraum. Sie schlängelte sich an einem Berg von Kartons mit »Belmont Kaffee«-Aufklebern vorbei und wich den tückischen Kaffeebohnen aus, die hier und da auf dem Boden lagen. An einem Regal war ein Tisch befestigt, der unter dem Gewicht einer großen Amateurfunkanlage fast zusammenbrach. Die Anlage sah aus wie etwas, das das Militär benutzt, tatsächlich wurde sie aber nur von Amaury benutzt. Amateurfunk war sein Hobby und in den meisten Pausen saß er vor dem Gerät. Als Adélaïde sich setzte und einen Schluck Tee trank, quietschte der Stuhl unter

BELMONT
COFFEE

ihr. Die Anlage sah kompliziert aus, aber Adélaïde drückte den Ein-Schalter und drehte an den Knöpfen (wie sie es bei Amaury oft beobachtet hatte), während sie »Bonjour« ins Mikrofon sagte.

»Schuh?«, hörte sie eine verrauschte Jungenstimme.

Adélaïde beugte sich vor. »Oui. Bonjour!«, erwiderte sie.

»Wie, Schuh?«

»Oui! Bonjour«, sagte Adélaïde noch einmal und dachte, dass der Junge nicht allzu schlau sein konnte, wenn er immer nur ihre Worte wiederholte.

»Danke, aber ich brauche keine neuen Schuhe.«

Erst in diesem Moment wurde Adélaïde klar, dass der Junge gar kein Französisch sprach. Sie sagte »Hallo«, aber die Verbindung war schon abgebrochen.

Zwei Monate später kehrte Mr Belmont zurück und verkündete: »Wir ziehen auf die andere Seite vom Meer.«

Es ist eine Faustregel, dass fast niemand, der in Paris gewohnt hat, jemals aus dieser Stadt wegziehen möchte. Doch wie bei den meisten Regeln gibt es auch hier ein paar Ausnahmen. Mr Belmont war eine solche Ausnahme. Er glaubte nämlich, Adélaïde würde ein Tapetenwechsel guttun. Auf seiner Suche nach einem neuen Zuhause war er übers Meer gereist und nach Rosewood gekommen, wo er das Haus in der Weidengasse Nummer 376 gekauft hatte. Und damit seine Familie nicht allzu sehr unter Heimweh leiden musste, hatte er das Haus im typischen Pariser Stil umbauen lassen. Doch als die Bauarbeiten am neuen Haus abgeschlossen waren und der Morgen des Umzugs kam, da fehlte von Mrs Belmont jede Spur. Mrs Belmont war nämlich keine Ausnahme von der Regel. Sie hatte keine Lust, ihre geliebte Stadt zu verlassen. Deshalb blieb sie einfach da.

Adélaïde dagegen war froh, aus Paris wegzuziehen. Im Schatten vom Ballett-Theater zu wohnen, fiel ihr nicht leicht. Sie packte ihre Siebensachen in einen Koffer und fuhr mit ihrem Vater zum Hafen. An einem Kai bestiegen sie einen Ozeandampfer.

Nach einigen Tagen auf See entdeckte Adélaïde erst ein paar Möwen, dann sah sie Land. Sie ging von Bord, durchquerte die Ankunftshalle vom Hafen von Rosewood und trat ins Freie. Ein angenehmer Windhauch strich über ihren Nacken, und sie war froh, an einem neuen Ort angekommen zu sein. Sie blickte zu den gewundenen Straßen, die vom Hafen wegführten. Die Stadt war nicht halb so groß wie Paris, aber sie schien genauso alt zu sein. Adélaïde entdeckte einen Kanal, der von hohen Gebäuden gesäumt war, und sie hätte sich gern weiter umgeschaut, aber ihr Vater rief nach ihr. Sie stapelten Gepäck in den Kofferraum von einem Taxi und setzten sich auf die Rückbank.

»Wo soll's hingehen?«, fragte der Taxifahrer.

»In die Weidengasse Nummer drei-sieben-sechs«, sagte Mr Belmont. Er hob ein unsichtbares Glas in die Höhe. »Auf den Tapetenwechsel.«

7

8

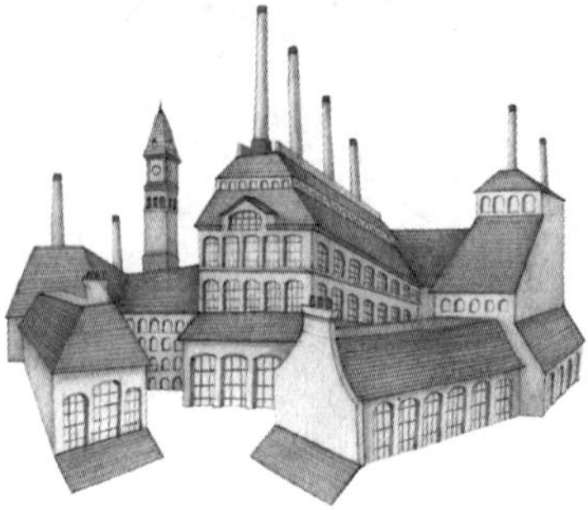

✦ Ein Distelfink als Spion ✦

Adélaïde saß auf dem Balkon, frühstückte (Tee und Croissants) und las ein Buch (»Jagd auf die blaue Perle«). Aber sie musste jeden Satz dreimal lesen, weil sie das Gefühl nicht loswurde, dass man sie beobachtete. Eigentlich war das für sie nichts Neues. Aber das Gefühl war stärker geworden, seit sie vor zwei Wochen in die Weidengasse gezogen war. Adélaïde ließ das Buch sinken und entdeckte einen Distelfinken, der auf dem Geländer hockte und sie anstarrte.

Es ist der Vogel, dachte sie. *Der Vogel beobachtet mich.*

Sie trat mit dem Holzbein gegen das Geländer und der Distelfink flog davon.

Unten im Garten schlich Napoleon schläfrig über die Gartenmauer, als er Mrs Murkley entdeckte, die in einem Gartenstuhl döste. Nicht weit entfernt, auf einer anderen Mauer, blickte das nicht nachtaktive Opossum hoch, als der Distelfink über die Gärten segelte und auf einem Fenstersims vom Haus mit der Nummer 375 landete. Hinter dem Fenster ließ Archer das Fernglas sinken.

»Was hast du rausgefunden?«, fragte er.

Der Distelfink schwieg, bis Archer ihm etwas Toast gab. Er riss ein Stück Rinde ab und warf sie auf den Fenstersims. Aber der Vogel wollte den leckeren Teil, also gab Archer ihm alles, was er hatte. Gierig pickte der Vogel die Krümel auf.

»Und?«, fragte Archer nach einer Weile.

Der Vogel ignorierte ihn.

»Mit wem redest du da?«, fragte Oliver, der in Archers Zimmer auf dem Boden lag. Er drehte den Kopf zum Bett. »Und warum liegt ein Auge unter deinem Bett?«

Archer schaute über die Schulter. Das Glasauge hatte er vollkommen vergessen. »Ich rede mit niemandem«, erwiderte er, dann drehte er sich wieder zum Distelfinken um und fragte ihn noch einmal, was er rausgefunden hatte.

Der Vogel antwortete schließlich, ohne dabei das Picken zu unterbrechen.

»Ich bin … ein-, zweimal … in meinem Leben … um den Block geflogen … aber … *KRÄCHZ* … Verzeihung. Aber so was habe ich noch nie gesehen. Sie hat ein Holzbein!«

Ja, das hatte Archer auch schon bemerkt. »Aber warum?«, fragte er.

»Ich habe nicht die geringste Ahnung«, antwortete der Vogel.

Archer ärgerte sich, dass er dafür seinen Toast verschwendet hatte, und schlug mit dem Teller nach dem Distelfinken. Dabei fiel ihm jedoch der Teller aus der Hand, sodass Vogel und Teller in den Garten segelten. Adélaïde senkte ihr Buch.

Mrs Murkley sprang vom Stuhl auf und riss die geballten Fäuste hoch. Oliver lief zum Fenster.

»Warum hast du ihn umgebracht?«, fragte er und blickte auf den vor Schreck erstarrten Vogel hinunter.

»Das wollte ich nicht«, flüsterte Archer und bekam ein schlechtes Gewissen. Schnell lehnte er sich aus dem Fenster. »Aber ich glaube, er ist nicht tot.«

Er war nicht tot. *Noch* nicht. Aber Kater Napoleon war schneller als das nicht nachtaktive Opossum.

Oliver seufzte. »Das war's dann wohl.«

Mrs Helmsley stürzte in den Garten und entdeckte den zerbrochenen Teller und drei goldene Federn. Sie schaute in dem Moment zum Fenster hoch, als die beiden Jungen sich wegduckten.

Archer ging zu seinem Bett. Oliver blieb neben dem Fenster stehen und beobachtete Adélaïde, die jetzt wieder in ihrem Buch las.

»Wie sie wohl mit zwei Beinen aussehen würde?«, sagte er.

»Meinst du, das würde einen Unterschied machen?«

»Wahrscheinlich nicht.«

Archer wühlte in den Kissen und fand sein Notizbuch. »Nun lass sie«, sagte er. »Wir müssen andere Dinge besprechen.«

Seit ihrem Treffen auf dem Dach waren zwei Wochen vergangen. Archer war immer noch fest entschlossen, in die Antarktis zu fahren, obwohl Oliver ihn ständig daran erinnerte, dass er das vergessen konnte, wenn er niemanden mit Erfahrung fand. Natürlich wusste Archer das. Aber er wusste auch, dass er die nötigen Informationen allein zusammentragen konnte – dafür musste er nur die Bibliothek in der Knopffabrik aufsuchen. Zum Glück fing die Schule in drei Tagen wieder an.

Aber als es so weit war, hatte Archer ganz andere Sorgen.

✦ Littell & Murkley ✦

Am ersten Schultag ging Adélaïde ganz früh in die Knopffabrik, weil sie dort Mrs Littell treffen sollte, die Schulleiterin, die genauso aussah, wie man sich jemanden mit diesem Namen vorstellt. Nachdem sie Adélaïde begrüßt hatte, stellte sie ihr eine Reihe von Fragen und machte sich dabei Notizen auf einem Zettel.

»Nach dem Unterricht musst du unbedingt Miss Whitewood kennenlernen«, sagte sie. »Ich gebe ihr Bescheid, dass du sie besuchen kommst. Sie wird dir die Schule zeigen und dir weiterhelfen, falls du noch Fragen hast.«

Mrs Littell wies mit dem Füller auf das Bein von Adélaïde. »Du brauchst bestimmt Hilfe, oder?«

Adélaïde lehnte sich auf ihrem Stuhl zurück und schüttelte den Kopf. Sie war es leid, dass alle glaubten, sie würde Hilfe brauchen.

»Ich komme allein klar«, erwiderte sie.

»Schön«, sagte Mrs Littell. Sie schrieb noch etwas auf den Zettel und wollte ihn gerade Adélaïde geben, als sie erstarrte. Ihre Augen hefteten sich auf etwas, das sich hinter dem Kopf des Mädchens befand. Adélaïde drehte sich um und sah eine bullige Frau, die den ganzen Türrahmen ausfüllte. Adélaïde kannte die Frau. Besser gesagt, sie hatte die Frau schon in einem der Gärten in der Weidengasse gesehen.

»Margery!«, rief Mrs Littell. »Wie schön, dich wiederzusehen!«

»Natürlich ist es *schön*, mich wiederzusehen«, erwiderte Mrs Murkley. »Aber wir wollen unsere Zeit doch nicht mit Binsenwahrheiten verschwenden, meine liebe Mrs Littell. Und nennen Sie mich bitte *Mrs Murkley*.«

Mrs Littell lächelte. »In Ordnung. Wir waren alle furchtbar erschüttert, als wir erfahren haben, was in Raven Wood passiert ist. Aber das ist vorbei und wir wollen nicht auf der Vergangenheit herumreiten. Der Verlust von Raven Wood ist für uns ein Gewinn. Ja, unsere Schüler dürfen sich wirklich glücklich schätzen, dass du … äh, *Sie* mein Angebot angenommen haben.«

»Natürlich dürfen sie sich glücklich schätzen«, sagte Mrs Murkley. »Aber mal ganz ehrlich, es ist ein Wunder, dass Sie an einem Schultag irgendetwas schaffen, liebe Mrs Littell.«

»Wie es der Zufall will«, sagte eine fröhliche und ziemlich stolze Mrs Littell, »habe ich es soeben geschafft, zur Feier des neuen Schuljahres etwas ganz Besonderes für unsere Schülerinnen und Schüler zu organisieren. Aber wie Sie da im Türrahmen lauern, bekommt Adélaïde ja einen ganz falschen Eindruck. Setzen Sie sich bitte, dann erkläre ich Ihnen, womit Sie Ihre Klasse heute Morgen als Erstes überraschen können.«

Mrs Littell gab Adélaïde den Zettel.

Adélaïde bedankte sich und gab sich größte Mühe, Mrs

Murkley zu umschiffen. Aber sie hatte ihre Zweifel, ob die bullige Frau sie überhaupt gesehen hatte, denn diese schlug die Tür so heftig zu, dass sie beinahe das gesunde Bein von Adélaïde eingeklemmt hätte.

*

Da ihr vor der ersten Unterrichtsstunde noch etwas Zeit blieb, beschloss Adélaïde, sich ein wenig in der Schule umzusehen. Die Knopffabrik war ein einzigartiges Gebäude, aber trotzdem kamen Adélaïde die scheinbar endlosen hellgelben Flure mit den unzähligen Fenstern unangenehm vertraut vor.

Nachdem sie sich ein paarmal verlaufen hatte, steckte sie den Kopf in einen Aufenthaltsraum. Für jede Klassenstufe gab es so ein Zimmer, und Adélaïde fand, dass es darin recht gemütlich aussah.

Sie ging an den Sesseln und Sofas vorbei und setzte sich auf eine Fensterbank, von der aus man den großen verwilderten Schulhof mit dem verfallenen Springbrunnen in der Mitte sehen konnte. Adélaïde blieb dort eine Weile sitzen und beobachtete, wie winzige Punkte von Schülern über gewundene Wege herbeiströmten. In Zweier- oder Dreiergruppen tröpfelten sie in den Aufenthaltsraum und setzten sich auf die gemütlichen Sofas. Aber keiner schien das Mädchen im Fenster zu bemerken.

An der hinteren Wand befanden sich zwei Toilettentüren. Adélaïde verließ ihren Fensterplatz und ging in die Mädchentoilette, weil sie ihr Holzbein fester schnallen wollte. Sie war gerade fertig, als Alice N. Erving hereinkam.

Adélaïde stand vor einer langen Reihe von Waschbecken und tat so, als würde sie nicht bemerken, dass das Mädchen sie mit offenem Mund anstarrte.

»Das ist aber ein hässlicher Strumpf«, sagte Alice.

»Das ist kein Strumpf«, erwiderte Adélaïde. »Das ist ein Holzbein.«

Alice (die so anmutig wie ein Schwan und so hinterhältig wie eine Schlange war) bückte sich, um besser sehen zu können.

»Was ist dir denn zugestoßen?«, fragte sie.

Adélaïde schaute ihr in die Augen. »Ein Krokodil«, erwiderte sie, drehte sich zum Waschbecken um und wusch sich die Hände.

Alice glaubte ihr nicht. »Wo bist du denn einem Krokodil begegnet?«, fragte sie und hob die Nase in die Luft. »In *Rosewood* gibt es keine *Krokodile*.«

Am Nil, um genau zu sein, war das Erste, was Adélaïde einfiel, und genau das sagte sie auch. »Ich komme nicht aus Rosewood«, fügte sie hinzu. »Ist dir mein Akzent nicht aufgefallen?«

Alice war der Akzent aufgefallen. »*Am Nil*?«, wiederholte sie.

»Ja, der Nil ist voller Krokodile.«

Adélaïde trocknete ihre Hände ab, verließ die Mädchentoilette und hoffte, dass sich die Geschichte damit erledigt hätte. Doch das hatte sie nicht. Eine solche Geschichte konnte Alice unmöglich für sich behalten. Und nach einem Wispern hier und einem Flüstern dort war aus dem dünnen Faden mit falschen Informationen, den Alice ausgelegt hatte, ein ganzer Wandteppich geknüpft worden, der eine wunderbare Geschichte von Abenteuern, Unglück und Schmerz erzählte.

»Sie ist über Ägypten geflogen«, sagte Charlie H. Spindle. »In einem Heißluftballon.«
»Und sie wollte ein Foto vom Nil machen«, sagte Molly S. Tinker. »Dabei hat sie sich zu weit rausgelehnt und ist reingefallen.«
»Sie hatte ganz schön Glück, dass sie überlebt hat«, sagte Alice N. Erving. »Aber ein Krokodil hat ihr das Bein abgebissen.«

Mitglied im Bibliothekenverband von Rosewood

Schulbücherei der Lehranstalt von Rosewood

• BUCHANFRAGE •

Ausweis Nr. 37953

Liebe Miss Whitewood,
könnten Sie mir bitte ein Buch über Krokodile heraussuchen? Mich interessiert, wo sie leben und was sie fressen.

Vielen Dank
Archer Helmsley

Archer klopfte mit der Karte auf die Buchanfragestation im ersten Stock und schaute über die Schulter zu Oliver.

»Bist du dir sicher?«, fragte er.

Das war Oliver sich nicht. »Aber alle sagen das. Du hast ihr Bein doch auch gesehen. Das ist nicht normal.«

Normal war das ganz bestimmt nicht. Archer steckte die Anfragekarte in einen Glaszylinder und schob ihn in das Rohr, das zur Bibliothek führte. Eine gehörige Portion Eifersucht stieg in ihm auf, als sie zu ihrem Klassenzimmer liefen.

»Was für ein Mensch fällt über der Wüste aus einem Heißluftballon?«, fragte er.

»Jemand, der leichtsinnig ist«, sagte Oliver.

»Nein«, sagte Archer. »Jemand wie meine Großeltern. Sie haben einen Flugzeugabsturz in der Wüste überlebt. Ich habe noch nie etwas überlebt.«

»Das ist doch gut«, sagte Oliver.

Archer war anderer Meinung.

»Aber dein Kopf steckte immerhin schon mal in der Schnauze von einem Eisbären. Das ist doch was.«

»Ja, vielleicht«, sagte Archer. »Wenn der Eisbär nicht tot gewesen wäre.«

Archer und Oliver erreichten das Klassenzimmer und suchten sich ganz hinten zwei Plätze. Als Archer mitbekam, dass alle Schüler über Adélaïde tuschelten, fühlte er sich noch mieser. Auf ein Mädchen eifersüchtig zu sein, dessen Bein von einem Krokodil gefressen wurde, ist schon merkwürdig. Darauf wären wohl nur wenige eifersüchtig. Archer gehörte zu den wenigen. Dabei ging es ihm nicht um das verlorene Bein, sondern um das ganze Drumherum. Archer wusste natürlich, dass eine Menge Leute Sachen machen konnten, die er nicht machen konnte – *aber meine Nachbarin? Die auf der anderen Seite vom Garten wohnt?*

»Es kann nicht wahr sein«, sagte Archer.

Oliver öffnete den Mund, um etwas zu erwidern, aber dann erstarrte er. Im Zimmer wurde es still. Archer wirbelte herum. Das Krokodil-Mädchen stand in der Tür.

Vielleicht glaubt ihr, Adélaïde wäre nervös gewesen, weil sie in einem fremden Land war und noch nie zuvor eine richtige Schule besucht hatte. Aber unter Lampenfieber hatte Adélaïde noch nie gelitten. Als sie nun jedoch an den neugierigen Blicken und dem Gekicher vorbeigehen musste, um ihren Platz am letzten Tisch in der letzten Reihe einzunehmen, da wünschte sie sich, weniger aufzufallen.

»Sie sieht nicht so aus, als hätte sie solche Sachen gemacht«, flüsterte Archer.

»Also ist es wahrscheinlich wahr«, sagte Oliver. »Mein Vater sagt immer, ich soll niemandem trauen, der so aussieht, als könnte man es.«

Adélaïde saß still da, starrte aus dem Fenster und versuchte, das wieder einsetzende Getuschel zu ignorieren. Sie musste es nicht lange ignorieren, denn nur eine Sekunde später flog die Tür auf und knallte so laut gegen die Tafel, dass auch das letzte Flüstern aus dem offenen Fenster flüchtete.

Archers Herz bekam einen ähnlichen Schlag verpasst wie die Tafel. Es war nicht das erste Mal, dass er eine Tür gesehen hatte, die auf diese Weise geöffnet wurde.

9

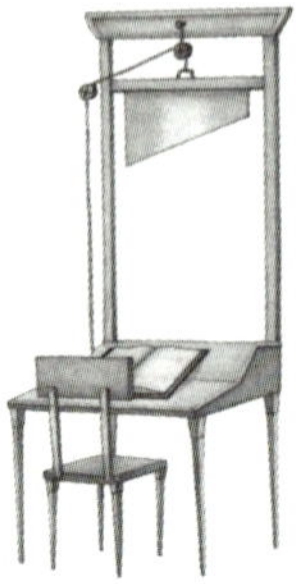

✦ Eis-Unfälle ✦

Mrs Murkley marschierte ins Klassenzimmer, ohne auch nur einen Schüler anzusehen. Sie warf ihre Tasche und einen Stapel Zettel auf das Lehrerpult, ging zum Fenster und starrte ein paar Minuten lang hinaus.

Die Schüler tauschten verwirrte Blicke. Alle schienen das Gleiche zu denken.

Hat sie uns nicht gesehen?, dachte Charlie H. Spindle.
Ist sie blind?, dachte Molly S. Tinker.
Sie braucht ein neues Kleid, dachte Alice N. Erving.

Die anderen Schüler wussten nichts über die neue Lehrerin. Archer schon. Und er konnte sein Glück kaum fassen – falls *Glück* das richtige Wort ist. Den ganzen Sommer über war es ihm gelungen, Mrs Murkley aus dem Weg zu gehen. Jetzt stand sie in ihrer ganzen Pracht vor ihm, und er war überzeugt, dass sie ihm das Leben zur Hölle machen würde. Er zog den Kopf ein und versteckte sich hinter einem kugelrunden Jungen namens Dicky Finch.

Schließlich trat Mrs Murkley vom Fenster weg und baute sich vor der Klasse auf. Sie musterte die Kindergesichter, die ihr entgegenblickten, als würde sie eins nach dem anderen mit einem Messer zerlegen. Nach diesem ersten strafenden Blick legte sie los.

»Ich bin Mrs Murkley«, verkündete sie ohne ein Wort zur Begrüßung. »Wenn ich euch so anschaue, merke ich sofort: Eure schwache Mrs Littell hat die Zügel ziemlich schleifen lassen. Das wird sich ab sofort ändern.«

Sie wollte weitersprechen, aber Alice hob die Hand. Mrs Murkley drehte den Kopf ruckartig zu dem Mädchen.

»Gibt es jetzt schon Probleme?«, fragte sie gereizt.

Das breit grinsende Gesicht von Alice wackelte hin und her. »Als Erstes«, fing sie an, »möchte ich Ihnen sagen, wie sehr mir Ihr Kleid gefällt. Und ich möchte die Erste sein, die Sie in unserer Schule ganz herzlich willkommen heißt. Ich bin Alice N. Erving und helfe Ihnen bei allen Fragen sehr gern weiter.«

Das Lächeln von Mrs Murkley war keins, das einem das Herz erwärmt hätte.

»Was für eine freundliche Geste, meine liebe Alice«, erwiderte sie. »Und ich will mich gleich bei dir revanchieren und setze dich *ganz oben* auf meine Liste.«

Alice schenkte ihr ein stolzes Lächeln. »Vielen Dank«, erwiderte sie.

Auch das Lachen von Mrs Murkley hätte niemandem

das Herz erwärmt. »Darf ich fragen, warum du so grinst?«, schnaubte sie.

»Weil …« Alice zögerte. »Weil es gut ist, ganz oben zu stehen …«

»Ja, wahrscheinlich trifft das in dieser Schule überall sonst zu«, sagte Mrs Murkley. »Aber ich kann dir versichern, in dieser Klasse ist das die letzte Stelle, an der du stehen möchtest. Bist du jetzt mit deiner kleinen Schauspieleinlage fertig?«

Alice errötete. »Schauspieleinlage?«, fragte sie leise.

Mrs Murkley machte eine säuerliche Miene. »Mal ehrlich, Alice! Dir *gefällt* mein Kleid?« Sie schnaubte verächtlich und wandte sich an die Klasse. »Jetzt hört mal alle gut her. Unsere liebe Alice ist ein ausgezeichnetes Beispiel dafür, warum man nicht zu viel Zeit in der Sonne verbringen soll. Und nun hört auf, Süßholz zu raspeln, ich kaufe euch das sowieso nicht ab. Ruhe jetzt! Ich will keinen Mucks mehr von euch hören.«

Die Schüler rutschten unbehaglich auf ihren Stühlen hin und her. Aus irgendeinem Grund, den Archer sich beim besten Willen nicht erklären konnte, streckte Charlie H. Spindle den Finger in die Luft.

»Was hat er vor?«, flüsterte Archer.

»Selbstmord begehen«, flüsterte Oliver.

Mrs Murkley seufzte. »Darf ich denn keine zwei Wörter sagen, ohne dass ihr alle anfangt, mich mit euren Problemen zu belästigen?«

Charlie senkte den Finger um wenige Millimeter.

»Also schön, Bohnenstange«, fuhr Mrs Murkley fort. »Sag uns, wo der Schuh drückt. Rutschen dir die Sachen vom

Klappergestell? Was auch immer es ist, versprechen kann ich dir zwar nichts, aber ich werde die Ärmel hochkrempeln und mein Bestes geben.«

Weil ihn jetzt nicht nur Mrs Murkley, sondern die ganze Klasse anstarrte, hüpfte das Hirn von Charlie auf und ab wie ein Ei, das hart gekocht wird.

»Ich … äh, ich wollte nur …«, stotterte er.

Mrs Murkley schüttelte den Kopf. »Diese Klasse ist ja noch schlimmer, als ich befürchtet hatte«, sagte sie. »Ich habe schon Baumstümpfe mit mehr Grips erlebt.«

Sie verschränkte die Arme vor der Brust und wippte ungeduldig mit dem Fuß, während sie auf eine Antwort von Charlie wartete. Aber mit einem hart gekochten Hirn fällt einem das Denken eben schwer und daher murmelte Charlie nur: »Hat sich erledigt.«

Mrs Murkley grinste. »*Sehr gut*«, zwitscherte sie. »Ich merke, du machst schon Fortschritte. Trotzdem setze ich dich auf meiner Liste auf Platz zwei, damit Alice sich nicht so allein fühlt. So, wo war ich stehen geblieben?« Mrs Murkley blickte auf das Meer von Gesichtern und entdeckte Archer.

Archer hielt den Kopf immer noch auf gleicher Höhe wie die Tischplatte, aber während einige Erwachsene Schwierigkeiten gehabt hätten, einen Jungen von einem Holzbrett zu unterscheiden, war Mrs Murkley ein echter Profi und wusste genau, wie man beides auseinanderhält. »*Es liegt an der Maserung*«, hätte sie wohl erklärt. »*Ein Junge hat viel mehr Astlöcher als ein Holzbrett.*«

Als Mrs Murkley ihn entdeckte, geschah etwas Seltsames. Archer hatte geglaubt, sie würde in die Luft gehen. Immerhin

war sie seinetwegen im Krankenhaus gelandet. Merkwürdigerweise sah sie aber nicht wütend aus. Überhaupt nicht. Im Gegenteil. Sie wirkte regelrecht vergnügt, als ob sie jede Sekunde vor Freude platzen könnte und er in Deckung gehen müsste, damit ihm keine Murkley-Fetzen um den Kopf flogen. Archer bekam schwitzige Hände.

»*Arthur!*«, rief sie. »*Wie schön!* Ich habe so gehofft, dich in meiner Klasse wiederzusehen. Ich nehme alles zurück, was ich über Mrs Littell gesagt habe. Was für ein schlaues Persönchen. Du hast geglaubt, du hättest mich um die Ecke gebracht, wie?«

Die Schüler verrenkten die Hälse, um Archer besser sehen zu können.

»Eins versteht sich von selbst«, hatte Mrs Helmsley gesagt, bevor Archer morgens aus dem Haus gegangen war. »Falls du Mrs Murkley siehst, entschuldigst du dich bei ihr.«

Und weil er diese Frau ganz bestimmt kein zweites Mal verärgern wollte, holte Archer tief Luft, hob den Kopf und versuchte zu erklären, dass er den Unfall aus Versehen verursacht hatte.

»Du hast den *Unfall aus Versehen verursacht?*«, wiederholte Mrs Murkley. »Ich soll dir glauben, dass es *aus Versehen* passiert ist? Das ist ja ein starkes Stück, mein Lieber. Stark wie eine Kanne Kaffee. Du bist also *aus Versehen* mit dem Kopf im Rachen eines Eisbären eingeschlafen? Und du hast *aus Versehen* ein Glasauge aus dem Rachen gezogen und über den Boden gerollt? So, so. Dann hast du wohl auch *aus Versehen* dafür gesorgt, dass ich beinahe einen Herzinfarkt bekomme?«

Die Schüler grinsten sich an. Sie waren begeistert. Mrs Murkley wandte sich an die ganze Klasse.

»Wer von euch«, fragte sie, »ist denn schon mal *aus Versehen* mit dem Kopf in einem Eisbären eingeschlafen?«

Nicht eine einzige Hand ging in die Höhe.

»Dachte ich's mir doch«, sagte Mrs Murkley. Sie faltete die Hände und warf Archer ein vergiftetes Lächeln zu. »Aber vielleicht hast du ja recht, Arthur. Vielleicht hast du mir diese Gemeinheit tatsächlich *aus Versehen* angetan und es war ein Unfall. Deine Familie kann ja auf eine recht eigenartige Geschichte von solchen Eis-Unfällen zurückblicken, nicht wahr?«

Archer biss sich auf die Zunge und wurde leicht lila im Gesicht. Er bereute es, dass er überhaupt den Mund aufgemacht hatte. Oliver stupste ihn von hinten an. Archer wusste, was das heißen sollte. Es hieß: *Tu nichts Dummes, sonst wirst du noch aus dem Fenster geworfen oder gleich nach Raven Wood verfrachtet*. Als Mrs Murkley nun aber langsam auf sie zukam, hörte das Stupsen sofort auf.

»Ja, vielleicht ist es aus Versehen geschehen«, fuhr Mrs Murkley fort. »Aber heute ist ein neuer Tag. Ab heute sorgen wir dafür, dass in deinem Leben nichts mehr aus Versehen geschieht, und machen aus dir einen strebsamen Schüler mit *echten Zielen*. Das ist die Aufgabe, die ich vor mir sehe. Deshalb bin ich hier. Deshalb hat die Vorsehung mich vor deine Haustür geweht. Noch gibt es Hoffnung für dich, mein Junge. Und ich werde mein Bestes tun, denn wir wollen doch nicht, dass du von einem Eisberg fortgerissen wirst wie diese beiden *Spinner*.«

Archer kräuselten sich die Zehennägel und er schäumte innerlich vor Wut.

»Meine Großeltern sind keine Spinner«, stieß er hinter zusammengebissenen Zähnen hervor.

»Hast du was gesagt?«, fragte Mrs Murkley.

»Ich sagte, meine Großeltern sind keine *Spinner*.«

»Natürlich sind sie das, mein Lieber. Das muss selbst *dir* klar sein.« Sie wandte sich wieder an die Klasse. »Wer von euch hat jemanden in der Familie, der auf einem Eisberg aufs Meer hinausgetrieben wurde, na?«

Keiner hob die Hand. Mrs Murkley nickte langsam und nachdenklich.

»Warum wundert mich das nicht?«, fragte sie. »Ach ja, weil *normale* Menschen nicht auf einem Eisberg aufs Meer hinaustreiben, habe ich recht?«

»Normale Menschen heulen auch nicht den Mond an!«, rief Oliver.

Wenigstens wollte Oliver das rufen. In Wahrheit aber schaute Oliver in die andere Richtung und tat so, als würde er Archer gar nicht kennen. Adélaïde sah von der anderen Seite des Zimmers ungläubig zu.

✦ Den Kopf dort, wo er hingehört ✦

Gemeinheit war für Adélaïde nichts Neues. Ihre Mutter war, wie ihr sicherlich noch wisst, alles andere als nett zu ihr gewesen, und manchmal konnte sie die gehässigen Bemerkungen von Mr Stanislas noch auf der Zunge schmecken.

Außerdem waren da natürlich noch die Hänseleien der Ballettratten gewesen.

Aber Mrs Murkley war keine Ballettratte. Mrs Murkley war ein ausgewachsener Mausekönig wie in dem Ballett mit dem Nussknacker. Das war es, was die Ballerina in Adélaïde dachte. Und obwohl sie keine Ahnung hatte, was es mit diesem Arthur, seinem Eisbären oder dem Eisberg auf sich hatte, gefiel ihr das, was sich vor ihr abspielte, ganz und gar nicht. Bevor Mrs Murkley noch ein gemeines Wort sagen konnte, räusperte sich Adélaïde und sagte: »*Pardon*, Mrs *Murk-li*.«

Mrs Murkley wirbelte herum.

»Wer ruft hier dazwischen?«, fauchte sie.

Adélaïde hob die Hand. Den anderen Schülern fielen die Kinnladen herunter, und obwohl keiner ein Wort sagte, dachten alle das Gleiche.

Das Krokodil-Mädchen!

Mrs Murkley trat von Archers Tisch weg, marschierte durch den Klassenraum und richtete sich zu ihrer vollen Größe auf. Adélaïde, die für ihr Alter sowieso schon eine Winzigkeit zu klein geraten war, wirkte unter dem Monstrum zwar noch kleiner, aber sie starrte trotzdem unerschrocken zurück. Die Ohren von Mrs Murkley liefen dunkelrot an. Mit diesem Mädchen würde es Ärger geben.

»Erstens«, sagte sie, »heiße ich Murk-*ley*, nicht Murk-*li*. Und zweitens, meine Liebe, gibt es in diesem Klassenzimmer Regeln. Ich dulde es nicht, dass du ungefragt den Mund aufreißt.«

»Das tut mir leid«, sagte Adélaïde. »Es ist mein erster Tag in einer richtigen Schule.«

Mrs Murkley blinzelte und legte den Kopf schief. »Was soll das heißen – dein *erster* Tag in einer *richtigen* Schule?«

»Ich komme aus Frankreich«, antwortete Adélaïde. »Und dort konnte ich nicht auf eine richtige Schule gehen.«

»Gibt es in Frankreich etwa keine Schulen?«

»Sogar jede Menge«, sagte Adélaïde. »Aber ich wurde zu Hause unterrichtet.«

»Für eine anständige Lehranstalt hast du wohl in zu großen Schwierigkeiten gesteckt«, ätzte Mrs Murkley, als sie das Bein von Adélaïde bemerkte. »In *richtig* großen Schwierigkeiten, wie ich sehe. Wo ist dein anderes Bein? Willst du etwa beweisen, dass ich ungewöhnlich bin, nur weil ich auf zwei Beinen herumlaufe?«

Adélaïde unterdrückte ein Grinsen und schüttelte den Kopf.

»Nein, Mrs Murkley«, erwiderte sie. »Ich finde Sie ganz und gar nicht ungewöhnlich.«

Ein paar mutige Schüler kicherten. Die rote Farbe lief aus den Ohren von Mrs Murkley und verteilte sich in ihrem Gesicht. Sie hätte nicht sagen können, ob das Mädchen sich über sie lustig machte. Aber das war auch egal. Mrs Murkley verlor jetzt nämlich die Geduld.

»Ich wusste gleich, mit dir würde es Ärger geben«, schnaubte sie. »Ja, schon in dem Moment, als ich mich vorgestellt habe und du aus dem Fenster gestarrt hast, den Kopf irgendwo in den Wolken.«

Mrs Murkley legte eine Hand auf den Tisch von Adélaïde und kam ihr mit dem Gesicht so nahe, dass Adélaïde die Haare auf ihrer Nase zählen konnte.

»Von jetzt an hältst du den Mund und lässt deinen kleinen Kopf hier im Klassenzimmer, wo er hingehört!«

Adélaïde drehte langsam den Kopf und schaute aus dem Fenster. »Finden Sie die Wolken nicht auch wunderschön?«, fragte sie.

Diese kleine Trotzreaktion hatte auf Mrs Murkley eine große Wirkung. Ihr riesiger Kopf lief knallrot an und ihre Nasenflügel blähten sich auf. Es schien, als könnte sie jederzeit explodieren. Die anderen Schüler lehnten sich so weit von ihr weg, wie es auf einem Stuhl möglich ist.

»*Fantastisch!*«, rief Mrs Murkley. »Aber wenn ich dir befehle, den Kopf im Klassenzimmer zu lassen, dann gehorchst du besser!«

»In Frankreich«, sagte Adélaïde und schaute wieder zu Mrs Murkley, »bringt man uns bei, auf die Leute besonders aufzupassen, die uns sagen, wo wir die Köpfe hinstecken sollen. Das könnten nämlich diejenigen sein, die uns eines Tages sagen, wir sollen sie unter die Guillotine legen.«

»Du wirst deinen Kopf dort hinlegen, wo ich es dir sage!«, donnerte Mrs Murkley. »Sei es unter eine Guillotine oder sonst wohin! Falls du dich weigerst, wird das Folgen haben!«

Adélaïde nickte. »*Aber*«, sagte sie langsam, »was für Folgen können wohl schlimmer sein, als den Kopf unter eine Guillotine zu legen?«

Mrs Murkley schnaubte, und ihr Gesicht nahm eine Farbe an, die sich nur schwer beschreiben ließ. Ihr Mund und ihre Augen waren nur noch Schlitze und ihr Herz raste wie wild. Für Mrs Murkley war ein rasendes Herz kein gutes Zeichen. Adélaïde spürte, dass etwas nicht stimmte.

»Geht es Ihnen nicht gut?«, fragte sie.

Mrs Murkley zeigte mit einem zitternden Finger auf sie. »Mädchen, denen ein Bein fehlt, haben kein Recht, die Gesundheit von anderen infrage zu stellen!«, rief sie und ihre Stimme überschlug sich dabei.

Aber damit hatte es sich dann. Mrs Murkley marschierte in den vorderen Teil des Klassenzimmers zurück und blieb dort mit dem Gesicht zur Tafel stehen. Die Schüler, die Adélaïde immer noch anstarrten, wirbelten herum, als sie hörten, wie die Lehrerin auf ihren Stuhl plumpste.

Für eine Frau wie Mrs Murkley ist es immer beunruhigend, wenn jemand viel Kleineres die Oberhand gewinnt. Dadurch wird die natürliche Ordnung der Dinge auf den Kopf gestellt. Und das Schlimmste daran war, dass Adélaïde das ohne Mühe geschafft hatte.

Während Mrs Murkley versuchte, die Fassung wiederzugewinnen, war es im Zimmer mucksmäuschenstill. Als sie wieder aufstand, zitterte ihre Stimme immer noch.

»Weil heute der erste Schultag ist«, sagte sie, »will ich ausnahmsweise Milde walten lassen, wie euch sicherlich schon aufgefallen ist.« Sie nahm den Stapel Papier vom Lehrerpult. »Aus mir völlig unverständlichen Gründen hält es eure Schulleiterin für angebracht, jede Klasse ins Museum von Rosewood zu schicken. Dort sollt ihr einen Tag lang ... einen Tag lang ...« Sie las von einem Zettel ab: »*Einen Tag lang mit Spaß und Freude lernen, damit wir noch lange vom neuen Schuljahr schwärmen.*«

Die gesamte Klasse kicherte, aber ein Blick von Mrs Murkley brachte jeden zum Verstummen. Sie warf einen Stapel Zettel auf den ersten Tisch in jeder Reihe und die Schüler reichten die Zettel nach hinten weiter.

LEHRANSTALT VON ROSEWOOD

IM MUSEUM VON ROSEWOOD

Einen Tag lang mit Spaß und Freude lernen,
damit wir noch lange vom neuen Schuljahr schwärmen.

In diesem Jahr wird jede Klasse einen Tag im Museum von Rosewood verbringen. Wir hoffen, dass euch dieser Ausflug im ganzen Schuljahr zu Höchstleistungen anspornen wird. Zu unserer großen Freude hat sich der Zoo von Rosewood mit dem Museum zusammengetan und will sich für jede Klasse etwas ganz Besonderes einfallen lassen.

Mit deiner Klassenlehrerin Mrs Murkley gehst du am Montag, dem 6. Oktober ins Museum. Falls du teilnehmen möchtest, lass deine Eltern bitte die Erlaubnis unterschreiben und gib den Zettel dann an deine Klassenlehrerin zurück.

____
Unterschrift

____
Unterschrift

Ich wünsche euch ein erfolgreiches Schuljahr.
Herzliche Grüße
Mrs Littell
Mrs Littell
Schulleiterin

»Damit wir uns richtig verstehen«, fuhr Mrs Murkley fort. »Ich habe für solchen Firlefanz nichts übrig und nach dem Ausflug ist auch Schluss damit. Falls eure Eltern nicht unterschreiben, ist für euch *jetzt schon* Schluss.«

Sie grapschte nach ihrer Tasche und verließ das Zimmer, bevor es zur Pause geklingelt hatte. Während sich der Klassenraum langsam wieder mit Luft füllte, starrten die Schüler sich ungläubig an.

»Was war das denn?«, fragte Charlie.

»Das wird ein langes Jahr«, sagte Alice zu Molly, während sie zur Tür liefen. Charlie rannte ihnen nach.

Archer schaute zu Adélaïde. Als sie ihn anlächelte, drehte er schnell den Kopf weg.

»Ich muss aufs Klo«, sagte er und stand auf.

»Gute Idee«, sagte Oliver und folgte ihm nach draußen. »Mir ist auch schlecht.«

10

✦ Ein Krokodil mit Magenverstimmung ✦

Ein ganzes Jahr lag vor ihnen – ein ganzes Jahr mit Mrs Murkley. Das war für fast alle Schüler Grund genug, nach dem letzten Klingeln sofort zu *Schleck & Schmeck* zu laufen und den Kummer unter einem Berg von Süßigkeiten zu begraben. Auch Oliver hatte das vor, aber Archer wollte in die Bibliothek, also ging er mit. Wer ihre Gesichtsausdrücke gesehen hätte, hätte darauf getippt, dass Oliver und nicht Archer auf der Liste von Mrs Murkley ganz oben stand.

»Ist es nicht gesetzlich verboten, dass so jemand unterrichtet?«, fragte Oliver. »Die ist doch nicht ganz gesund.«

Archer hörte nur mit halbem Ohr zu. Er bückte sich, um einen Knopf aufzuheben, bevor er die Tür zur Bibliothek aufstieß. Miss Whitewood blickte von ihrem Schreibtisch auf und begrüßte sie freundlich.

»Ich habe zwar keine Ahnung, worum es geht«, sagte sie. »Aber hier ist ein Buch, das dir vielleicht weiterhilft.«

Sie legte das Buch auf den Tisch und wandte sich wieder ihren Zetteln zu. Archer bedankte sich und wollte gehen, aber Oliver zögerte. Er lehnte sich über den Tisch und sagte: »Darf ich Ihnen eine Frage stellen, Miss Whitewood?«

»Das hast du gerade«, erwiderte Miss Whitewood, ohne von dem Formular aufzublicken. »Aber wenn du willst, darfst du mir noch eine stellen.«

»Danke«, sagte Oliver. »Kennen Sie die neue Lehrerin schon – Mrs Murkley?«

Die Hand, in der Miss Whitewood den Stift hielt, erstarrte. »Ich kenne sie schon länger«, sagte sie. »Warum fragst du? Ist sie eine von euren Lehrerinnen?«

Archer und Oliver nickten.

Miss Whitewood nickte ebenfalls und senkte die Stimme. »Macht ja keine Dummheiten«, warnte sie. »Wenn ihr jemand nicht gehorcht, kennt sie keine Gnade. Überhaupt keine. Passt bloß auf, dass ihr sie immer auf dem richtigen Fuß erwischt.«

»Sie hat zwar zwei Füße«, sagte Oliver. »Aber der richtige ist nicht dabei.«

»Haltet euch immer schön im Hintergrund. Dann passiert euch nichts.«

Sie wandten sich von der Bibliothekarin ab.

»Was heißt es wohl, wenn man auf ihrer Liste steht?«, fragte Oliver.

»Umbringen kann sie uns nicht«, sagte Archer, der sich wegen Mrs Murkley nicht halb so viele Sorgen machte wie Oliver.

»Aber versuchen kann sie es«, murmelte Oliver.

Als die beiden in den Lesesaal traten, kamen ihnen Alice und Charlie entgegen.

»Immer schön einen Bogen um Eisberge machen«, riefen sie und lachten.

Archer grummelte etwas und setzte sich. Oliver tat das Gleiche und schaute Charlie hinterher. »Mit einem hatte Mrs Murkley recht«, sagte er. »Dem rutschen die Sachen echt vom Klappergestell.«

Archer lächelte schwach und schlug das Buch auf.

DIE FRESSGEWOHNHEITEN DER KROKODILE

... und obwohl Menschen nicht von Natur aus auf dem Speiseplan der Nilkrokodile stehen, gibt es doch zahlreiche Berichte darüber, dass sie sich gelegentlich an ihrem Fleisch vergreifen ...

»Siehst du?«, sagte Oliver.

»Das beweist gar nichts«, sagte Archer. »Vielleicht ist es trotzdem von vorn bis hinten erlogen.«

»Könnte sein«, antwortete Oliver. »Aber du hast ja gehört, was sie sonst noch gesagt hat. Sie ist nie auf eine richtige Schule gegangen, sondern hatte Privatlehrer. Wahrscheinlich, weil sie um die Welt gereist ist.«

»Und warum geht sie jetzt auf eine richtige Schule?«, fragte Archer. »Warum reist sie nicht mehr durch die Welt, wie früher?«

»Wegen dem Bein natürlich. Der Unfall war so schlimm, dass sie die Weltreisen aufgeben musste.«

Archer war nicht überzeugt.

»Im Klassenzimmer war sie ganz schön cool, das musst du zugeben.«

»Sie hat nichts Besonderes gemacht«, sagte Archer.

»Aber Mrs Murkley ist auf sie losgegangen und sie hat nicht mal mit der Wimper gezuckt. Ich wäre bestimmt tot umgefallen.« Oliver legte ein Kissen auf seinen Schoß und zeichnete mit dem Finger das Muster nach. »Vielleicht«, fuhr er fort, »ist sie ja diejenige, die …«

Er sprach nicht weiter und beobachtete Archer aus den Augenwinkeln.

»Diejenige, die ... *was?*«, fragte Archer.

Oliver zuckte die Schultern. »Hab vergessen, was ich sagen wollte. Es ist nur so ... ich glaube, in der ganzen Schule gibt es niemanden, der solche Sachen gemacht hat wie sie. Und eins *weiß* ich: Niemand hätte das machen wollen, was sie vorhin gemacht hat.«

»Was soll sie denn gemacht haben?«

»Sie hat dir Mrs Murkley vom Hals geschafft. Das war doch sonnenklar. Ich weiß zwar nicht, warum sie es gemacht hat. Aber du kannst nicht leugnen, dass sie es gemacht hat.«

Es stimmte. Aber falls Archer davon beeindruckt war, ließ er sich nichts anmerken. Er zog die Knie an, sank noch tiefer ins Sofa und grübelte über das geheimnisvolle Krokodil-Mädchen nach.

Oliver schob das gemusterte Kissen hinter seinen Kopf und grübelte über Mrs Murkley nach. Beide grübelten so angestrengt nach, dass der leere Lesesaal von ihrem Gegrübel bald randvoll war.

Nach dem Unterricht blieb Adélaïde allein im Klassenzimmer zurück. Sie wusste, dass sie mit ihrem Holzbein im Gedränge nicht weit kommen würde. Aber sobald in den Fluren wieder Ruhe eingekehrt war, wagte sie sich hinaus. Als sie den Hausmeister sah, zückte sie den Zettel von Mrs Littell und fragte den Mann nach dem Weg zur Bücherei.

»Keine Ahnung, wie du dahin kommst«, antwortete der Hausmeister und schaute furchtbar verwirrt. »Aber wenn ich raten soll, würde ich sagen, das ist verdammt weit weg.«

Nun war es Adélaïde, die verwirrt schaute. »Weit weg?«, wiederholte sie und dachte, der Hausmeister wollte sich über sie lustig machen. »Die *Bücherei* ist verdammt weit weg?«

Da fing der Hausmeister an zu lachen. »Tut mir leid, mein Kind«, antwortete er. »Bei deinem Akzent und meiner Schwerhörigkeit habe ich verstanden, du suchst die *Türk*ei. Die *Bücher*ei ist natürlich viel näher.«

Der Hausmeister wies mit seinem Mopp auf eine Stelle hinter dem Kopf von Adélaïde. »Diesen Flur entlang und am Ende rechts. Dann siehst du links eine Rohrpoststation für Buchanfragen. Dahinter ist eine Tür, durch die du gehen musst. Auf der anderen Seite ist ein Treppenhaus. Du gehst drei Treppen hoch – *drei*, das merk dir gut. Oben sind wieder zwei Türen. Nimm die rechte, schon bist du in der Bücherei.«

Adélaïde blinzelte.

»Ganz schön viel, was?« Der Hausmeister stellte den Mopp in den Eimer und sagte, er würde sie hinbringen.

»Ich habe ihnen hundertmal gesagt, sie sollen einen Lageplan von der Schule zeichnen«, fluchte er, während sie zum Ende des Flurs gingen. »Du müsstest mal die Gesichter von den Kleinen sehen, wenn die ihren ersten Schultag haben. Entsetzen. Anders kann man das nicht nennen.«

»Sind alle Schulen so groß?«, fragte Adélaïde.

»Keine Ahnung«, erwiderte er. »Aber bevor sie mich gefeuert haben, habe ich im Krankenhaus von Rosewood sauber gemacht. Und so verrückt das klingt, im Vergleich zu dieser Schule war das Krankenhaus *winzig*. Obwohl ich sagen muss, beide Gebäude sind sich unheimlich ähnlich.«

Adélaïde blieb wie angewurzelt stehen und legte den Kopf schief. Genau das hatte sie heute Morgen auch gedacht. Die Knopffabrik erinnerte sie an das Krankenhaus, in dem sie in Paris gewesen war. Das gefiel ihr nicht.

»Alles in Ordnung?«, fragte der Hausmeister.

Adélaïde nickte langsam und sie gingen weiter.

»Warum hat man Sie gefeuert?«, fragte sie.

»Wegen der Tauben«, erwiderte er.

»Tauben?«

»Ja, die Viecher flogen immer wieder in die Babystation, und ich hatte meine liebe Mühe, sie rauszuscheuchen und hinter ihnen sauber zu machen. Sie wollten einen Jüngeren, der die Aufgabe besser im Griff hat.« Ein verschmitztes Grinsen wanderte über sein Gesicht. »Natürlich habe ich denen noch die Meinung gegeigt, bevor ich weg bin. Jetzt putze ich nur noch hier und im Museum.«

Sie hatten das Treppenhaus erreicht und der Hausmeister sagte noch einmal: »Drei Treppen hoch, dann die Tür rechts.« Adélaïde bedankte sich und stieg die Treppen hinauf.

Sie betrat die Bibliothek, ging am verlassenen Schreibtisch der Bibliothekarin vorbei und wanderte an den Regalreihen entlang. Kurz steckte sie den Kopf in den Lesesaal, blickte zu den leeren Sofas und Sesseln und wollte schon umkehren, als sie zwei Köpfe entdeckte, die gerade eben über die Rückenlehne eines Sofas ragten.

»Was soll sie denn gemacht haben?«, sagte der eine Kopf.

»Sie hat dir Mrs Murkley vom Hals geschafft«, sagte der andere. »Das war doch sonnenklar. Ich weiß zwar nicht, warum sie es gemacht hat. Aber du kannst nicht leugnen, dass sie es gemacht hat.«

Obwohl Adélaïde die Gesichter nicht sehen konnte, war sie sich ziemlich sicher, dass es sich bei dem Dunkelhaarigen um den Eisbär-Jungen handelte – jenen Jungen, den sie an ihrem ersten Abend in Rosewood auf dem Dach gesehen hatte. Einen Moment lang zögerte sie, weil sie nicht wusste, ob sie sich bemerkbar machen sollte, aber dann tat sie es doch.

TOCK, TOCK, TOCK. »ÄH-HEM.«

Archer und Oliver spähten über die Rückenlehne des Sofas und entdeckten das Krokodil-Mädchen, das auf sie heruntersah. Schnell setzten sie sich auf. Oliver strich sich durchs Haar, aber das machte es nur noch schlimmer. Ein oder zwei Sekunden lang sagte keiner ein Wort, obwohl es sich eher wie fünf oder sechs Sekunden anfühlte. Archer überlegte, wie lange sie schon dort gestanden hatte. Adélaïde überlegte, was sie sagen sollte.

Oliver räusperte sich. »Hallo«, sagte er nach kurzem Zögern, weil das Mädchen ihn irgendwie einschüchterte. »Ich ... äh ... finde Wolken auch wunderschön.«

»Wie heißt ihr?«, fragte sie.

»Oliver Glub«, erwiderte er. Archer sagte nichts, deshalb fügte er hinzu: »Das ist Archer Helmsley.«

»Ich dachte, er heißt Arthur«, sagte Adélaïde.

Oliver grinste. »Ich weiß auch nicht, warum Mrs Murkley ihn so nennt.«

Archer fand das nicht witzig. Er schwieg. Adélaïde setzte sich ihnen gegenüber auf einen Sessel.

»Ich dachte schon, sie würde im Klassenzimmer explodieren«, fuhr Oliver fort. »Wenigstens, bis du eingegriffen hast. Okay, danach dachte ich, sie würde ein zweites Mal explodieren. Aber Archer hatte Glück, dass du was gesagt hast.«

»Sie ist noch schlimmer als Mr Stanislas«, sagte Adélaïde.

Oliver wusste zwar nicht, wer Mr Stanislas war, aber er glaubte ihr auch so.

»Ich heiße übrigens Adélaïde Belmont«, sagte sie.

Archer hörte zu, ohne selbst ein einziges Wort zu sagen. Er war zu sehr damit beschäftigt, auf das Bein von Adélaïde zu starren. *Krokodile*. Da konnte er nicht mithalten! Als Adélaïde ihn anschaute, lächelte er, aber das war bloß Tarnung. In diesem Moment fühlte er sich nämlich kleiner als eine Heftzwecke, aber genauso spitz.

»Ich wäre allein klargekommen«, sagte er und stand auf. »Ich hätte deine Hilfe nicht gebraucht. Ich bin ein Helmsley. Und das heißt schon etwas. Und übrigens, mein Kopf wurde beinahe von einem Eisbären aufgefressen, aber ich habe ihn immer noch.« Er zeigte auf ihr Bein. »Du hattest mit dem Krokodil nicht ganz so viel Glück, was?«

Nachdem er das gesagt hatte, kam Archer sich ungeheuer blöd vor. Er wünschte sich, er hätte den Mund gehalten. Aber das hatte er nun einmal nicht, deshalb wartete er keine Antwort ab, sondern stürmte aus dem Lesesaal. Und mit jedem Schritt fühlte er sich mieser.

Oliver und Adélaïde tauschten Blicke.

»Tut mir leid«, sagte Oliver. »Normalerweise ist er viel netter.«

»Ach, ja?«

»Ja. Aber ich gehe jetzt besser auch.« Oliver stand auf und streckte verlegen die Hand aus. Adélaïde schüttelte sie. »Hat mich gefreut, dich kennenzulernen«, sagte er und lief hinter Archer her.

Adélaïde blieb im Lesesaal sitzen und fragte sich, ob sie etwas Falsches gesagt hatte.

Miss Whitewood hatte hinter einem Bücherregal gestanden und alles mit angesehen. Sobald Oliver fort war, ging sie zu Adélaïde.

»Du bist bestimmt die Neue, oder?«, fragte sie.

Adélaïde drehte den Kopf und sah Miss Whitewood. Wenn man ihr Gesicht mit dem von Mrs Murkley vergleicht, dachte sie, strahlt das von Miss Whitewood wie eine Million Sterne.

»Ja«, erwiderte sie. »Ich heiße Adélaïde.«

»Herzlich willkommen, Adélaïde. Du bist hier, damit ich dir die Schule zeige, oder? Warum fangen wir nicht gleich hier an? Wie du sicherlich schon erraten hast, gehört der Lesesaal zur Schulbücherei. Ich bin die Bibliothekarin und heiße Miss Whitewood.« Ohne zu fragen, nahm sie Adélaïde bei der Hand. Sie verließen den Lesesaal und wanderten den Gang mit den Bücherregalen entlang.

»Übrigens gefällt mir dein Bein«, sagte Miss Whitewood. »Ist es aus Eiche?«

»Ich glaube schon«, erwiderte Adélaïde.

✦ Ein lästiges Beben ✦

Auf der Straße sprintete Oliver hinter Archer her. Als er ihn zwei Blocks später sah, wurde Oliver langsamer, was nicht etwa daran lag, dass er müde gewesen wäre. Plötzlich blieb er ganz stehen und sprang hinter einen Baum. Er linste hinter dem Stamm hervor und wartete darauf, dass Archer in sein Haus ging. Sobald er verschwunden war, schlich Oliver ins Haus der Glubs. Er brauchte Zeit zum Nachdenken.

Als Archer die Treppe hochstiefelte, fühlte er sich richtig mies. Unter der Tür zum Arbeitszimmer von seinem Vater schien Licht durch, und seine Mutter stand im Wohnzimmer und staubte ein Foto von seinen Großeltern ab, das sie irgendwo in einem Dschungel zeigte.

»Im Kühlschrank steht was zu essen«, sagte sie. »Ich gehe heute Abend zu Mrs Leperton. Dein Vater muss noch arbeiten. Er hat morgen früh einen Gerichtstermin.«

»Mir ist nicht gut«, sagte Archer. »Ich gehe auf mein Zimmer.«

Er wollte die Treppe hochschleichen, aber seine Mutter hielt ihn zurück.

»Hast du Mrs Murkley gesehen?«, fragte sie.

Archer rieb sich die Arme und seufzte. Ja, er hatte Mrs Murkley gesehen.

»Und hast du dich bei ihr entschuldigt?«

Archers Kopf wippte auf und ab. »Ja«, sagte er.

»Da hat sie sich bestimmt gefreut. Ein Neubeginn für euch beide, ja?«

Archer gab keine Antwort.

»*Ja?*«, wiederholte sie.

»Ja, sie hat sich bei mir bedankt«, log er, weil er wusste, dass seine Mutter nichts anderes hören wollte.

Er hatte recht. Mrs Helmsley lächelte. »Schön.«

Archer schleppte sich die Treppe hinauf. Auf dem Weg in sein Zimmer kam er am Eisbären vorbei.

»Hallo«, sagte der Bär.

Archer blieb stehen, aber er war nicht zu einem Plausch aufgelegt.

»Du bist nicht echt«, sagte er. »Wie alles im Haus der Helmsleys.«

»Das stimmt«, gab der Bär zu. »Aber zu unserer Zeit waren wir großartige Geschöpfe. Ich weiß noch, damals in der Arktis …«

»Wieso redest du mit mir?«, fragte Archer.

»Ich rede nicht mit dir«, sagte der Bär. »Du benutzt mich, um mit dir selber zu reden. Vielleicht benutzt du mich auch, um mit dir selber zu streiten. Aber was es auch immer ist, ich sage nichts. Das bist alles du selbst.«

Archer öffnete den Mund und hob einen Finger in die Luft. Aber das war auch schon alles.

»Findest du das nicht ein wenig seltsam?«, sagte der Bär.

»Bin ich verrückt?«, fragte Archer.

Das war nun wirklich nicht die Sorte Frage, die man einem ausgestopften Eisbären stellt. Aber Archer musste sich noch keine Sorgen machen. Viele Menschen haben irgendwann in ihrem Leben Angst, verrückt geworden zu sein. Aber in Wahrheit muss man bei klarem, ja, bei glasklarem Verstand sein, um überhaupt an die Möglichkeit zu denken, dass man verrückt geworden ist. Sorgen muss man sich erst machen, wenn man das für völlig ausgeschlossen hält. Aber dann macht man sich keine Sorgen mehr, dann *ist* man einfach verrückt.

»Du bist ein kleines bisschen verrückt«, sagte der Bär. »Aber wenn du mich fragst, ist das sogar besser.«

Archer senkte den Finger und klappte den Mund zu, weil er es für besser hielt, nichts mehr zu erwidern. Er ging in sein Zimmer, schloss die Tür und spähte zur anderen Seite vom Garten. Im Haus von Adélaïde war es dunkel. Er wünschte sich, er hätte das, was er gesagt hatte, nicht gesagt, aber Eifersucht lässt selbst die Besten von uns so sauer werden wie abgelaufene Milch.

Archer wurde schwindelig. Er legte sich aufs Bett. Nichts war mehr, wie es vorher gewesen war. Nichts ergab mehr einen Sinn. Und er brauchte etwas, das er verstand. In der einen Wand von seinem Zimmer war ein Bücherregal, das drei Meter hoch bis an die Decke reichte. Archer hob den Kopf. Er hielt etwas auf dem obersten Regalbrett versteckt – etwas, das seine Mutter auf keinen Fall finden durfte. Und obwohl es ein Wahnsinnsaufwand war, dieses *Etwas* vom Regal zu holen, rollte Archer von seinem Bett herunter und machte sich an die Arbeit. Er zog einen kleinen Tisch vors Regal und fing an, Stühle darauf zu stapeln. Drei reichten gerade eben aus. Archer kletterte vorsichtig auf den Stuhlstapel, schob die Hand über den staubigen Rand vom Regalbrett und zog eine kleine türkisfarbene Schachtel hervor.

Archer öffnete die Schachtel. Das Glasauge blickte zu ihm auf und sein Magen zog sich zusammen. Er vermisste seine Großeltern ganz fürchterlich. Aber bevor er ein zweites Mal an sie denken konnte, erstarrte er. Er spürte ein Beben. An und für sich ist so ein Beben eine feine Sache. Ständig gibt es welche. Aber ein Beben ist eine höchst lästige Sache, wenn es drei Stühle befällt, die auf einen Tisch gestapelt sind, und man selbst in zwei Meter fünfzig Höhe an der Spitze steht. Ein zweites Beben folgte. Archer machte die Augen zu. Das Glasauge konnte das nicht. Archer drückte die Schachtel an sich, dann fielen er und der Turm um.

✦ Einbeinige Mädchen aus Frankreich ✦

Adélaïde folgte Miss Whitewood durch die Eingangstür der Knopffabrik nach draußen. Bei ihrem Rundgang durch die Schule hatten sie über viele Dinge geredet – über Frankreich und Privatunterricht, aber nicht über Bäckerwagen oder Ballett. Sie blieben auf der Vordertreppe stehen, über der die alten Fabrikschornsteine aufragten.

»Nun«, sagte Miss Whitewood, »ich hoffe, dir wird es hier gefallen.«

»Ganz bestimmt«, log Adélaïde.

»Und ich hoffe, du kommst mich in den Pausen mal besuchen.«

»Das mache ich sehr gern«, sagte Adélaïde.

Sie trennten sich. Adélaïde ging zwei Blocks in Richtung Norden und bog dann in eine enge Straße ab, die Donnerblumenstraße hieß. Zu beiden Seiten der Straße waren viele Geschäfte und Läden, darunter auch das neue Café von Adélaïdes Vater. Es lag an einer Straßenecke und war in einem knalligen Gelb gestrichen, das magisch zu leuchten schien. Adélaïde presste das Gesicht an die Scheibe. Mr Belmont war allein und arbeitete.

Gegenüber vom Café, zwei Treppen höher, schaute Molly S. Tinker aus dem Fenster von *Schleck & Schmeck* und entdeckte Adélaïde. Sie warf eine Geleebohne nach ihr und rief: »Da ist das Krokodil-Mädchen!«

Adélaïde wirbelte herum. In den Fenstern vom Bonbonladen hingen Trauben von Schülern aus der Knopffabrik – einige starrten sie ehrfurchtsvoll an, andere lachten und ahmten *Tock*-Geräusche nach. Adélaïde stieg über die Geleebohne hinweg und öffnete die Tür zum Café. Drinnen zog sie sich auf einen Barhocker hoch und schob die Hände unter die Oberschenkel. Mr Belmont füllte eine Tasse mit kochendem Wasser.

»Schwarzer oder grüner Tee?«, fragte er.

»Schwarz«, antwortete sie.

»Und?«, sagte er, stellte die Tasse vor ihr ab und verschränkte die Arme. »Wie war's?«

Adélaïde zuckte die Schultern und rührte einen Löffel Zucker in die Tasse. »Ganz okay. Aber ich möchte nicht mehr hingehen.«

»Warum nicht?«, fragte Mr Belmont.

»Mir gefällt es dort einfach nicht.«

»Hat dir denn gar nichts gefallen?«

Adélaïde hob die Tasse bis kurz vor die Lippen. »Miss Whitewood war nett«, sagte sie, trank einen Schluck und erklärte dann, wer Miss Whitewood war.

»Aber«, sagte Mr Belmont, während er sich wieder seiner Espressomaschine zuwandte, um sie zu polieren. »Wenn du nicht mehr zur Schule gehen willst – was dann?«

Adélaïde zuckte wieder die Schultern. »Wir könnten weiter reisen. Ich würde lieber nicht so gern allzu lange an einem Ort bleiben.«

»Das geht nicht.«

Adélaïde wusste das. Sie drehte den Barhocker und schaute sich im Café um. Es hatte noch geschlossen, weil ihr Vater mit dem Einrichten noch nicht fertig war. Er hatte immer ganz genaue Vorstellungen und wollte für seine Gäste nur das Beste. Und das bedeutete, dass er die Arbeit meistens allein erledigte.

»Wo sind Pierre und Pierre?«, fragte sie.

Mr Belmont schüttelte den Kopf. »Du meinst, Pierre und Pierre, Experten für Umbauarbeiten aller *Un*-Art? Ich habe es nicht mehr ausgehalten, dass einer immer den Satz des anderen beendet hat. Als sie anfingen, meine zu beenden, habe ich sie weggeschickt.«

Adélaïde war enttäuscht. Sie hatte die beiden lustig gefunden. Mr Belmont ging hinter der Theke in die Knie und tauchte mit einem Karton mit der Aufschrift »Espressotassen« wieder auf.

»Ich habe heute Morgen einen Mann kennengelernt«, sagte er. »Wohnt auf der anderen Seite vom Garten. Er hat einen Sohn in deinem Alter – geht auf dieselbe Schule.«

Adélaïde wirbelte auf ihrem Stuhl herum. »Archer Helmsley«, sagte sie.

»Du kennst ihn?«

Sie nickte. »Er ist unfreundlich und hat anscheinend einen Eisbären.«

Mr Belmont lachte. »Ich habe ihr Haus kurz gesehen. Das ›Haus der Helmsleys‹ nennt man es. Seltsamer Ort. Überall Tiere. Ich wusste erst nicht, wer die sind, aber dann fiel mir ein, dass ich was über die Großeltern gelesen habe. Sie waren Forscher … sind auf einem Eisberg aufs Meer hinausgetrieben.«

Adélaïde stellte die Tasse ab. Bis jetzt hatte sie keine Ahnung gehabt, wovon Mrs Murkley geredet hatte. Nun ergab es einen Sinn. Wenigstens so viel Sinn, wie es einen Sinn ergibt, auf einem Eisberg aufs Meer hinauszutreiben.

»Sind sie tot?«, fragte sie.

»Davon geht man aus. Ich glaube nicht, dass sie irgendwer seitdem gesehen hat.«

Adélaïde trank schweigend ihren Tee aus.

»Vielleicht ist er schüchtern«, sagte Mr Belmont nach einer Weile. »Dieser Archer Helmsley. Wir können ja nicht alle mutige Mädchen aus Frankreich sein.«

»Oder einbeinige Mädchen aus Frankreich«, murmelte Adélaïde.

Sie bedankte sich bei ihrem Vater und glitt vom Barhocker.

»Ich bin auch bald zu Hause«, versprach Mr Belmont.

Adélaïde nickte und verließ das Café. Sie schlich schnell an *Schleck & Schmeck* vorbei und tappte zurück in die Weidengasse. Dabei dachte sie an den vielleicht doch nicht ganz so unfreundlichen Archer Helmsley, dessen Großeltern auf einem Eisberg aufs Meer hinausgetrieben waren. Adélaïde glaubte nicht, dass so etwas überhaupt möglich war. Aber vor zwei Jahren hätte sie auch niemals geglaubt, dass Tauben einen Bäckerwagen gegen einen Laternenpfahl jagen konnten.

✦ Ein versteinerter Glub ✦

Nachdem Oliver zu Abend gegessen hatte, öffnete er die Tür zum Garten. Mr Glub nahm die Zeitung hoch und schaute auf seine Uhr.

»Musst du jetzt nicht aufs Dach?«, fragte er.

»Heute nicht«, sagte Oliver. Er machte die Tür hinter sich zu und ging in die hintere Ecke vom Garten. Eingebettet im Gras lag ein moosbewachsener Stein, in den der Name Theo eingeritzt war.

Theo war der Kater von Oliver gewesen – sein erstes Haustier. Und Theo war ein guter Kater gewesen und hatte die Mäuse aus dem Keller davon abgehalten, das Haus der Glubs zu erobern. (Wie ihr wisst, hatten die Glubs diesen Krieg mittlerweile verloren.) Aber als Oliver sieben Jahre alt war, hatte Theo einmal keine Kellermaus gefressen, sondern stattdessen einen Sack Zement aufgekratzt und den Inhalt aus irgendwelchen Gründen, die Oliver bis heute nicht nachvollziehen konnte, lecker gefunden. Eine Stunde später hatte Oliver den Kater gefunden und seinen Namen gerufen, aber Theo hatte sich nicht gerührt. Oliver hatte versucht, ihn hochzuheben, aber er hatte es nicht geschafft. Theo war versteinert. Oliver seufzte und legte sich ins Gras.

Über der Gartenmauer ragte das Haus der Murkleys auf und die Lichter in den Fenstern blendeten Oliver wie Verhörlampen. Mrs Murkley ließ ihn versteinern. Er war froh darüber, nicht auf ihrer Liste zu stehen. Aber Archer stand auf der Liste, und erst jetzt wurde Oliver klar, dass er sich richtigen Ärger einhandeln konnte, selbst wenn er nur der Komplize von Archer war. Für diese Rolle war er einfach nicht geschaffen. Adélaïde schon. Er hatte den Vorschlag von Archer nur angenommen, weil er einen Freund haben wollte. Adélaïde konnte Archer tatsächlich helfen. Und falls sie es tun würde, wollte Oliver mit der Sache nichts mehr zu tun haben.

Ein Glühwürmchen flog vorbei und sofort hellte sich das Gesicht von Oliver wieder auf. Er ging ins Haus, holte ein altes Marmeladenglas aus der Speisekammer und bohrte mit einem Kuli Löcher in den Deckel. Er wollte gerade in den Garten zurück, aber dann beschloss er, einen Abstecher zum Dach zu machen und nach Archer zu sehen. Er kletterte die Leiter hinauf, spähte über den Dachrand, aber Archer war nicht da.

11

✦ Papierflieger greifen an ✦

Archer öffnete die Augen. Nach dem Beben lag er immer noch auf dem Boden. Er beschloss, eine Weile liegen zu bleiben und an die Decke zu starren. Dass es eine Decke war, wusste er. Seit elf Jahren starrte er sie schon an. Aber heute wollte er sie mehr als jemals zuvor einreißen und sich emporschwingen bis weit hinter die Wolken, weit hinter die Sterne, hinein ins große Unbekannte. Aber das konnte er nicht, deshalb blieb er, wo er war, und starrte in das große weiße Nichts. Plötzlich tauchte aus diesem Nichts ein Kopf auf.

»Deine Decke ist ganz hübsch«, sagte Oliver. »Aber meine ist schöner.«

Archer lächelte und nahm die Hand, die Oliver ihm entgegenhielt. Aber ihm war vom Sturz noch schwindelig, deshalb konnte er sich nur halb aufrichten.

»Ist alles okay mit dir?«, fragte Oliver und schaute sich das Durcheinander im Zimmer an.

»Mir fehlt nichts«, sagte Archer und rieb sich über die Beule an seinem Hinterkopf.

»Wie ist das denn passiert?«

Archer wollte es ihm erklären, aber bevor er den Mund aufmachen konnte, schwebte ein Papierflieger durchs Fenster und traf ihn im Nacken. Oliver hob den Flieger auf.

»Was ist das?«, fragte Archer.

»Das ist ein Flieger«, sagte Oliver und faltete den Zettel auseinander. »Um genau zu sein, ein Flyer. Werbung für *Belmont Kaffee*.« Er schaute Archer an. »Was ist Belmont Kaffee?«

Archer wusste es nicht. Er rappelte sich auf und wollte nachsehen, woher der Flieger gekommen war, aber dann wurde er ein zweites Mal getroffen. Dieses Mal knallte der Flieger mitten auf seine Stirn.

»Passiert das jeden Abend?«, fragte Oliver.

Archer bückte sich und hob den zweiten Flieger auf. Das war kein Flyer, sondern eine Flugpost: *»Bonjour«*.

»Da hast du die Antwort«, sagte Oliver, der aus der Balkontür auf die andere Seite vom Garten spähte, wo das Krokodil-Mädchen auf seinem Balkon stand. Es lächelte und winkte. Archer und Oliver winkten zurück.

»Jetzt macht sie sich mit Papierfliegern über mich lustig«, sagte Archer.

Oliver fand das nicht. »*Bonjour* heißt hallo«, sagte er. »Wenn sie sich über dich lustig machen will, war das ein lahmer Versuch.«

»Aber sie macht sich über mich lustig.«

»Mich wundert, dass sie überhaupt noch mit dir redet«,

sagte Oliver und hörte endlich mit dem Winken auf. »Du warst unfreundlich zu ihr, obwohl es keinen Grund dafür gab.«

Archer drehte sich vom Balkon weg und suchte in den Trümmern nach dem Glasauge.

»Ich hätte es schon früher sagen sollen«, fuhr Oliver fort. »Und mich wundert, dass du nicht selbst draufkommst. Ich glaube nämlich, sie ist die, nach der du suchst – diejenige, die dir helfen kann.«

Archer hob das Glasauge auf. »Ich brauche ihre Hilfe nicht.«

»Und ob du sie brauchst«, erwiderte Oliver, der Adélaïde immer noch anstarrte. »Falls du das mit der Antarktis immer noch ernst meinst. Dieses Mädchen ist in einem Heißluftballon über Ägypten geflogen und hat den Angriff eines Krokodils überlebt. *Und* sie hat Mrs Murkley von dir abgelenkt. Und das ist nur das, was wir bisher über sie wissen. Ich dagegen? Tja, ich kann gut Treppen runterfallen.« Oliver runzelte die Stirn. »Warum willst du ihre Hilfe nicht?«

»Weil ich nicht glaube, dass ihre Geschichte wahr ist«, sagte Archer.

»So benimmst du dich aber nicht«, sagte Oliver. »Du wirkst eifersüchtig.« Er spähte noch einmal zu Adélaïde rüber. »Aber vielleicht hast du ja recht. Wenn du es wirklich wissen willst, musst du sie fragen.«

Archer wusste nicht, was er glauben sollte, und setzte sich aufs Bett. Aber es stimmte, was Oliver sagte. Er war eifersüchtig auf Adélaïde. Er rieb sich die Arme und wies mit einem Nicken auf Olivers Hand.

»Warum trägst du ein Marmeladenglas mit dir rum?«, fragte er.

Oliver hatte das Glas vollkommen vergessen. »Ich wollte gerade was machen«, sagte er. »Ich kann nicht bleiben und wollte auch nur sagen, was ich gesagt habe. Es macht mir nichts aus, wenn du dir lieber von ihr helfen lässt als von mir. Du brauchst jemanden mit Erfahrung, das wissen wir beide.« Er holte kurz Luft. »Trotzdem finde ich, du solltest es lieber bleiben lassen.«

Oliver kehrte in seinen Garten zurück und Archer rutschte vom Bett und ging zur Balkontür. Adélaïde lehnte an ihrem Balkongeländer und beobachtete Oliver. Eins musste man wirklich sagen, dieses Mädchen sah überhaupt nicht aus wie eine große Abenteurerin. Sie war klein und dünn, vielleicht sogar zierlich, wenn das das richtige Wort ist. Aus zierlichen Personen werden keine großen Forscher. Und falls sie es doch werden, dann bringen sie es nicht sehr weit.

Aber vielleicht hatte Oliver auch damit recht gehabt. Vielleicht war es gerade deshalb wahr, *weil* es Archer so unwahrscheinlich vorkam. Das passiert immer wieder. Man sieht eine seltsame Frau und erzählt seinen Freunden: »Sie isst Eidechsen.« Und dann findet man heraus, dass sie die beste Konditormeisterin der Stadt ist, und ist selbst der Dumme, der allein bleibt und Eidechsen essen muss.

Archer ließ das Glasauge von einer Hand in die andere gleiten. Das Glasauge schaute ihn an, und er wusste, was es dachte. *Du siehst auch nicht aus wie ein großer Abenteurer*. Das stimmte. Und falls er einer werden wollte, brauchte er unbedingt Hilfe. Vielleicht war Adélaïde diejenige, die ihm helfen konnte. Er musste herausfinden, ob das Krokodil-Gerücht stimmte oder ob Adélaïde nur ein Kaiser ohne Kleider war, der durch die Gänge der Knopffabrik stolzierte.

Archer riss eine Seite aus seinem Notizbuch heraus und schrieb eine Nachricht an Adélaïde. Er faltete einen Papierflieger und schickte ihn auf die andere Seite vom Garten. Es war ein guter Wurf. Adélaïde hüpfte hoch, um den Flieger zu fangen, und nachdem sie die Nachricht gelesen hatte, stand sie eine Sekunde lang stockstill da.

Ist es wirklich wahr,
dass ein Krokodil dein Bein gefressen hat?

Adélaïde verschwand in ihrem Zimmer und setzte sich kurz hin, bevor sie zum Balkon zurückkehrte und Archer einen dritten Flieger schickte.

Ja

Archer biss sich auf die Lippe. Da stand es schwarz auf weiß. Zwei Buchstaben. Eine Silbe. Er schaute von Adélaïde zum Flieger und dann weiter zum Glasauge. Es ergab alles Sinn. Er schickte einen weiteren Flieger auf den Weg und verließ das Zimmer, ohne die Antwort abzuwarten.

✦ Ein etwas seltsames Geschenk ✦

Archer huschte mucksmäuschenstill die Treppe hinunter. Das Licht schien noch unter der Tür zum Arbeitszimmer hindurch und seine Mutter war nebenan bei Mrs Leperton. Er schlich die knarrende Kellertreppe hinunter und tauchte mit einer Leiter wieder auf.

»Es haut ab!«, rief der Strauß. »Haltet es auf! Schnell! Das Ding mit den schmutzigen Händen haut ab!«

Archer bugsierte die Leiter durch das Gewächshaus, vorbei an den *Schauderlingen* und in den Garten hinein. Natürlich konnte er nicht wissen, ob seine Großeltern noch am Leben waren. An einigen Tagen war er davon überzeugt, an anderen nicht. Doch seit jenem Abend auf dem Dach, als Oliver den Einfall mit der Eishöhle gehabt hatte, glaubte Archer, dass es durchaus möglich sein konnte. Und wenn seine Großeltern noch lebten und ins Haus der Helmsleys zurückkehrten, würde alles anders werden.

Sie *mussten* wiederkommen. Auch wenn das bedeutete, dass er sie selbst nach Hause holen musste.

Archer lehnte die Leiter an die hintere Gartenmauer und kletterte hinauf. Auf der anderen Seite stand Adélaïde und schaute zu ihm hoch. Er winkte ihr verlegen zu. »Hallo.«

»Hallo«, erwiderte sie.

Einen Moment lang war es das. Archer stand auf der Leiter und schaute auf Adélaïde herunter, die auf dem Rasen stand und zu ihm hinaufschaute.

»Ich möchte mich entschuldigen«, sagte Archer schließlich. »Für das, was ich vorhin über den Eisbären und das Krokodil und dein Bein und so weiter gesagt habe.«

Adélaïde nickte. »Schon in Ordnung.«

»Mein Eisbär ist sowieso nicht echt«, sagte Archer. »Das

ist keins von den Tieren bei mir zu Hause. Selbst wenn sie es wollten, könnten sie mir den Kopf nicht abbeißen.«

Adélaïde lächelte.

»Aber dein Krokodil war echt, und ich glaube, du hast dich besser geschlagen, als ich es gekonnt hätte.«

»Ich bin vor Schreck erstarrt«, sagte sie.

»Das würde wohl den meisten beim ersten Mal so gehen. Beim zweiten Mal wird es bestimmt anders.«

»Ich glaube nicht, dass es ein zweites Mal gibt.«

Das hatte Archer befürchtet – dass Adélaïde sich auf kein weiteres Abenteuer einlassen würde. Aber er hatte eine Idee. Er fischte in seiner Hosentasche und zog eine kleine Schachtel heraus.

»Achtung«, sagte er und warf Adélaïde die Schachtel zu.

»Was ist das?«, fragte sie.

»Mach sie auf.«

Adélaïde öffnete die Schachtel, und etwas, das sie für eine große Murmel hielt, kullerte in ihre Hand.

»Wie hübsch«, sagte sie.

»Es ist ein Glasauge«, erwiderte Archer.

Adélaïde ließ es schnell wieder in die Schachtel zurückkullern und wischte sich unauffällig die Hand am Kleid ab. »Vielen Dank«, sagte sie, obwohl es sich eher wie eine Frage anhörte.

»Es ist von meinen Großeltern. Sie waren berühmte Forscher. Ich habe gedacht, es gefällt dir vielleicht.«

»Welcher von beiden hat das Auge verloren?«

»Keiner«, sagte Archer. »Es gehörte einem Kapitän. Er hatte nur ein Auge. Ich glaube, ich habe ihn mal getroffen. Aber vielleicht war das auch nur Zufall.«

Adélaïde schaute ihn entsetzt an.

Archer war verwirrt. »Alles in Ordnung?«, fragte er.

»Warum haben sie ihm das Auge weggenommen?«

Archer schüttelte den Kopf und grinste. »Nein, nein sie haben es ihm nicht *weggenommen*. Er hat es ihnen *geschenkt*, damit sie niemals vergessen, dass sie den Berg gesehen haben.«

Archer erklärte ihr, dass der Kapitän zwar nur ein Auge hatte, aber trotzdem ein Schiff führen konnte. Und obwohl das Geschenk nicht unbedingt hübsch war, wusste Adélaïde es doch zu schätzen.

»Vielen Dank«, sagte sie noch einmal.

Danach wählte Archer seine Worte sorgfältig aus, denn er hielt es für das Beste, erst einmal nur Andeutungen zu machen und sich langsam zu den Einzelheiten vorzuarbeiten.

»Ich habe es dir geschenkt, weil es einen Ort gibt, wo ich hinwill, aber er ist sehr weit weg, und ich hoffe, du hilfst mir, weil …«

»Okay«, sagte Adélaïde.

Archer zog eine Augenbraue hoch. »Wie bitte?«

»Ich habe okay gesagt.«

»Okay … was?«

»Okay, ich helfe dir.«

Archer verstand gar nichts. »Aber du weißt doch noch nicht mal, wobei du mir helfen sollst«, sagte er.

»Du willst zu einem Ort, der sehr weit weg ist«, erwiderte sie.

»Aber ich habe nicht gesagt, wohin.«

»Das ist mir egal.«

War es wirklich so leicht oder machte sich das Krokodil-Mädchen über ihn lustig? Archer war sich nicht sicher.

»Willst du mich veräppeln?«, fragte er.

»Nein«, erwiderte sie.

»Aber ein Krokodil hat dein Bein gefressen.«

»Das ist zwei Jahre her.«

»Und du willst wirklich mitkommen?«

»Ja, sehr gern.«

Für Adélaïde klang das alles sehr vernünftig. Sie wusste, wohin sie nicht wollte. Auf keinen Fall wollte sie in die Knopffabrik zurück. Sie erinnerte Adélaïde zu sehr an das Krankenhaus. Außerdem war sie einmal Ballerina gewesen und hielt es nicht aus, den lieben langen Tag still zu sitzen. In Wahrheit wäre Adélaïde sogar mitgekommen, wenn Archer gesagt hätte, dass er zum Mond wollte.

»Nur aus Neugier«, sagte sie, »wo willst du eigentlich hin?«

Genau in diesem Moment streckte Oliver den Kopf über die Mauer. Er war einhändig auf den Baum in seinem Garten geklettert, weil er in der anderen Hand ein Marmeladenglas mit leuchtenden Glühwürmchen hielt. Er sah wütend aus.

»Ich will ja nicht stören«, sagte er. »Aber könnt ihr vielleicht ein bisschen leiser reden?« Er nickte in die Richtung, wo das Haus der Murkleys stand. »Ich möchte wirklich nicht, dass sie angelaufen kommt und mir wieder eins mit der Schaufel überzieht.«

Archer setzte sich auf die Mauer und schaute sich das Marmeladenglas von Oliver genauer an. Die neongelben

Käfer hüpften und blinkten wild durcheinander. Als Archer das letzte Mal Glühwürmchen gejagt hatte, war er noch ganz klein gewesen.

»Hast du schon mal Glühwürmchen gefangen?«, fragte er Adélaïde.

Das hatte sie nicht.

»Dürfen wir mitmachen?«, fragte Archer.

Oliver zuckte die Schultern. »Bei uns müssen irgendwo noch mehr Gläser rumstehen«, sagte er.

✦ Ein Trio ✦

Sie mussten sich gemeinsam ganz schön anstrengen, um Adélaïde und ihr Holzbein still und leise über die Mauer zu befördern, aber mit einer zweiten Leiter von Oliver gelang es ihnen dann doch.

»Euer Garten sieht aus wie ein richtiger Dschungel«, sagte sie und nahm Olivers Hand.

»Wir geben uns allergrößte Mühe«, erwiderte er. »Aber er lässt sich einfach nicht zähmen.«

Archer stand auf der Mauer und zog die Leiter aus seinem Garten hoch, um sie auf der anderen Seite in die Hände von Adélaïde gleiten zu lassen. Er wollte über Olivers Leiter nach unten klettern, blieb aber auf halber Strecke stehen, weil er hörte, wie eine Tür geöffnet wurde. Zwei Gärten weiter traten Mrs Leperton und Mrs Helmsley ins Freie. Für jeden gut sichtbar stand Archer wie versteinert da und beobachtete seine Mutter mit weit aufgerissenen Augen. Obwohl sie ihn gar nicht bemerkt hatte, traf er eine schreckliche Entscheidung. Er sprang nach hinten weg, sodass die Leiter ins Kippeln geriet. Oliver und Adélaïde griffen schnell nach den unteren Sprossen, aber einen Moment lang standen Archer und die Leiter senkrecht in der Luft. Dann wurde das Gewicht zu viel. Oliver und Adélaïde konnten Leiter und Archer nicht länger halten. Archer schaute beide ein letztes Mal an, bevor er auf den Boden krachte.

»Was war das?«, rief Mrs Leperton.

»Keine Ahnung!«, sagte Mrs Helmsley.

Oliver und Adélaïde starrten mucksmäuschenstill auf Archer, der regungslos unter der Leiter lag.

»Ich glaube, das kam von den Glubs drüben«, sagte Mrs Helmsley.

»Selbst schuld«, sagte Mrs Leperton. »In einem solchen Garten weiß man ja selbst nicht mehr, wo man hintritt.«

*

Als Adélaïde und Oliver die Leiter von seinem Gesicht zogen, stöhnte Archer. An diesem Tag musste er ganz schön viel einstecken. Der Sturz mit der Leiter tat noch mehr weh als das Bücherregal-Beben und die Beule an seinem Hinterkopf schwoll aufs Doppelte an. Er öffnete die Augen. Adélaïde kniete neben ihm.

»Hallo«, stöhnte er.

»Du hast Gras auf den Zähnen«, erwiderte sie und zeigte auf ihre eigenen. »Hier. Und da.«

Archer wischte sich über den Mund. »Weg?«, fragte er.

Adélaïde nickte. »Aber in deiner Backe steckt außerdem noch ein langes Stück Holz. Halt still.« Vorsichtig zog Adélaïde den Splitter heraus und wischte Archer die Wange ab. »Es blutet ein bisschen«, sagte sie. »Hast du dich absichtlich fallen lassen?«

»Es war wegen meiner Mutter«, erwiderte er und tastete nach der Wunde. »Sie darf mich hier draußen nicht mit der Leiter erwisch…« Seine Augen weiteten sich. »Sind sie noch da?«

»Nein«, sagte Oliver. »Sie sind weg.«

»Warum darf sie dich nicht mit der Leiter erwischen?«, fragte Adélaïde.

»Das ist eine lange Geschichte«, sagte Archer.

Adélaïde half ihm hoch. Während sie die beiden Leitern neben der Mauer verstauten, bewegte Archer den Kopf ein paarmal hin und her. Oliver ging ins Haus, um zwei weitere Marmeladengläser zu holen. Kurz darauf kehrte er zurück und drückte Archer und Adélaïde jeweils eins in die Hand.

Die feuchtwarme Abendluft lag schwer über den Gärten in der Weidengasse. Die drei hatten das Gefühl, in einer Seifenblase zu stehen. Tautropfen hingen an den Grashalmen und hinterließen auf den Schuhen von Adélaïde eine glänzende Schicht, als sie zum hinteren Ende vom Garten schlich. Sie war der gepunkteten Spur von einem Glühwürmchen gefolgt und stellte sich stockstill hin. Dann klappte sie blitzschnell den Deckel vom Marmeladenglas zu – und hatte einen leuchtend gelben Käfer gefangen.

»Ich habe einen!«, rief sie.

»Psst!«, zischte Oliver und deutete noch einmal zum Haus der Murkleys.

Auch Archer zischte und deutete auf sein Haus.

Adélaïde schnitt eine kleine Grimasse und betrachtete ihr Glühwürmchen. Unter dem Glas, gleich neben ihrem Fuß, entdeckte sie einen moosbewachsenen Stein.

»Wer ist Theo?«, fragte sie.

Bei der Frage seufzte Oliver.

»Er möchte nicht darüber reden«, sagte Archer, der immer noch nicht wusste, wer Theo war. Er zeigte Adélaïde sein Marmeladenglas. Es war bis zum Rand mit Glühwürmchen gefüllt. »Wenn du sie zwickst, glühen deine Finger auch«, sagte er.

»Danke für den Tipp«, erwiderte sie. »Aber mir gefällt es auch so.«

Während die drei kreuz und quer durch den Garten huschten, schaute Olivers kleine Schwester Claire von einem Fenster im ersten Stock zu. »Hallo, Archer!«, hörte man sie dumpf durch die Scheibe rufen. Archer winkte.

Von niemandem bemerkt, trottete das nicht nachtaktive Opossum auf der Suche nach einem Schlafplatz über die Gartenmauer.

Als alle Gläser voll waren, ließen Archer, Oliver und Adélaïde sich neben dem knorrigen Baum im Gras nieder.

»Wie war es, im Heißluftballon über Ägypten zu fliegen?«, fragte Archer.

»Die Sterne waren sehr schön«, sagte Adélaïde.

»Das haben meine Großeltern auch gesagt.«

»Wo bist du noch gewesen?«, fragte Oliver.

Adélaïde schwieg. Archer schaute sie an. Sie schien sich gar nicht mehr an all die Orte erinnern zu können, an denen

THEO

sie schon gewesen war, aber sobald sie die ersten Namen genannt hatte, fielen ihr immer mehr ein. Archer und Oliver waren beeindruckt.

»Hat dein Vater dich mitgenommen?«, fragte Archer.

»Nein, er ist im Kaffeegeschäft«, sagte Adélaïde. »Es war meine Mutter.« Sie machte eine Pause, dann fügte sie hinzu: »Alle nannten sie die *Schnecke*, weil sie ihr Haus überall mit hingenommen hat – ihre Koffer standen immer gepackt bereit.«

»War sie dabei, als das Krokodil dein Bein gefressen hat?«

Adélaïde nickte. »Als sie mich festhalten wollte, ist sie auch rausgefallen.«

»Hat es sehr wehgetan?«, fragte Oliver.

»Es ging ganz schnell. Wie in einem Wirbel. Ich kann mich nicht mehr genau erinnern.«

»Hoffentlich komme ich einem Krokodil niemals so nah«, sagte Oliver.

»Sie sind sehr gefährlich. Es hat meine Mutter mit zwei Bissen runtergeschluckt.«

Archer und Oliver fielen die Kinnladen herunter. »In echt?«, fragten sie gleichzeitig.

»Halb so schlimm«, erwiderte sie. »Ich mochte sie sowieso nicht.«

»Du mochtest sie nicht, obwohl sie dich retten wollte, als du aus dem Ballon gefallen bist?«, fragte Oliver.

Adélaïde biss sich auf die Lippe. »Das ist eine komplizierte Geschichte«, sagte sie und wechselte schnell das Thema. »Sind deine Großeltern wirklich auf einem Eisberg aufs Meer hinausgetrieben?«

Archer nickte und erzählte ihr die Geschichte.

»Deshalb darf ich das Haus nicht verlassen«, sagte er. »Sie glauben, ich würde etwas genauso Gefährliches machen, wenn ich die Gelegenheit dazu hätte.«

Oliver kniff die Lippen zusammen. »Damit haben sie auch recht«, sagte er.

»Das macht nichts«, erwiderte Archer. »Wenn meine Großeltern wieder da sind, wird sich alles ändern.«

»Glaubst du, sie leben noch?«, fragte Adélaïde.

An diesem Abend war Archer sich sehr sicher.

Ein Schrei schallte vom Haus der Murkleys zu ihnen herüber und ließ die Seifenblase um sie herum zerplatzen.

»Sie erinnert mich an den Mausekönig«, sagte Adélaïde.

Oliver schüttelte den Kopf. »Sie ist die Herzkönigin aus dem Wunderland«, sagte er. »Sie hätte mir beinahe den Kopf abgeschlagen.«

»Sie ist schlimmer als die Herzkönigin«, sagte Archer. »Sie will uns die Köpfe nicht nur abschlagen. Sie will uns ihren eigenen aufsetzen.«

Adélaïde fing an zu kichern und konnte nicht mehr aufhören.

»Was ist daran so witzig?«, fragte Archer.

»Ich habe mir dich mit dem Kopf von Mrs Murkley vorgestellt«, sagte sie kichernd.

Oliver kicherte auch. Archer stieg mit ein. Nun waren sie ein Trio.

»Das wäre nicht besonders schön, oder?«, sagte er, hielt das Marmeladenglas mit den Glühwürmchen vors Auge und klopfte gegen das Glas.

»Soll das ein Witz sein?«, sagte Adélaïde und versuchte, einen neuen Lachanfall zu unterdrücken. »Das wäre furchtbar!«

»Ich könnte nie wieder schlafen«, sagte Oliver.

In den Augen von Archer begann es zu funkeln und seine Finger zuckten. Er sprach ganz leise, wie mit sich selbst, aber er war nicht etwa 20 000 Meilen weit weg.

»Sie wird keine Gelegenheit dazu haben«, sagte er.

»*Oh*, sie wird es bestimmt versuchen«, sagte Oliver.

»Ganz bestimmt«, gab Adélaïde ihm recht.

»Aber wir werden längst weg sein«, sagte Archer.

Vier Augenbrauen wanderten nach oben.

»Und wo sind wir dann?«, fragte Adélaïde.

Archer schaute sie an und lächelte.

✦ TEIL DREI ✦

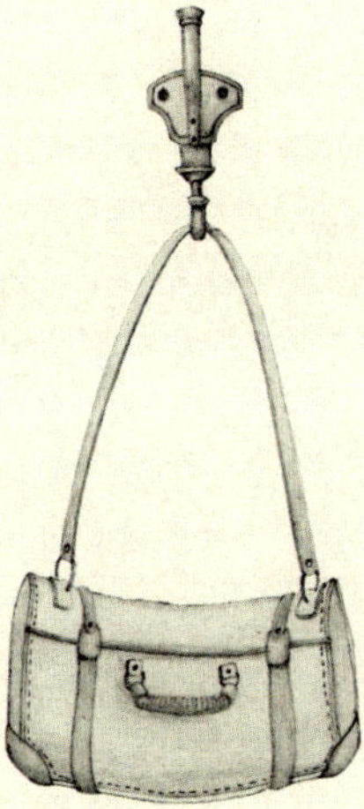

Die Reise beginnt

12

✦ Die Reise beginnt ✦

Eine Expedition vorzubereiten, ist keine Kleinigkeit. Vor einer Expedition muss man alles gut durchdenken und organisieren. Das wusste Archer, deshalb verschwendete er keine Zeit, sondern machte sich sofort daran, einen Plan auszuarbeiten.

»Ich weiß, ich bin schon in vielen Ländern gewesen«, sagte Adélaïde. »Aber ich glaube nicht, dass ich dir dabei helfen kann.«

»Keine Sorge«, sagte Archer. »Wichtig ist nur, dass du schon andere Sachen gemacht hast. Ich habe nämlich noch nie was gemacht.«

Mitglied im Bibliothekenverband von Rosewood

Schulbücherei der Lehranstalt von Rosewood

• BUCHANFRAGE •

Ausweis Nr. 37953

Liebe Miss Whitewood,

könnten Sie mir bitte Bücher heraussuchen, die Sie über die Antarktis haben?

Vielen Dank
Archer Helmsley

»Muss ich mir Sorgen machen?«, fragte Miss Whitewood und legte eine Hand auf die Schulter von Adélaïde. »Ich hoffe, sie ziehen dich nicht in irgendwas rein.«

Oliver runzelte die Stirn. »Ich will ja nichts sagen, Miss Whitewood, aber ich glaube nicht, dass das gehen würde.«

Miss Whitewood zeigte zu einem Tisch, auf dem ein riesiger Stapel Bücher lag. »Das sind alle, die ich finden konnte«, sagte sie.

Archer sah den Stapel durch. Man musste die Bücher nach Wichtigkeit sortieren. Er teilte sie unter den dreien auf und zusammen trugen sie die Bücher in den Lesesaal. Als sie eintraten, wischte der Hausmeister gerade Staub von einer Fensterbank. Er sah Adélaïde und kicherte.

»Wie war's in der Türkei?«, fragte er.

Adélaïde lächelte. »Sehr schön.«

»In der Türkei war sie also auch schon?«, flüsterte Oliver.

»Sieht so aus«, sagte Archer.

*

In den folgenden Wochen verbrachte das Trio die meiste Zeit vor, zwischen und nach den Unterrichtstunden im Lesesaal oder im Aufenthaltsraum und las so viele Bücher über die Antarktis wie nur möglich.

Viele der Bücher waren, um es milde auszudrücken, uralt, öde und stinklangweilig. Archer störte das nicht. Oliver und Adélaïde langweilten sich bald. Sie gingen die Stapel durch und legten die uninteressanten Bücher neben Archer und die mit den Fotos und Abbildungen neben ihre eigenen Plätze. Archer machte sich beim Lesen Notizen in sein Heft. Die wichtigsten Informationen gab er an die anderen beiden weiter, aber die schrecklichen Einzelheiten behielt er lieber für sich.

Antarktis, 1915. Position 69° 05' S, 51° 30' W
Das Schiff Endurance *war im Eis eingeschlossen. Langsam wurde das Schiff vom Eis zermalmt.*
Es hörte sich an wie »Feuerwerksköper und Kanonenschüsse«.
Das Schiff sank. Die Crew saß fest.

»Wie es aussieht, ist die Drakestraße der schwierigste Teil der Reise«, sagte er. »Sobald wir die hinter uns haben, dürfte es leichter werden.«

»Das verstehe ich nicht«, sagte Oliver.

Archer schaute in sein Notizbuch. »Hier steht, die Drakestraße ist ...«

»Das habe ich schon verstanden«, sagte Oliver. »Ich verstehe nur nicht, warum Robben am Anfang so wunderbar weiß und flauschig sind und sich dann plötzlich in riesige Würste verwandeln.«

»Würste mit Zähnen«, sagte Adélaïde.

»Konzentriert euch«, sagte Archer und schaute flüchtig auf das Buch von Oliver. Er legte den Kopf schief. »Die sieht wirklich aus wie eine Wurst.«

»Die haben irgendwas Komisches vor«, sagte Alice N. Erving. »Wir sagen es Mrs Murkley. Vielleicht kriegen wir eine Belohnung.«
»Zu der sage ich nichts mehr«, erklärte Charlie H. Spindle. »Die bringt meinen Kopf ganz durcheinander.«
»Stimmt«, sagte Molly S. Tinker. »Vielleicht sagen wir aus Versehen, dass wir irgendwas Komisches vorhaben.«

Charlie lehnte sich gegen die Rückenlehne des Sofas und linste Adélaïde über die Schulter.

»Ein Buch über die Antarktis?«, fragte er. »Willst du dein zweites Bein auch noch verlieren?«

Oliver ließ sein Buch sinken und funkelte Charlie böse an. »Warum gehst du nicht mit deinen Hühnern spielen, *Bohnenstange?*«, sagte er.

Archer fing an zu lachen. Adélaïde kicherte. Charlie stakste davon. Adélaïde schlug vor, sich in der Mittagspause aus der Knopffabrik zu schleichen und ins Café von ihrem Vater zu gehen.

Dort konnten sie miteinander reden, ohne dass irgendjemand zuhörte.

»Aber dein Vater könnte zuhören«, sagte Archer.

»Der kann nur weghören«, sagte Adélaïde.

Archer sagte, der beste Fluchtweg sei der Ausgang an der nordwestlichen Ecke vom Schulhof. In diesem Flügel der Knopffabrik waren vor allem Abstellräume untergebracht, deshalb hielten sich dort nicht so viele Lehrer auf, die sie abfangen konnten. Außerdem gab es einen Tunnel, der unter der Fabrik hindurch zur Straße führte. Als die Schüler mittags zum Speisesaal gingen, verdünnisierte sich das Trio, huschte über den Schulhof, am verfallenen Springbrunnen vorbei und durch den Tunnel ins Freie. Von dort aus waren es nur noch zwei Blocks bis zur Donnerblumenstraße und dem Café von Mr Belmont.

»Freut mich, dich kennenzulernen, Archer«, sagte Mr Belmont. Er blickte zu Oliver. »Und du bist?«

Oliver zuckte die Schultern. »Ich bin nur ein Glub«, antwortete er.

»Oliver Glub«, sagte Adélaïde.

»*Glub?*«, wiederholte Mr Belmont. »Was für ein interessanter Name. Ja, schön, also dann.«

Das Café war gut besucht, aber die Gäste waren so sehr mit Kaffeetrinken und Zeitunglesen beschäftigt, dass sie das Trio nicht weiter beachteten. Archer entdeckte die geblümte Frau, die in einer Ecke saß und so viel Espresso trank, dass es ein kleines Nilpferd umgehauen hätte. Doch nach dem dritten Besuch im Café fand selbst er Geschmack an dem starken Gebräu.

Mr Belmont war begeistert. »Der hier könnte dir auch schmecken«, sagte er und stellte eine zweite Tasse vor Archer hin. »Er lässt deinen Geist auf einem Hauch von Orangenschale bis weit hinter die Wolken emporschweben.«

In den Mittagspausen besprachen die drei, wie sie weiter vorgehen wollten. An einem Tag brachte Archer Landkarten von der Antarktis mit, die er im Kartenraum im Haus der Helmsleys gefunden hatte.

Er schob die Tassen und Teller zur Seite und breitete die Karten auf dem Tisch aus.

»Das ist die Antarktis?«, fragte Oliver staunend. »Die ist ja riesig.«

»Die ist ziemlich groß«, gab Adélaïde ihm recht.

»Ach, das sieht nur so aus«, winkte Archer ab. »Auf hoher See müssen Schiffe nämlich bestimmte Routen einhalten, genau wie die Autos auf der Straße. Jedes Schiff, das wir nehmen, dürfte also dieselbe Strecke fahren wie meine Großeltern damals.«

»Aber Eisberge treiben im Meer«, sagte Oliver. »Er ist bestimmt nicht mehr an derselben Stelle.«

»Vielleicht ist er im Kreis getrieben«, sagte Adélaïde. »Und jetzt ist er wieder genau da angekommen, wo er vor zwei Jahren war.«

Mit zitternder Hand senkte Archer die dritte Tasse Espresso. »Ich weiß nicht«, sagte er. »Wenn er da ist, ist er da, und wenn er nicht da ist, ist er nicht da, aber es hat keinen Sinn – überhaupt keinen Sinn, sich darüber Gedanken zu machen, solange wir selbst nicht da sind. Ich glaube, er ist noch da. Er muss da sein. Versteht ihr?«

Adélaïde nahm ihm die Tasse aus der Hand. »Ich glaube, für heute hast du genug.«

Auf dem Rückweg zur Knopffabrik hielt das Trio manchmal auf der anderen Straßenseite an und holte sich bei *Schleck & Schmeck* etwas zu naschen. Oliver hatte recht. Es war ein fantastischer Laden, der in seinen Schaufenstern alle möglichen Köstlichkeiten ausstellte. Wenn sie eintraten, wurden ihre Nasen vom himmlischen Duft von Schokolade begrüßt. Regale mit Lutschstangen und bunten Bonbons und Riesenpyramiden aus Schokoriegeln zogen sich bis zur Decke.

Oliver ließ sich bei der Auswahl viel Zeit, aber Archer wusste, dass es ein Riesenfehler wäre, zu spät zum Unterricht von Mrs Murkley zu kommen.

»Wie wäre es mit kandierten Kirschen?«, fragte er, um Oliver zur Eile anzutreiben.

Oliver schaute ihn ungläubig an. »Kandierte Kirschen?«, wiederholte er. »Niemand geht zu *Schleck & Schmeck* und kauft so was Ödes wie kandierte Kirschen!«

»Was willst du dann?«, fragte Adélaïde, die sich eine Reihe mit meergrünen Seepferdchenlollis anschaute.

Am liebsten hätte Oliver den Laden leer gekauft, aber er entschied sich für einen Schokoriegel mit Karamellfüllung. Sie bezahlten und kehrten zur Knopffabrik zurück. Oliver teilte den Riegel durch drei, dann liefen sie schweigend nebeneinanderher, während Schokolade und Karamellcreme in ihren Mündern schmolzen. Sie gingen unter dem Torbogen hindurch, betraten den Schulhof und schlossen sich unauffällig den anderen Schülern an, die zum Nachmittagsunterricht strömten.

»Hat dein Vater im Café eine Tiefkühltruhe?«, fragte Archer.

»Ich glaube nicht«, sagte Adélaïde. »Warum?«

»Weil wir keine Erfahrung mit arktischen Temperaturen haben. Nicht mal ansatzweise. Und ich finde, wir sollten uns wenigstens ein bisschen auf das vorbereiten, was uns dort erwartet.«

»Wir könnten nach der Schule was mit Eis machen«, schlug Adélaïde vor.

Das war keine schlechte Idee, aber an diesem Tag ging es nicht.

»Archer und ich haben heute noch was *Privates* zu erledigen«, sagte Oliver und versuchte, möglichst gleichgültig zu wirken.

»Etwas Wichtiges«, fügte Archer hinzu.

Adélaïde zuckte die Schultern. »Okay. Dann machen wir eben morgen was.«

Sie erreichten den Klassenraum im selben Moment, als Mrs Murkley aus dem Lehrerzimmer zurückkehrte.

✦ Ein teuflischer Pakt ✦

Seit dem ersten Schultag war Mrs Murkley kein bisschen milder geworden. Die Schüler unterdrückten sogar ein Husten oder Niesen, weil sie Angst hatten, sich einen Haufen Ärger einzuhandeln. Und das war klug. Nur weil er seinen Schluckauf nicht abstellen konnte, musste Dicky Finch einen ganzen Nachmittag lang Kaugummireste unter dem Lehrerpult von

Mrs Murkley abkratzen. Die anderen Schüler konnten sich nur mit Mühe ein Grinsen verkneifen, weil Dicky bei jedem Schluckauf mit dem Kopf gegen die Tischplatte stieß.

In den Stunden bei Mrs Murkley rückte Oliver immer ein bisschen von Archer und Adélaïde ab. Er hatte nämlich Angst, Mrs Murkley könnte sie miteinander in Verbindung bringen. Aber Mrs Murkley ließ sich nicht für dumm verkaufen. Sie hatte das Trio etliche Male im Flur und in der Schulbücherei gesehen und vermutete längst, dass sie einen teuflischen Pakt geschlossen hatten. Archer ahnte davon nichts, bis er sie nachmittags in der Bücherei entdeckte.

»Abgesehen von der Bibliothekarin ist natürlich mal wieder niemand da«, sagte Mrs Murkley, als sie an den Tisch von Miss Whitewood trat.

Miss Whitewood lächelte höflich. »Kann ich Ihnen bei der Suche nach einem Buch helfen?«, fragte sie. »Denken Sie an etwas Bestimmtes?«

»Natürlich denke ich an etwas Bestimmtes«, schnaubte Mrs Murkley. »Es ist gefährlich, wenn man seine Gedanken in der Nähe von Büchern schweifen lässt. Ich brauche etwas über den Aufstand der amerikanischen Kolonien. Ich will wissen, welche Rolle die Franzosen dabei gespielt haben und wie sich die Engländer gegen sie gewehrt haben.«

Archer schlich hinter dem Bücherregal hervor und verschwand im Lesesaal.

»Ich sehe mal, was ich darüber finde«, sagte Miss Whitewood.

Während Miss Whitewood zwischen den Regalen herumlief, trippelte Mrs Murkley zum Lesesaal.

»Bücher zu!«, flüsterte Archer.

»Warum?«, fragte Oliver.

Für Erklärungen blieb keine Zeit. Archer riss Oliver das Buch aus der Hand und warf es hinters Sofa. Adélaïde klappte ihr Buch blitzschnell zu. Archer schob sein Notizbuch in die Hosentasche und setzte sich hin. Als Mrs Murkley ins Zimmer trat, übertrieb es Oliver mit dem Abrücken so sehr, dass er beinahe vom Sofa gefallen wäre.

»Dachte ich's mir doch!«, verkündete Mrs Murkley stolz und baute sich vor ihnen auf. »Und *was*, wenn ich fragen darf, führt ihr drei im Schilde?«

»*Zwei*«, stellte Oliver klar. »Ich gehöre nicht zu ihnen.«

Adélaïde stupste ihn unauffällig an, während sie Mrs Murkley ein strahlendes Lächeln schenkte. »Wir stecken unsere Köpfe dort rein, wo wir sie reinstecken sollen«, sagte sie.

»In Bücher«, fügte Archer hinzu. »Bücher, die nichts mit Eisbären zu tun haben.«

»Oder Guillotinen«, sagte Adélaïde.

»Oder Eisbergen«, murmelte Oliver.

Mrs Murkley beugte sich vor, um Adélaïde das Buch aus der Hand zu reißen, aber Adélaïde presste es fest an ihren Bauch.

»Ich habe ein paar Bücher für Sie gefunden, Mrs Murkley!«, rief Miss Whitewood von ihrem Tisch her.

Mrs Murkley warf den dreien einen verächtlichen Blick zu und verließ das Zimmer. Adélaïde gab den Blick an Oliver weiter.

»*Zwei?*«, wiederholte sie. »Du legst dich mit Bohnenstange an und kneifst vor *der*?«

»Die wiegt aber auch viel mehr«, sagte Oliver.

»Schon gut«, sagte Archer. »Aber wir müssen vorsichtiger sein.«

»Und wir müssen jetzt los«, sagte Oliver. »Archer und ich müssen schließlich noch was *Privates* erledigen.«

✦ Ein eiskaltes Geschenk ✦

Am nächsten Tag kletterten Adélaïde und Oliver nach der Schule über die Leiter zu Archer ins Zimmer. Archer hatte drei Kühlboxen aufgebaut. Adélaïde öffnete ihre Tasche und verteilte Ohrenwärmer, Handschuhe und Schals. Archer klappte die Kühlboxen auf und die drei setzten sich davor.

»Was genau sollen wir machen?«, fragte Oliver.

»Ich würde sagen, jeder isst so viel, wie er kann«, sagte Archer.

Sie wollten gerade anfangen, als es an der Tür klopfte. Oliver und Adélaïde hechteten hinters Bett. Mr Helmsley kam herein und wollte von Archer wissen, warum eine Tropfenspur von der Küche zu seinem Zimmer führte.

»Was machst du da?«, fragte Mr Helmsley langsam, als er Archer mit Ohrenwärmern vor einer Kühlbox sitzen sah.

Archer wusste, dass sein Verhalten durch keine Ausrede der Welt weniger seltsam wirken würde, deshalb sagte er die Wahrheit.

»Ich esse Eiswürfel«, antwortete er.

»Du isst Eiswürfel …?«, wiederholte Mr Helmsley. Er schüttelte den Kopf. *Und sie hält es für das Beste, wenn wir ihn hier einsperren.* »Nun, ich bin froh, dass du dich allein beschäftigen kannst.«

Nachdem Mr Helmsley gegangen war, aßen Archer, Oliver und Adélaïde noch ein paar Eiswürfel, aber schon zehn Minuten später konnten sie nicht mehr.

»Das war eine schlechte Idee«, stellte Adélaïde fest.

Oliver schwebte zwischen dieser und der nächsten Welt. Adélaïde klopfte ihm auf den Rücken. Ein Eiswürfel sprang aus seinem Mund.

»Danke«, spuckte er.

»Wir versuchen es irgendwann wieder«, sagte Archer und zog den Ohrenwärmer vom Kopf. »Vielleicht fällt uns ja noch eine bessere Methode ein.«

Oliver stand auf. »Ich geh Tee holen, damit wir wieder Raumtemperatur kriegen«, sagte er.

Archer und Adélaïde warteten auf dem Dach, während Oliver in die Küche der Glubs ging. Aber er holte keinen Tee, sondern einen Kuchen. Adélaïde hatte an diesem Tag Geburtstag und wurde elf Jahre alt, aber sie selbst hatte nichts davon gesagt. Bei einem ihrer Treffen im Café hatte Mr Belmont ihnen das Datum heimlich verraten. Und das war auch der Grund, warum Archer und Oliver am Nachmittag zuvor etwas *Privates* hatten erledigen müssen. Sie waren bei Mrs Glub in der Küche gewesen und hatten sich von ihr zeigen lassen, wie man Kuchen backt.

»Das ist gar nicht so schwer«, sagte Mrs Glub. »Man muss nur alles zur richtigen Zeit machen. Archer, du holst drei Eier. Und, Oliver, du wiegst 200 Gramm Mehl ab.«

Einen Kuchen zu backen, ist vielleicht nicht schwer, aber wie immer, wenn man etwas zum ersten Mal macht, muss man eben mit kleinen Fehlern rechnen.

Als Mr Glub in die Küche kam, fielen ihm die kleinen Fehler sofort auf.

»Das, äh … wollen wir doch nicht essen, oder?«, fragte er.

»Sieht der so schlimm aus?«, sagte Archer.

»Na ja«, sagte Mr Glub. »Ich stelle mir einen Kuchen zwar etwas anders vor, aber es ist bestimmt viel Herzblut reingeflossen.«

Oliver nickte. »Ich finde, er sieht toll aus.«

Oliver kehrte mit dem Meisterwerk von Glub & Helmsley aufs Dach zurück. Adélaïde starrte die beiden Jungen ungläubig an.

»Dein Vater hat es verraten«, sagte Archer. »Tut mir leid, dass du wegen mir an deinem Geburtstag Eiswürfel essen musstest.«

Oliver stellte den Kuchen auf den Schornstein. »Keine Angst«, sagte er. »Der schmeckt bestimmt besser.«

Wenn man den Kopf auf die linke Seite legte und ein Auge zukniff, sah der Kuchen fast so aus wie einer, den man im Laden kauft. Und er schmeckte tatsächlich besser als die Eiswürfel – was vor allem Oliver gern hörte.

»Die Erdnussbutter-Blaubeer-Füllung ist wunderbar originell«, sagte Adélaïde.

»Wir haben versucht, uns ans Rezept zu halten«, sagte Archer. »Aber nach der Hälfte haben wir uns vertan.«

»Ich bin eh nicht so gut darin, mich an einen Plan zu halten«, sagte Oliver.

»Was hast du dir gewünscht?«, fragte Archer.

»Eine *bon voyage*«, sagte Adélaïde.

»Vielen Dank dafür«, sagte Oliver.

»Vielen Dank für den Kuchen«, sagte Adélaïde und nahm noch einen Bissen.

13

✦ Ein nicht ganz so guter Plan ✦

Die Tage vergingen wie im Flug und schon bald war auch der September fast zu Ende. Archer hatte jede Menge Zeit damit verbracht, sich genau zu überlegen, wie sie sich am besten auf die Reise vorbereiten konnten. Es gab zwei Knackpunkte. Sie brauchten das Abreisedatum von einem Schiff, das in die Antarktis fuhr, und sie brauchten die passende Ausrüstung. Archer wusste zwar, dass das Schiff fast alles an Bord haben würde, aber er hielt es für besser, ein paar Dinge einzupacken, nur für den Fall, dass wie bei seinen Großeltern etwas schieflief. Aber dafür mussten sie einen Ausflug in die Innenstadt von Rosewood machen – und das würde viel schwieriger werden, als sich aus der Knopffabrik oder ins Haus von Oliver zu schleichen.

Aber Archer hatte schon eine Idee. Er sagte Oliver und Adélaïde, dass sie am Samstagmorgen zu ihm aufs Dach kommen sollten.

Oliver kraxelte mit einer Schüssel Orangen und drei Tellern die Leiter rauf. Adélaïde breitete eine Decke auf dem Tisch aus und öffnete eine braune Papiertüte.

»Was ist das?«, fragte Oliver.

»Schokocroissants. Die werden dir schmecken.«

Die beiden hatten schon eine ganze Zeit lang Proviant aufs Dach geschleppt.

»Haben wir alles?«, fragte Adélaïde.

Sie hatten alles: Schokocroissants, Tee, Orangen, Toast mit Butter, Toast mit Marmelade, gebratenen Speck – und vor allem: drei weich gekochte Eier. Oliver und Adélaïde waren ziemlich stolz auf ihren Frühstückstisch, aber dann sprang Archer mit einer Kühlbox bewaffnet über den Spalt zwischen den Häusern und runzelte die Stirn.

»Stimmt was nicht?«, fragte Adélaïde.

Archer stellte die Kühlbox ab. »Was soll das ganze Essen?«, fragte er.

»Du hast doch gesagt, wir wollen erst ein Frühstück mit Ei essen, bevor du uns den nächsten Schritt erklärst.«

Archer schüttelte den Kopf. Hier lag ein Missverständnis vor. Er hatte geglaubt, sie würden erst ein Frühstück mit *Eis* essen, und die Stimmung sank in den Keller, nachdem er das gesagt hatte. Oliver sah besonders enttäuscht aus. Eine Stunde lang hatte er auf die Anweisungen von Adélaïde gehört und war etliche Male mit dem ganzen Essen die vier Treppen hoch- und runtergeklettert.

»Ein Frühstück mit *Eis*?«, wiederholte Oliver und schaute auf den köstlich gedeckten Tisch.

Archer nickte, aber eigentlich dachte er jetzt das Gleiche

wie Oliver. »Das hier sieht viel besser aus«, gab er zu und schob die Kühlbox unter den Tisch. »Wir können das Eis ja später essen.«

Oliver und Adélaïde waren erleichtert. Sie setzten sich hin und ließen sich schweigend das Festmahl schmecken. Es war früh am Morgen und fast die gesamte Stadt schlief noch. Aber bald stieg die Sonne höher und tauchte das Trio in leuchtendes Orange.

Adélaïde goss Tee in eine Schale und trank. Oliver ließ die Hand mit dem Croissant sinken.

»Warum trinkst du Tee aus einer Schale?«, fragte er. »So macht man das nicht.«

»Aber in Frankreich machen wir es so«, erwiderte sie.

Oliver grinste und hielt ihr einen Löffel hin. »Brauchst du den vielleicht auch?«

Adélaïde schnippte ihm ein Stück Orangenschale an den Kopf, das von seiner Stirn abprallte und in seine Tasse fiel. Oliver benutzte den Löffel, um es herauszufischen. Archer aß den letzten Bissen von seinem Croissant und wischte sich die Krümel von den Fingern.

»Adélaïde ist die Einzige, die schon mal im Hafen von Rosewood war«, sagte er. »Glaubst du, du kannst uns einschleusen?«

Adélaïde schwenkte ihren Tee und nickte. »Klein genug sind wir«, sagte sie. »Wahrscheinlich kriegen es die Wachmänner gar nicht mit.«

Oliver hatte Hamsterbacken vom Croissant. »Und was habt ihr dann vor«, fragte er, »falls ihr es in den Hafen schafft?«

»Dann müssen wir ein Schiff finden, auf dem wir uns verstecken können«, sagte Archer.

Irgendwie würde er schon herausbekommen, wann ein Schiff in Richtung Antarktis ablegte, und dann konnten sie sich heimlich an Bord schleichen, wenn die Fracht aufgeladen wurde.

Der Hafen von Rosewood war groß und täglich legten etliche Schiffe an und ab.

»Es muss wenigstens eins geben, das demnächst in die Antarktis fährt«, sagte Archer.

»Falls nicht«, sagte Adélaïde, »können wir jedes andere Schiff nehmen, das in Richtung Süden fährt. Wir steigen einfach im nächsten Hafen auf ein Schiff um, das noch näher an die Antarktis heranfährt.«

Archer nickte, zog sein Notizbuch aus der Tasche und blätterte darin herum.

»Aber wie findet ihr raus, wann ein Schiff den Hafen verlässt?«, fragte Oliver.

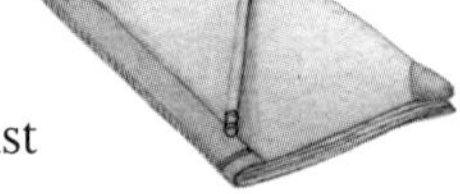

Adélaïde sah ihn misstrauisch an. »Warum sagst du immer *ihr*?«, fragte sie. »Meinst du nicht *wir*?«

Archer hörte nicht zu. Er fragte sich eher, wo sie die Ausrüstung herbekommen sollten. Am Abend zuvor hatte er das Zimmer mit den Landkarten nach irgendetwas abgesucht, das ihm weiterhelfen würde. Zuerst hatte er vor allem Staub gefunden, aber dann war er über eine Kiste mit Karteikarten gestolpert.

Auf jeder Karte hatten Name und Adresse von einem Geschäft in Rosewood gestanden und darunter die Nummer von einem Kundenkonto. Ein paar der Namen hatten merkwürdig geklungen, aber Archer hatte einen entdeckt, der ihm wichtig vorgekommen war.

Jetzt zog er die Karte aus seinem Notizbuch und reichte sie Adélaïde.

»Die habe ich gestern Abend gefunden«, sagte er. »Du bist bestimmt schon in vielen solchen Läden gewesen. Ich nicht. Aber ich glaube, dort finden wir alles, was wir brauchen, oder?«

Straße *von* Magellan

EXPEDITIONSAUSRÜSTUNGEN

– Inselstraße 17 –

Name(n): Ralph / Rachel Helmsley

Kundenkonto: 39504728

»Klingt gut«, sagte Adélaïde und fragte sich, worauf sie sich bloß eingelassen hatte. »Sollen wir dort mal vorbeigehen und uns umschauen?«

»Ja«, sagte Archer. »Und wir können dort auch nach den Schiffsfahrplänen fragen. Ich wette, die wissen was.«

Das war Punkt eins des Plans, den Archer ausgearbeitet hatte. Alles in allem war es kein richtig guter Plan. Aber es ist immer besser, einen nicht ganz so guten Plan zu haben, als gar keinen.

Oliver fand das nicht.

Oliver hatte am Abend der Glühwürmchenjagd eine Entscheidung getroffen, aber er hatte Archer noch nichts davon gesagt. Jetzt war die Gelegenheit da, und weil Oliver nicht wusste, ob sie jemals wiederkommen würde, griff er zu. Er zog einen Zeitungsausschnitt aus der Hosentasche, strich ihn am Hosenbein glatt und gab ihn Archer.

»Ich fand es sehr schön mit euch«, sagte er. »Aber bevor ich ins Wasser falle, halte ich lieber an. Ich komme nicht mit in die Antarktis. Hier steht, warum.«

DOLDRUMS PRESS

TOMATENCREMESUPPE

… Familie entsetzt, als sie den »löwenherzigen« Onkel Baxley mit dem Gesicht nach unten in der Tomatencremesuppe fand. Er wurde nur dreiundvierzig Jahre alt …

Archer wunderte das nicht. Bei gesunder Ernährung und genügend Auslauf kann ein Löwenherz bis zu fünfzehn Jahre lang halten. Bei Mr Baxley hatte es sogar dreiundvierzig Jahre lang gehalten.

»Das meine ich doch gar nicht«, sagte Oliver.

»Sondern?«, fragte Adélaïde.

»Der Punkt ist der«, sagte Oliver. »Das Herz von einigen Leuten hält mehr aus als das von anderen. Ein Jahr mit Mrs

Murkley ist für mich schon zu viel. Mehr halte ich nicht aus und ich will nicht in einem Teller Tomatencremesuppe sterben.«

»Aber du isst doch gar keine Tomatencremesuppe«, sagte Archer.

»Ich mag die auch nicht besonders«, sagte Adélaïde.

»Was für eine Suppe das ist, ist doch vollkommen egal«, sagte Oliver. »Ich will weder in einer Suppe noch auf einem Eisberg in der Antarktis sterben. Das halte ich nicht aus. Und ganz ehrlich – ihr solltet es auch lieber bleiben lassen.« Er schaute zu Adélaïde. »Hat er dir erzählt, was passieren wird, wenn sein Plan scheitert?«

»*Falls* der Plan scheitert«, sagte Archer.

»Was passiert denn dann?«, fragte Adélaïde.

Archer schwieg.

»Seine Mutter wird ihn nach Raven Wood schicken!«, sagte Oliver.

»Raven Wood?«, wiederholte sie.

»Ja«, sagte Oliver. »Mrs Murkley hat da früher unterrichtet. Es ist ein Internat. Ich kenne einen Jungen, der dorthin geschickt wurde.«

»Und?«, sagte Adélaïde.

»Tja, keine Ahnung«, sagte Oliver. »Als er zurückkam, hat er nicht viel darüber gesagt. Genau genommen hat er überhaupt nicht mehr viel gesagt. Er saß nur da und hat gesummt wie ein Ventilator.«

»Stimmt das?«, fragte Adélaïde.

»Keine Ahnung«, sagte Archer. »Aber wir werden nicht scheitern. Ich kapiere nur nicht, warum du uns das erst jetzt erzählst, Oliver.«

»Weil ich nicht geglaubt habe, dass ich wirklich was machen muss«, sagte Oliver. »Mir wird das langsam zu echt. Ich habe nur mitgemacht, weil ich Freunde haben wollte.«

Adélaïde spielte gedankenverloren mit einer Orange. Eigentlich hatte sie es gar nicht vorgehabt, aber je häufiger sie etwas mit Archer und Oliver unternahm, umso lieber mochte sie die beiden.

»Ich bin auch nur hier, weil ich Freunde haben wollte«, sagte sie.

»Dann sind wir uns ja alle einig«, sagte Archer. »Und wer hat irgendwas von Sterben gesagt? Ich habe nicht vor zu sterben.«

»Niemand *hat vor* zu sterben«, sagte Oliver.

»Ich wäre fast gestorben«, sagte Adélaïde.

»Deshalb hast du ja auch keine Angst«, erwiderte Oliver. »Ich kenne den Tod nur aus der Ferne, und mir wäre es lieber, wenn es dabei bleibt.«

»Aber uns wird nichts passieren«, sagte Archer. »Versteht ihr denn nicht? Meine Großeltern haben zusammen tolle Abenteuer erlebt, und ich glaube, wir können das auch. Als Erstes finden wir sie. Das ist für dich die Gelegenheit, mehr zu sein als *nur ein Glub*.«

»Ich bin gern nur ein Glub«, sagte Oliver. »Ihr seid diejenigen, die gern die Gefahr herausfordern und mit Krokodilen schwimmen und so was. Ich dagegen? Ich jage lieber Glühwürmchen oder finde heraus, wie viele Blaubeeren ich in meinen Mund stopfen kann. Und vom Blaubeerenessen ist noch keiner gestorben.«

»Irgendwer bestimmt schon«, sagte Adélaïde.

»Und nichts geschieht ohne Grund«, sagte Archer.

»Alles geschieht ohne Grund«, sagte Oliver. »Überall ist Chaos. Adélaïde wurde fast von einem Krokodil gefressen. Deine Großeltern sind an einem Eisberg festgefroren. Und mein Kater hat sich in eine Statue verwandelt.«

Archer und Adélaïde tauschten verwirrte Blicke. Oliver seufzte tief.

»Theo«, sagte er. »Er hat Zement gefressen – ich möchte nicht darüber reden. Ich will doch nur sagen, in der Zeitung von meinem Vater lese ich jeden Tag solche Geschichten und keine davon lässt sich erklären. Schlimme Dinge geschehen einfach so, und wenn es so weit ist, sollte man ihnen ganz schnell aus dem Weg gehen.«

»Du kannst nicht immer allem aus dem Weg gehen«, sagte Adélaïde.

»Du brauchst Freunde, die dich aus dem Weg ziehen«, sagte Archer.

Oliver starrte ihn an. Dagegen konnte er nichts sagen. »Aber du ziehst mich nicht aus dem Weg – du machst das Gegenteil.«

»Das stimmt nicht«, sagte Archer. »Wenn du nicht mitkommst, bist du mit Mrs Murkley ganz allein.«

Oliver blickte zu Adélaïde, aber die zuckte nur die Schultern und schob sich ein Orangenstück in den Mund. »Du hast die Wahl«, murmelte sie.

»Das ist keine richtige Wahl«, sagte Oliver. »Eine Wahl hat man, wenn man sich zwischen Kuchen und Eis entscheiden darf.«

»Dann entscheide dich für das Eis«, sagte Adélaïde.

Archer nickte. »Entscheide dich für die Freundschaft.«

Alle drei schwiegen. Oliver schob widerwillig seinen Teller weg und wühlte in den Hosentaschen, bis er die Anzeige für Überlebensausrüstungen fand, die er aus dem Unterwassermagazin herausgerissen hatte (und seitdem mit sich herumtrug).

»Kann ich die Karteikarte mal sehen?«, fragte er Adélaïde und sie gab sie ihm.

Es *war* derselbe Laden. Oliver nickte und gab die Karte an Archer weiter.

»Also gut«, sagte er. »Aber bevor ich irgendwohin gehe, müsst ihr mir was versprechen.«

»*Avec plaisir*«, sagte Adélaïde. »Das heißt ›sehr gern‹.«

Oliver wollte jetzt nicht Französisch lernen, deshalb redete er ganz langsam weiter. »Falls wir irgendwann auf einem Eisberg festsitzen und mir so kalt ist, dass mein Gehirn eingefroren ist, dann müsst ihr mir das Wort *graben* ins Ohr flüstern.«

»Ich sage *graben* zu dir, versprochen«, erklärte Adélaïde, obwohl ihr die Bitte ziemlich merkwürdig vorkam.

Archer nickte.

Die Sonne stand nun schon etwas höher. Das Trio starrte über die Dächer in Richtung Meer, beinahe wie Alexander der Große, der auf seinem Elefanten sitzt und zum Himalaya hinaufblickt.

»Und was nun?«, fragte Adélaïde.

Archer hielt die Karteikarte hoch.

»Aber heute ist Samstag«, sagte Oliver.

Archer lächelte. Er wusste genau, welcher Tag war.

Archer trat an den Rand des Daches und schaute auf die Gärten. Oliver und Adélaïde stellten sich neben ihn und schoben Orangenstücke in ihre Münder.

»Heute findet das Herbstblumenfest statt«, sagte Archer.

Unter ihnen waren die Nachbarn mit letzten Vorbereitungen beschäftigt, um den Tag mit Gartenbesichtigungen, Kuchen, Apfelwein und Musik genießen zu können. Der Garten von Familie Rebbit war ein Meer aus prächtigen orangefarbenen Dahlien, und Mr Malik führte Mrs Pemberton seine rubinroten Hibiskusblüten vor, obwohl sich diese für die Herbstzeitlosen in ihrem eigenen Garten noch mehr zu begeistern schien.

»Ich glaube, mein Vater weiß gar nichts davon«, sagte Adélaïde. »Er ist den ganzen Tag im Café. Aber eigentlich ist das auch egal. Unsere Blumen sind sowieso alle tot. Er hat sie nie gegossen.«

»Im Garten von Mrs Murkley gibt es keine einzige Blume«, sagte Oliver. »Wahrscheinlich sind sie über Nacht alle weggelaufen.«

Archer und Adélaïde lachten. Dann schauten alle drei in den berühmt-berüchtigten Garten von Familie Glub. »Deine Mutter erwartet von uns ja nie besonders viel, Archer«, sagte Oliver. »Aber meine Mom versteckt sich heute bestimmt irgendwo.«

Mrs Glub war nicht die Einzige, die sich versteckte. Auch Mr Helmsley tauchte bei diesen Festen unter. Bei Archer war das gar nicht nötig. Als seine Mutter ihn das erste und einzige

Mal um Hilfe gebeten hatte, war er sieben Jahre alt gewesen. Sie hatte ihm die Gartenschere in die Hand gedrückt und ihn in den Garten geschickt, aber auf dem Weg hatte er ein neues Paket von seinen Großeltern entdeckt. Er hatte es so dringend öffnen wollen, dass er aus Versehen alle Spitzen von den Lieblingsblumen seiner Mutter abgeschnitten hatte: Gerberas – eine äußerst seltene Art mit violetten und dunkelroten Blüten, die drei Wochen lang blühen (sofern sie niemand mit der Gartenschere abschneidet). Danach hatte Mrs Helmsley ihm gesagt, er solle sich von ihren Blumen besser fernhalten.

»Sie wird den ganzen Tag beschäftigt sein«, murmelte Archer und suchte die Gärten nach seiner Mutter ab. Sie musste irgendwo da unten sein.

Und richtig. Mrs Helmsley stand im Garten der Lepertons und half dabei, einen Topf mit trostlosen Chrysanthemen aufzurichten.

»Du hast sie zu stark gegossen«, hörte Archer seine Mutter sagen. Mrs Leperton warf die Hände in die Luft. »Wenn man sie so sehr behütet, passiert immer irgendwas!«

»Das ist die Gelegenheit«, sagte Archer. »Wir müssen sofort los. Wir gehen zur *Straße von Magellan* und schauen mal, was wir dort so finden. Hoffentlich kennen die die Schiffsfahrpläne. Falls nicht, lasse ich mir was einfallen.«

Sie kletterten nacheinander über die Leiter ins Zimmer von Oliver, liefen die Treppen hinunter und hielten kurz im ersten Stock an, um den Busplan zu holen. Mr Glub saß im Wohnzimmer, als das Trio in die Eingangshalle stürmte, und ließ die Zeitung sinken. Archer, Oliver und Adélaïde erstarrten und schauten Mr Glub an. Er lächelte und nahm die Zeitung wieder hoch. Aber die drei blieben trotzdem stehen.

»Ich habe nichts gesehen«, sagte Mr Glub hinter seiner Zeitung. »Falls mich jemand fragt, ich habe nichts gesehen.«

Archer schaute zu Adélaïde, die zu Oliver schaute, der wiederum zu Archer schaute, der mit den Schultern zuckte und die Türklinke drückte. Geduckt huschten sie unter den Fenstern vom Haus der Helmsleys und den Fenstern vom Haus der Lepertons durch. Sobald die Luft rein war, legten sie einen Gang zu. Nach ein paar Metern blieb Archer stehen und wirbelte herum. Adélaïde, die – das darf man nicht vergessen – nur ein gesundes Bein hatte, konnte natürlich nicht so schnell laufen wie die anderen. Archer rannte zurück und nahm ihre Hand.

»Eigentlich sollte ich es langsam besser können«, sagte sie.

»Du wirst es schon noch lernen«, erwiderte er und zusammen liefen sie die Straße entlang und holten Oliver bei der Bushaltestelle ein.

»Was macht dein Herz?«, fragte Adélaïde.

»Es schlägt noch«, sagte Oliver.

14

✦ Der Lagerhausbezirk ✦

Archer, Oliver und Adélaïde setzten sich auf eine Bank im Schatten einer hohen Steinmauer und warteten auf den Bus. Der ließ sich Zeit.

Oliver studierte den Stadtplan und suchte die *Straße von Magellan*. Adélaïde beobachtete eine Taube, die auf einem Laternenpfahl hockte.

»Das ist in Barrow's Bay«, sagte Oliver.

Über diese Gegend wusste Archer nichts, deshalb erklärte Oliver ihm alles. Barrow's Bay war ein Viertel am östlichen Stadtrand, ganz nah am Meer. Ein Kanal führte hindurch, machte eine Kurve und schnitt Rosewood in zwei Teile. Viele Leute nannten Barrow's Bay auch den »Alten Lagerhausbezirk«, weil dort vor allem Lagerhäuser standen, die früher einmal wunderschön gewesen sein mussten, jetzt aber von der salzigen Luft völlig verwittert waren. Aber ganz gleich, welchen Namen man diesem Viertel auch gab, in bestimmten Teilen von Barrow's Bay sollte man sich nachts lieber nicht allein herumtreiben.

»Den Bus brauchen wir eigentlich gar nicht«, sagte Oliver und hielt Archer den Stadtplan unter die Nase. »Wir könnten durch den Park von Rosewood gehen. Aber dann liegt auf der anderen Seite noch ein ganz schönes Stück vor uns.«

Archer wäre das lieber gewesen. Aber er hatte Angst, dass sie zu lange brauchen würden. Seine Mutter wäre nicht bis in alle Ewigkeit beschäftigt.

»Nehmen wir lieber den Bus«, sagte er deshalb.

»Wir müssen einmal umsteigen«, sagte Oliver. Er schaute auf den Stadtplan und kniff die Augen zu Schlitzen zusammen. »Sieht fast so aus, als ob der Laden *im* Kanal liegt.«

Ein Mann, der die Hose in kniehohe Stiefel gesteckt hatte, kam angeschlendert und stellte sich mit dem Rücken zu ihnen.

»Warum hat er einen Schirm dabei?«, flüsterte Oliver.

»Und Gummistiefel?«, flüsterte Archer.

»Ein Sturm zieht auf«, sagte der Mann, ohne sich umzudrehen.

Archer und Oliver blickten zum strahlend blauen Himmel hinauf.

Endlich hielt ein Bus mit quietschenden Rädern an. Oliver und Adélaïde stiegen hinter dem Mann die Stufe hoch und warfen Münzen in den Fahrscheinautomaten. Archer blieb in der Tür stehen. Er spähte zurück in die Weidengasse und hoffte, seine Mutter würde in den Gärten tatsächlich zu beschäftigt sein, um nach ihm zu suchen.

»Rein oder raus«, fragte der Busfahrer gereizt. »Beides geht nicht, sonst wirst du in der Mitte durchgeschnitten.«

Archer stieg ein. »Tut mir leid«, sagte er und warf Münzen in den Fahrkartenautomaten.

»Hier!«, rief Oliver ihm vom hinteren Teil des Busses zu. Adélaïde winkte. Archer ging an den starren Blicken der fremden Fahrgäste vorbei und setzte sich neben Adélaïde.

✦ Rettung für Fritz ✦

Wie in den meisten Städten sitzen auch in Rosewood viele merkwürdige Menschen in den Bussen und deshalb kümmert man sich während der Fahrt am besten um seinen eigenen Kram. Aber oft fällt es einem schwer, die Leute nicht anzuglotzen und sich nicht zu fragen, was es mit ihrem seltsamen Benehmen auf sich hat. Solange sie dich nicht dabei erwischen, ist das eine wunderbare Beschäftigung, und auch Archer vertrieb sich während der Fahrt die Zeit damit. Eine alte Frau hielt eine Bonbontüte und aß Zitronendrops, von denen sich ihre Lippen kräuselten. Archer fragte sich nun, ob sich ihr ganzes Gesicht kräuseln würde, wenn sie den gesamten Inhalt in den Mund schob.

Oliver langte nach oben und zog das Fenster einen Spalt weit auf, aber der leichte Windhauch reichte nicht aus, um die muffige Luft zu vertreiben.

»Hier riecht's nach Hund«, sagte er.

»Weil hier ein Hund *ist*«, erwiderte Adélaïde.

Tatsächlich saß ihnen ein perfekt gekleideter Mann gegenüber, dem ein schmutziger Silberlöffel aus der Brusttasche seiner Jacke ragte. Neben ihm hockte ein Beagle mit schmutzigen Pfoten. Adélaïde stand auf und kraulte dem Hund den Kopf.

»Wie heißt er?«, fragte sie.

»Fritz«, erwiderte der Mann. »Ich nenne alle meine Hunde Fritz.«

»Was für ein lieber Hund. Wie alt ist er?«

»Drei Jahre, und er ist kein lieber Hund.« Der Mann warf dem Beagle einen strengen Blick zu. Der Beagle leckte sich die Schnauze. »Der kann sich einfach nicht benehmen. Heute mache ich mit ihm, was ich schon vor zwei Jahren hätte machen sollen.«

»Was hätten Sie denn vor zwei Jahren mit ihm machen sollen?«, fragte Archer.

»Wir sind auf dem Weg zum Tierheim«, sagte er. »Dort wird er eingeschläfert.«

Adélaïde richtete sich kerzengerade auf. »Wie schrecklich«, sagte sie. »Das können Sie nicht tun!«

Der Mann schaute verdutzt und hustete in ein Taschentuch. »Ich kann und ich werde«, erwiderte er.

Adélaïde war entsetzt. Und das Schlimmste war, dass Fritz sich über den Ausflug auch noch zu freuen schien. Das lag natürlich nur daran, dass er nicht wissen konnte, welches Schicksal ihn an der nächsten Haltestelle erwartete. Adélaïde schaute zu Oliver, der die Schultern zuckte.

»Immerhin besser, als Zement zu fressen«, sagte er.

Als der Busfahrer vor der nächsten Haltestelle »Distelweg« rief, stand der Mann auf.

»Warten Sie«, sagte Adélaïde. »Ich nehme Fritz.«

Der Mann hustete ein zweites Mal in sein Taschentuch und wollte aussteigen, aber Adélaïde stellte sich ihm in den Weg.

»Glaub mir«, sagte er. »Diesen Hund willst du auch nicht. Und jetzt geh mir aus dem Weg!«

»Was macht das für einen Unterschied?«, sagte Adélaïde und streckte die Hand aus. »So oder so müssen Sie sich nie wieder um ihn kümmern.«

Der Mann blickte erst auf Adélaïde, dann auf Fritz herunter. Der Busfahrer rutschte auf seinem Sitz hin und her.

»Aussteigen oder setzen!«, rief er.

Der Mann schaute ein letztes Mal zu Adélaïde, dann drückte er ihr die Leine in die Hand und stieg aus.

Oliver knuffte Archer in den Arm. »Sie spinnt!«

»Und warum haust du dann *mich*?«, fragte Archer und rieb sich den Arm.

Adélaïde setzte sich und stieß Oliver mit der Schulter an. »Du bist doch derjenige, der nicht in einem Suppenteller sterben will. Warum dann Fritz?«

»Ich glaube, so macht man es nicht«, grummelte Oliver.

Adélaïde setzte Fritz auf ihren Schoß und streichelte seinen Kopf. Zwei Haltestellen später stiegen sie in den nächsten Bus nach Barrow's Bay um.

»Was wollen wir da eigentlich?«, fragte Oliver.

»Keine Ahnung«, sagte Adélaïde.

Oliver warf ihr einen misstrauischen Seitenblick zu. Für jemanden, der so viel erlebt hatte, wie sie behauptete, hatte sie von nichts besonders viel Ahnung.

»Ich bin mir auch nicht ganz sicher«, sagte Archer und blätterte in seinem Notizbuch. »Am besten sehen wir erst mal, was es da so gibt. Dann überlegen wir, was wir brauchen. Viel können wir sowieso nicht mitnehmen.«

Die Häuser hinter den Busfenstern wurden immer größer, und mit ihnen ihre Schatten. Der Bus hielt abrupt an. Adélaïde griff nach Fritz, der beinahe von ihrem Schoß geplumpst wäre. »Fersengeldweg«, rief der Busfahrer.

Oliver stand auf. »Das sind wir«, sagte er.

Das Trio stieg samt Hund aus dem Bus und trat in die Schatten von riesigen Lagerhäusern, die hoch über ihren Köpfen aufragten. In der einen Richtung führte der Fersengeldweg zu noch mehr Lagerhäusern und Schatten, in der anderen Richtung sah Archer eine sonnige Öffnung.

»Gehen wir da lang«, sagte er.

✦ Auf moderige Weise ✦

Archer, Oliver und Adélaïde traten aus dem Schatten der Lagerhäuser und blickten mit einem Mal auf den Kanal von Rosewood. Schiefe Bäume säumten den schmalen Uferweg und warfen Schatten auf kleine Holzboote, die auf dem grün schimmernden Wasser trieben. Die Weidengasse war gar nicht so weit weg, aber es fühlte sich trotzdem so an. Selbst die Luft war anders. Das Meer war nah, und die drei spürten, wie sich das Salz auf ihre Wangen legte, als sie die Steintreppe zum Kanal hinabstiegen und plötzlich nur wenige Zentimeter über der Wasseroberfläche standen.

»Hier ist es schön«, sagte Adélaïde.

»Auf moderige Weise, ja«, stimmte Oliver zu.

Archer schwieg. Er hatte nicht gewusst, dass es in Rosewood solche Orte gab. Und als er auf den Kanal schaute, der sich ewig weit in beide Richtungen erstreckte, fragte er sich, was er sonst alles nicht wusste.

Ein paar Menschen hetzten kreuz und quer umher. Archer versuchte, einen Mann anzuhalten, um ihn nach dem Weg zu fragen, aber der Mann ignorierte ihn. Oliver studierte den Stadtplan, dann schaute er nach Süden, wo der Kanal eine Linkskurve beschrieb und breiter wurde. Mitten im Wasser lag eine kleine Insel, etwa hundert Meter lang und halb so breit. Die Gebäude auf diesem schmalen Stück Land schienen direkt aus dem grünlichen Wasser emporzuwachsen.

»Dort muss es sein«, sagte Oliver. »Deshalb sah es so aus, als ob der Laden im Kanal liegt.«

Sie gingen den Uferweg entlang, an kleinen Brücken und unauffälligen Türen vorbei, die aussahen wie geheime Eingänge zu den Läden weiter oben auf der Kanalmauer. Sie überquerten eine Brücke, die zu der schmalen Insel führte, und verfielen in Schweigen, als sie die andere Seite erreichten. Die Häuser hier waren viel älter als die in der Weidengasse oder sahen wenigstens so aus. Eine Straße mit Kopfsteinpflaster führte mitten durch die Insel. Bis auf die Ritzen zwischen den Häusern, durch die das Sonnenlicht drang, lag die Straße im Schatten. Auf einem Schild über ihren Köpfen stand »Inselstraße«.

»Ich möchte da nicht hin«, sagte Oliver.

Adélaïde nickte. Fritz war zu sehr damit beschäftigt, an einem Fischgerippe zu schnuppern, um sich für eine Richtung zu entscheiden. Archer war auch nicht besonders begeistert, aber er überredete die anderen, mit ihm zu gehen. Unterwegs flitzten die Augen von Oliver und Adélaïde hin und her. Sie hatten keine Ahnung, was in den Läden verkauft wurde und welche Kunden dort ein und aus gingen, aber sie waren überzeugt, dass sich nur wenige Elfjährige in diese Gegend verirrten.

»Ich habe den Eindruck, wir werden beobachtet«, flüsterte Oliver.

»Wir *werden* beobachtet«, erwiderte Adélaïde und nickte zu den verstaubten Schaufenstern hin, hinter denen sich undeutliche Schatten abzeichneten.

Archer blieb stehen und blickte an der Fassade von einem Haus hoch, das früher einmal prachtvoll gewesen sein musste.

»Hier ist es?«, fragte Oliver. »Das kann nicht sein.«

»Es sieht etwas ... *angestaubt* aus«, sagte Adélaïde.

Das Haus war drei Stockwerke hoch und schien auf sie herunterzustarren, während sie zu ihm hinaufstarrten. Archer schaute auf die Karteikarte. Die Adresse stimmte. Und ganz oben am Haus konnte er gerade noch die Wörter *Straße von Magellan* lesen. Es war das richtige Haus. Aber so hatte er es sich nicht vorgestellt.

»Nun«, sagte er und steckte die Karteikarte zurück in die Hosentasche. »Dann schauen wir mal.« Er stieß die Tür mit aller Kraft auf und verschwand im Ladeninneren.

Oliver und Adélaïde zögerten.

»Ladies first«, sagte Oliver.

Adélaïde lächelte und machte einen Knicks, der sich in eine raffinierte Drehung verwandelte, und bevor Oliver wusste, wie ihm geschah, stand sie hinter ihm, packte ihn an den Schultern und schob ihn zur Tür hinein.

»Ladies first, aber Kinder immer zuerst«, sagte sie.

✦ Der schiefe Mann von Magellan ✦

Adélaïde und Oliver wären beinahe in Archer hineingelaufen. Sie konnten rein gar nichts sehen, aber ihre Nasenflügel blähten sich auf, weil es stark nach Salzwasser roch. Sobald sich ihre Augen an den spärlich beleuchteten Laden gewöhnt hatten, sahen sie, dass er mit allen möglichen Ausrüstungsgegenständen vollgestopft war. Überall standen hohe Holzregale mit Stapeln von Schutzbrillen, Helmen, Seilen, Sauerstoffflaschen und anderen Dingen, deren Verwendung sie nicht kannten. Adélaïde hatte recht gehabt. Alles war mit einer dicken Staubschicht überzogen.

»Auf diesen Kram würde ich mich niemals verlassen«, sagte Oliver.

»Und warum nicht?«, fragte eine unfreundliche Stimme vom hinteren Raum her.

Ein Bürostuhl mit Rädern tauchte quietschend im Türrahmen auf und der Mann darauf lehnte sich zurück und musterte die drei. Archer verengte die Augen zu Schlitzen, aber hinter dem Stuhl war ein Fenster und im Gegenlicht konnte er nur die dunklen Umrisse von dem Mann erkennen.

»Das hier ist kein Bonbon-Laden«, sagte der Mann. »An diesem salzigen Ort werdet ihr nichts Süßes finden.«

»Wir brauchen Ausrüstung«, sagte Archer.

»Wir gehen auf eine Reise«, sagte Adélaïde.

»Gibt es vielleicht in der Nähe einen Bonbon-Laden?«, fragte Oliver.

Der Mann stand vom quietschenden Stuhl auf und kam mit schiefem Gang auf sie zu. Er lehnte sich an die Holztheke und fischte sich etwas aus den Zähnen, während er die drei von oben bis unten beäugte. So krumm, wie er vor ihnen stand, sah er aus wie der schiefe Turm von Pisa.

»Du wirst für alles bezahlen, was der Hund kaputt macht«, sagte er und glotzte Adélaïde aus tief liegenden blauen Augen an.

»Er hat nichts kaputt gemacht«, erwiderte sie und zog Fritz zu sich.

»Noch nicht«, grummelte der Mann. »Seid ihr nicht alle ein bisschen zu *jung*, um auf eine Reise zu gehen?«

»Wir sind älter, als wir aussehen«, sagte Archer. »Ich glaube, Sie kannten meine Großeltern. Oma und Opa Helmsley.«

»Obwohl Sie sie wahrscheinlich nicht ›Oma‹ und ›Opa‹ genannt haben«, erklärte Oliver.

Der Mann hatte im traditionellen Sinn zwar keine Augenbrauen, aber wenn er welche gehabt hätte, wären sie jetzt nach oben gewandert.

»Dann bist du wohl Archer Helmsley?«, fragte er.

Adélaïde und Oliver tauschten Blicke. Archer wurde mulmig, weil dieser Mann seinen Namen kannte.

»Sie haben dich ein paarmal erwähnt«, sagte der Mann und beulte eine eingefallene Wange mit der Zunge aus. »Es gibt doch hoffentlich keine neuen Nachrichten vom Eisberg?«

Archer wusste nicht, warum er die Frage so komisch stellte, aber, nein, es gab keine neuen Nachrichten vom Eisberg. »Deshalb sind wir hier«, erklärte er. »Wir gehen sie suchen.«

Daraufhin schüttelte sich der schiefe Mann vor Lachen und konnte nicht mehr aufhören.

»Das ist kein Witz«, sagte Adélaïde. »Wir meinen es ernst.«

»Ja, sicher, Schätzchen.« Gelächter. »Du bist mir so eine richtige kleine, holzbeinige Piratin.«

Oliver drückte die Schultern durch und sagte: »Wenigstens hat sie Augenbrauen!«

Der Mann hörte auf zu lachen, und sofort wünschte Oliver sich, er hätte den Mund gehalten. Adélaïde drehte sich zu Archer, der ein kleines bisschen kleiner aussah als sonst.

»Wir brauchen seine Hilfe nicht«, sagte sie. »Wir suchen zusammen, was wir brauchen können, und verschwinden aus diesem gruseligen Laden.«

»Schaut euch ruhig um«, sagte der schiefe Mann und grinste.

Adélaïde und Archer verschwanden im hinteren Teil vom Laden. Oliver blieb vor der Ladentheke stehen. Er zog die Anzeige für Überlebensausrüstungen aus der Tasche und fragte den schiefen Mann höflich, wo er diese Ausrüstung finden würde.

»Halte deine freche Zunge besser im Zaum«, erwiderte der Mann und riss Oliver den Zettel aus der Hand. »Sonst schneide ich sie dir noch ab.«

Oliver trat einen Schritt zurück. Das klang nicht wie eine leere Drohung. Dieser Mann ließ Mrs Murkley wie eine Zuckerfee aussehen.

»Dritter Stock«, sagte der schiefe Mann und wies nach oben.

Oliver legte den Kopf in den Nacken. Der Laden war innen hohl. Drum herum sah er verschiedene Treppen mit Geländer, die sich bis in den dritten Stock wanden.

»Pass da oben gut auf dich auf«, sagte der schiefe Mann. »Ein Sturz würde nämlich ewig dauern.«

Archer und Adélaïde wanderten durch die Gänge und nahmen sich Zeit, alle Werkzeuge und Geräte genau zu begutachten. Weil sie nicht wussten, was sie brauchen würden, entschieden sie sich für solche Werkzeuge, die sie schon kannten und leicht tragen konnten. Sie suchten Seile, Haken und einen Eispickel aus und Adélaïde fand noch eine kleine Schaufel für Oliver. Archer stellte fest, dass er viele von den Werkzeugen schon im Haus der Helmsleys gesehen hatte. Falls noch Platz in ihren Rucksäcken wäre, konnte er diese von zu Hause mitnehmen. Dabei fielen ihm die Koffer von seinen Großeltern wieder ein. Er erzählte Adélaïde davon, während sie die Treppe zum ersten Stock hochstiegen. Beide waren sich einig, dass sich die Suche nach den Koffern lohnen würde, denn darin war vielleicht noch das eine oder andere, was sie gebrauchen konnten.

Archer und Adélaïde lehnten sich an das Treppengeländer im ersten Stock. Fritz steckte den Kopf durch die Treppensprossen und versuchte verzweifelt, das Salz aus der Luft zu lecken.

»Wird dein Vater böse, wenn du einen Hund mit nach Hause bringst?«, fragte Archer.

»Nein«, sagte Adélaïde. »Dem ist das egal.«

»Wenn ich so etwas machen würde, meine Mutter würde …« Archer sprach nicht weiter. Eine Wolke von Benzin war herangewabert und jemand tippte ihm auf die Schulter. Archer wirbelte herum. Es war Augenklappe.

✦ Die Gesellschaft ✦

»*Oh* … hallo«, sagte Archer.

»Wusste ich's doch, dass du's bist, Archer Helmsley«, sagte Augenklappe.

Adélaïde biss sich auf die Lippe, aber langsam gewöhnte sie sich daran, dass viele seltsame Fremde den Namen von Archer kannten. Augenklappe legte Archer die Hand auf die Schulter.

»Ich habe mich oft gefragt, ob wir uns irgendwann mal wiedersehen«, sagte er. »Und ich freue mich darüber. Aber was machst du in diesem Laden? Hätte nie gedacht, dich ausgerechnet hier zu treffen.«

Archer wollte nicht noch einmal ausgelacht werden, deshalb sagte er, sie wären zufällig vorbeigekommen und hätten sich umschauen wollen.

»Arbeiten Sie hier?«, fügte er hinzu.

Das tat Augenklappe nicht. »Ich bin nur kurz in Rosewood – paar Sachen abholen.«

Adélaïde fuhr mit dem Finger über das staubige Geländer und malte einen Schnörkel, während sie die beiden aus den Augenwinkeln beobachtete.

»Sie kannten meine Großeltern, oder?«, fragte Archer.

»Sehr gut sogar«, sagte Augenklappe. »Tolle Leute. Ralph und Rachel wurden von vielen von uns sehr geschätzt.«

»Und glauben Sie immer noch, dass sie am Leben sind?«

»Es gibt zwar keinen Grund dafür«, gab Augenklappe zu. »Aber ich glaube daran.«

»Erzähl dem Jungen keine Lügen!«, rief der schiefe Mann, der vom Erdgeschoss zu ihnen hinaufschielte. »Sie sind tot – steif gefroren. Und ich bin einer von den wenigen, die darauf anstoßen können! *Kellner, bringen Sie mir zwei Helmsleys auf Eis!*«

Adélaïde beobachtete, wie der schiefe Mann hinter der Ladentheke ein wildes Tänzchen aufführte. Augenklappe beugte sich vor und senkte die Stimme, sodass nur Adélaïde und Archer ihn hören konnten.

»Achtet nicht auf ihn. Er hat ein *finanzielles* Interesse daran, dass Ralph und Rachel verschwunden bleiben.«

»Ein *finanzielles* Interesse?«, fragte Archer.

Augenklappe nickte. »Wie du dir vorstellen kannst, wurden nach der Sache mit dem Eisberg in der Gesellschaft viele Wetten abgeschlossen.«

Das konnte Archer sich nicht vorstellen. »Was für Wetten? Was für eine Gesellschaft?«

»Du musst doch von der Gesellschaft gehört haben«, sagte Augenklappe und richtete sich auf. Archer blieb, wie er war. »Aber dein Großvater war ihr Präsident! Und ein hoch angesehener dazu. Na ja, natürlich nicht von allen Mitgliedern. In der Gesellschaft gibt es viele kleine Gruppen.«

Archer war vollkommen verwirrt, und nachdem er das gesagt hatte, erklärte Augenklappe ihm alles.

Die Gesellschaft war eine Organisation für Leute wie Augenklappe und Archers Großeltern. Das Hauptquartier lag ebenfalls in Barrow's Bay, tatsächlich gar nicht so weit von ihnen entfernt, und war in dem Haus seit fast zweihundert Jahren untergebracht. Einige von den Mitgliedern wohnten im Hauptquartier und hatten Zimmer in einem der oberen Stockwerke gemietet, während andere nur vorübergehend dort abstiegen. Auch Augenklappe wohnte dort, wenn es ihn nach Rosewood verschlug.

»Ein wunderbares Haus«, sagte er und sein Auge leuchtete. »Voller faszinierender Menschen. Aber ich bezweifle, dass ihr in der Weidengasse viele von ihnen zu Gesicht bekommt. Als ich die Koffer abgeliefert habe, wurde ich ganz schön angestarrt – das war übrigens ziemlich schlimm für mich. Habe den Ausdruck auf deinem Gesicht nie vergessen, als du mir die Tür aufgemacht hast. Dachte, du würdest sie mir vor der Nase zuknallen!«

Wie Augenklappe weiter erklärte, kam es häufiger vor, dass Mitglieder der Gesellschaft einfach so verschwanden. Dann wetteten die anderen darauf, ob die Verschollenen eines Tages wieder auftauchen würden.

»Heißt das, Sie haben gewettet, dass meine Großeltern nicht mehr leben?«, fragte Archer, der das alles nicht so schnell verdauen konnte.

»Natürlich nicht!«, sagte Augenklappe. »Ich doch nicht. Wie ich dir bei unserer ersten Begegnung schon gesagt habe, habe ich gewettet, dass sie noch leben.«

Er nickte zum schiefen Mann hin.

»Ich erzähl's dir nicht gern, aber dieser Pelikan von einem Mann hat dagegengewettet und dabei eine schöne Stange Geld eingesackt – genau wie Birthwhistle und der Rest der Bande. Wir warten immer ein Jahr ab, wie sich die Dinge entwickeln. Natürlich haben sie das Geld längst einkassiert. Falls wir aber recht haben und Ralph und Rachel zurückkommen, dann wird die Bande ein hübsches Sümmchen ausspucken müssen. Und darauf werde ich mir mein Pfeifchen anzünden!«

Der schiefe Mann hatte die Arme hinter dem Rücken verschränkt und reckte sich. Archer fand, dass er nun noch schiefer aussah als vorher.

»Aber genug jetzt«, sagte Augenklappe und richtete das Auge auf Adélaïde. »Willst du mir deine Freundin nicht vorstellen?«

Archer schaute Adélaïde an. Sie nickte. »Das ist Adélaïde«, sagte er. »Sie kommt aus Frankreich und wurde fast von einem Krokodil gefressen. Und das da ist Fritz. Er wäre auch fast gestorben. Und dann habe ich noch einen Freund, der Oliver heißt. Er ist hier irgendwo.«

»Ich hoffe, Sie finden die Frage nicht schlimm«, sagte Adélaïde vorsichtig. »Aber was ist denn mit Ihrem einen Auge passiert?«

Der Mann wischte mit einem ölverschmierten Finger über die Augenklappe und lächelte. »Ich fürchte, meine Geschichte ist nicht halb so spannend wie deine mit dem Krokodil«, sagte er. »Nur eine kaputte Seilwinde bei stürmischer See. Aber, erzähl lieber, wo war das mit dem Kroko...«

»Stürmische See«, wiederholte Archer. »Heißt das, Sie haben ein Schiff?«

Augenklappe nickte stolz. »Ich bin sogar der Kapitän.«

Archer und Adélaïde dachten dasselbe. *Das Glasauge?*

»Liegt Ihr Schiff im Hafen von Rosewood?«, fragte Archer.

»Und ob es da liegt«, antwortete Augenklappe. »Dieses Schiff habe ich schon seit ...«

»Sie fahren nicht zufällig demnächst in die Antarktis?«, fragte Adélaïde.

»Kann man nicht grad sagen – ist nicht so mein Klima. Ich sage immer, wenn's zu ...«

»Aber kennen Sie die Fahrpläne von den Schiffen?«, fragte Archer. »Wissen Sie, wann sie ablegen und wohin sie fahren?«

»Das weiß ich nicht«, sagte Augenklappe und deutete zum schiefen Mann. »Er schon. Kommt mit!«

Archer und Adélaïde liefen aufgeregt hinter Augenklappe die Treppe hinunter und folgten ihm zur Ladentheke. Augenklappe fragte nach der Schiffsliste, aber er musste erst darauf bestehen, bis der schiefe Mann ein dickes Buch auf die Theke warf. Augenklappe blätterte bis zur Seite mit den letzten Einträgen und drehte das Buch in einer Wolke aus Staub zu Archer. Der ging mit dem Zeigefinger die Liste durch. *Antarktis*. Es gab nur ein Schiff.

»Die *Arctic Star* ist ein Forschungsschiff«, sagte Augenklappe, der sich über Archers Schulter gebeugt hatte. »Läuft in neun Tagen aus. Von Dock E7.«

Archer schrieb alles in sein Notizbuch.

»In neun Tagen«, sagte er. »Das ist der 6. Oktober –

übernächsten Montag. War am 6. Oktober nicht irgendwas?«

»Der Ausflug ins Museum«, sagte Oliver, der hinter ihnen angewatschelt kam und ein großes Paket mit der Aufschrift »Überlebensausrüstung« auf die Ladentheke fallen ließ. Er war ganz eingestaubt und atmete schwer. »Das ist der Tag, an dem wir ins Museum gehen.«

»Du musst Oliver sein«, sagte Augenklappe grinsend.

Oliver blickte vom ölverschmierten Mann zu Archer.

»Sind wir in Gefahr?«, fragte er.

»Nein«, sagte Adélaïde.

»In neun Tagen?«, wiederholte Archer. »Ich weiß nicht, ob wir in neun Tagen schon so weit sind.«

Augenklappe lehnte sich an die Ladentheke. »Wofür wollt ihr denn so weit sein?«, fragte er beiläufig.

Doch die drei hörten gar nicht zu.

»Wir schaffen das«, sagte Adélaïde.

»Aber wir müssen noch so viel erledigen«, sagte Archer.

Augenklappe tippte auf das Paket von Oliver. »Überlebensausrüstung?«

»Neun Tage reichen bestimmt«, sagte Adélaïde.

»Das müssen sie eben«, sagte Archer.

»MOMENT MAL!«, rief Augenklappe. Die drei schreckten hoch. »Tut mir leid – aber warum interessiert ihr euch für Schiffe in die Antarktis?«

»Na, weil sie dahin wollen«, sagte der schiefe Mann mit schiefem Grinsen.

Augenklappe schüttelte den Kopf. »Ihr könnt nicht in die Antarktis.«

»Die schaffen es doch noch nicht mal in den Hafen von Rosewood«, lästerte der schiefe Mann.

»Ich glaube, wir schaffen es«, sagte Adélaïde.

»Klein genug sind wir«, sagte Oliver seufzend.

Der schiefe Mann klappte das Buch zu. Oliver nieste.

»Mir egal, wo ihr hinwollt«, sagte der schiefe Mann. »Mich interessiert nur, wie ihr das alles bezahlen wollt.«

Archer gab dem schiefen Mann die Karteikarte. »Da steht die Nummer von einem Kundenkonto drauf«, sagte er. »Sie können das Geld von diesem Konto abziehen.«

»Wenn dein Name nicht draufsteht, kannst du es nicht benutzen.«

»Aber ich bin ein Helmsley.«

»Und woher weiß ich das?«

»Sie wussten doch, wer er ist, bevor er ein Wort gesagt hat«, erwiderte Adélaïde.

»Er kennt mich«, sagte Archer und zeigte auf Augenklappe, der daraufhin nickte.

»Ich war im Haus in der Weidengasse. Er ist ein Helmsley. Aber er fährt ganz sicher nicht in die Antarktis.«

»Dieses Konto wurde seit zwei Jahren nicht mehr benutzt«, sagte der schiefe Mann. »Bezweifle, dass da noch Geld drauf ist.«

»Auf den Konten der Helmsleys ist immer Geld«, sagte Augenklappe steif.

Der schiefe Mann grummelte und ging ins Hinterzimmer. Augenklappe schwieg und starrte Archer an. Der schiefe Mann kehrte zurück und stopfte die Einkäufe in Tüten. Archer drückte Oliver und Adélaïde jeweils eine in die Hand.

Dann gingen sie zum Ausgang, wobei sie die abfälligen Abschiedsworte vom schiefen Mann ignorierten. Augenklappe begleitete sie bis zur Tür. »Ihr könnt nicht in die Antarktis«, sagte er.

Archer mochte Augenklappe, aber den Satz konnte er langsam nicht mehr hören. »Vielleicht nicht«, erwiderte er. »Aber ich muss es wenigstens versuchen. Und ich hoffe, wir sehen uns wieder.«

»War schön, Sie kennenzulernen«, sagte Adélaïde und trat hinter Oliver aus der Tür hinaus.

Archer blieb stehen. »Haben Sie meine Großeltern in die Antarktis gebracht?«, fragte er.

Das hatte Augenklappe nicht.

»Warum haben Sie dann ihre Koffer bei uns abgeliefert?«

»Sie standen im Hauptquartier in einem Lagerraum«, antwortete er. »Ich habe sie zufällig entdeckt und angeboten, sie in die Weidengasse zu bringen.«

»Ja«, sagte Archer. »Aber warum wurden sie überhaupt ins Hauptquartier geschickt und nicht zu uns nach Hause?«

Augenklappe schaute verwirrt und kratzte sich am Nacken. »Das Hauptquartier war ihr Zuhause«, sagte er. »Sie hatten dort neun Jahre oder so ein paar Zimmer gemietet. Bis die Sache mit dem Eisberg geschah.«

Archer schüttelte den Kopf. Das konnte nicht stimmen. »Sie sind nie in Rosewood gewesen«, sagte er. »Seit meiner Geburt waren sie auf Reisen.«

»Niemand reist neun Jahre lang ohne Pause! Vor allem nicht in ihrem Alter. Nein, Ralph und Rachel sind ziemlich oft im Hauptquartier der Gesellschaft gewesen.«

Oliver und Adélaïde saßen am Kanalufer und hatten die nackten Füße in das grün schimmernde Wasser gesteckt. Fritz schlief auf den warmen Pflastersteinen. Ein kleines Holzboot driftete vorbei. Adélaïde ließ ihr Holzbein im Wasser baumeln.

»Hast du keine Angst, dass es sich mit Wasser vollsaugt?«, fragte Oliver.

»Nein«, antwortete sie. »Ich kann mir jederzeit ein neues holen.«

Beide beobachteten Archer, der ganz in der Nähe Steine übers Wasser hüpfen ließ. Er hatte ihnen zwar alles erzählt, was er von Augenklappe erfahren hatte, aber verstanden hatte er es noch nicht. Alles ergab einen Sinn, obwohl es eigentlich keinen Sinn ergab.

Natürlich waren seine Großeltern nicht neun Jahre lang herumgereist, ohne ein einziges Mal nach Rosewood zurückzukehren. Seine Eltern hatten nur gewollt, dass er das glaubte. Wahrscheinlich hatte seine Mutter sie nach seiner Geburt gebeten, aus dem Haus der Helmsleys auszuziehen. Sie wollte nicht, dass sie sich in seiner Nähe aufhielten. Das Haus war für seine Mutter schon zu viel. Deshalb waren seine Großeltern ins Hauptquartier gezogen.

Und dann waren da noch die Schachteln. Seine Großeltern mussten sie nach der Rückkehr von ihren Reisen selbst vor die Tür gestellt haben. Deshalb hatte er sie auch geheim halten sollen. Deshalb war seine Mutter so aufgebracht gewesen, als sie sie gefunden hatte. Wahrscheinlich hatte sie geglaubt, sie würden ihn heimlich besuchen. Und obwohl

Archer verstand, warum seine Mutter ein solches Geheimnis um ihren Aufenthaltsort machte, verstand er nicht, warum sein Vater nichts gesagt hatte.

Archer ließ den letzten Stein hüpfen, bevor er Schuhe und Strümpfe auszog und sich zu den anderen setzte. Das Wasser war kalt. Durch die grünen Flecke sahen seine Füße gepunktet aus.

»Sie haben die ganze Zeit in Barrow's Bay gewohnt«, sagte er.

»Du weißt nicht, warum sie es dir nicht erzählt haben«, sagte Adélaïde nachdenklich. »Vielleicht ist es ganz anders, als du denkst.«

»Aber es ist doch sonnenklar«, sagte Oliver. »Seine Mutter wollte nicht, dass er sie kennenlernt.«

»Sonnenklar muss nicht immer stimmen«, sagte Adélaïde.

»Eins kapiere ich nicht«, sagte Archer. »Warum sind sie überhaupt ausgezogen? Warum haben sie mich einziehen lassen, wenn sie dafür aus dem Haus mussten?«

»Wahrscheinlich wollten sie, dass du dort aufwächst«, sagte Adélaïde. »Dadurch ist ihnen die Entscheidung leichtergefallen und sie haben es vielleicht sogar gern gemacht. Du wärst ein anderer, wenn du in einem Haus ohne Eisbären aufwachsen müsstest.«

Nun musste Archer doch lächeln. Oliver und Adélaïde hätte er sonst nämlich auch nie kennengelernt.

»Da ist nur noch …« Archer sprach nicht weiter. Eine Gänsehaut kroch seinen Rücken hoch.

»Da ist nur noch *was?*«, fragte Oliver.

»Ich glaube, ich habe ihn mal gesehen«, sagte Archer.

»Wie, *gesehen?*«, fragte Adélaïde.

Archer brauchte einen Moment, aber dann erzählte er die Geschichte von dem zotteligen Mann, der bei dem festlichen Abendessen seiner Mutter gewesen war – der Mann, der beim Gehen gehumpelt hatte. Und obwohl er sich nicht mehr daran erinnern konnte, wie der Mann ausgesehen hatte, hatte er nie vergessen, was er zu ihm gesagt hatte: *»Du bist ein Helmsley, Archer, vergiss das nie. Denn ein Helmsley zu sein, das heißt schon was.«*

»Aber das kann er nicht gewesen sein«, sagte Oliver. »Nicht, wenn der Mann kaum noch gehen konnte.«

»Jeder könnte so tun, als ob er humpelt«, sagte Adélaïde.

»Er *war* es«, sagte Archer. »Ich bin mir ganz sicher. Und danach tauchten die Schachteln vor unserer Tür auf.«

Archer war immer überzeugt gewesen, er würde seinen Großvater sofort erkennen, aber bei ihrer einzigen Begegnung hatte er ihn nicht erkannt. Er riss einen Grashalm aus einer Ritze im Kopfsteinpflaster und warf ihn ins Wasser.

»Was willst du als Nächstes tun?«, fragte Adélaïde.

Archer wollte sich das Hauptquartier der Gesellschaft ansehen. Er wollte sehen, wo seine Großeltern gelebt hatten. Er wollte die Welt sehen, die seine Eltern vor ihm geheim gehalten hatten. Die Welt, die Augenklappe *wunderbar* genannt hatte. Aber noch wichtiger war, dass sie herausfanden, wie sie sich auf das Schiff schmuggeln konnten. Denn das alles änderte ja nichts daran, dass Ralph und Rachel immer noch auf dem Eisberg festsaßen.

»Sie haben meinetwegen auf ihr Haus verzichtet«, sagte er. »Wir müssen unbedingt auf das Schiff.«

»Das werden wir«, versicherte Adélaïde.

»Wir dürfen nichts dem Zufall überlassen«, erwiderte er. »Gehen wir zum Hafen. Er kann nicht weit sein. Wir müssen herausfinden, was uns dort erwartet.«

Sie trockneten sich die Füße ab, schlüpften in ihre Schuhe und folgten dem Kanal, der sie, wie es auf dem Stadtplan von Oliver aussah, bis zum Hafen führen würde. Es war ein schöner Spaziergang, und Archers Stimmung besserte sich, als sie über eine weitere Steintreppe stiegen und den Hafen von Rosewood erreichten.

✦ Haltet die Schildkröten ✦

Möwen trieben im Wind. Statt der menschenleeren Straßen von Barrow's Bay sah man nun dichtes Gedränge. Vor den dreien breitete sich das glitzernde Meer aus, und der Hafen kam ihnen vor wie ein riesiger Mund, der es austrinken wollte. Rechts lagen die kleineren Schiffe, links die größeren. In der Mitte stand ein langes Gebäude mit bogenförmigen Eingängen. Adélaïde zeigte auf alles, woran sie sich erinnern konnte, aber sie war im Dunkeln angekommen, und im Dunkeln sieht nun einmal alles anders aus.

»Rein können wir nicht«, sagte sie. »Ohne Fahrschein lassen sie dich nicht zu den Kais und wir haben keine.«

Es gab einen zweiten Eingang zu den Kais – wo die Fracht auf Wagen und Lastern angeliefert und auf Schiffe geladen wurde. Dabei handelte es sich um ein schmales Tor mit Wachhäuschen auf beiden Seiten. Archer, Oliver und Adélaïde gingen näher heran, um sich alles genau anzusehen. Der Wachmann in dem Häuschen sah aus, als ob er gerade einmal eine Schildkröte aufhalten konnte, und das auch nur, wenn er sich dazu aufgerafft hätte. Dennoch gab es keine Möglichkeit, unbemerkt an ihm vorbeizuschleichen.

»Das ist es«, sagte Archer. »So kommen wir rein.«

»Aber er wird uns sehen«, sagte Oliver.

»Irgendwann muss er doch mal eine Pause machen«, sagte Adélaïde.

»Vielleicht«, erwiderte Oliver. »Aber genau wissen wir das nicht. Wir können schlecht hingehen und fragen, wann er nicht da sein wird.«

Zu ihrer Überraschung war es genau das, was Adélaïde tat. Sie steckte die Hand in die Jackentasche von Oliver und zog ein halbes Croissant heraus.

»*Was soll das?* Das wollte ich noch essen!«, rief Oliver, aber Adélaïde ignorierte ihn und schlich mit Fritz langsam an das Wachhäuschen heran.

Sobald sie nahe genug war, bückte sie sich und ließ den Beagle von der Leine. Sie hielt ihm das Croissant vor die Nase und warf es dann in die Luft. Das Croissant prallte von der Scheibe des Wachhäuschens ab. Der Wachmann schaute hoch. Fritz rannte hinter dem Croissant her. Der Wachmann lief hinaus und fing den Hund ein, als Adélaïde angelaufen kam.

»Der kann wohl doch mehr aufhalten als nur eine Schildkröte«, flüsterte Oliver.

»*Merci, Monsieur!*«, sagte Adélaïde besonders freundlich. »*Parlez-vous français?*«

»Ich verstehe kein Wort«, erwiderte der Wachmann und entdeckte im selben Moment Archer und Oliver. »Ihr dürft hier nicht hin. Das ist verboten!«

»Oh«, sagte Adélaïde. »Tut mir leid. Wir kommen aus Frankreich und wussten das nicht.« Sie drehte sich zu Archer und Oliver um, die auf dieses Stichwort hin anfingen, sich mit verwirrtem Gesichtsausdruck im Hafen umzublicken und hierhin und dorthin zu zeigen.

»Vielen Dank übrigens, dass Sie ihn gerettet haben«, sagte sie und drehte sich wieder zum Wachmann um. »Er kann nicht so gut schwimmen.«

»Ist das deiner?«, fragte der Wachmann.

»Ja«, sagte Adélaïde. »Er heißt Fritz und ist entwischt, als wir uns den Hafen angeschaut haben. Hier ist alles sehr schön. Bis auf Ihr Wachhäuschen. Das sieht ziemlich eng aus. Müssen Sie den ganzen Tag da drinnen hocken?«

»Allerdings«, sagte er langsam.

»Ach, das tut mir leid. Dann müssen Sie sich ziemlich eingezwängt fühlen. Dürfen Sie wenigstens mal Pause machen?«

Archer und Oliver schüttelten die Köpfe, weil sie überzeugt waren, der Wachmann würde den Trick sofort durchschauen. Adélaïde ging viel zu plump vor. Wären sie an seiner Stelle gewesen, hätten sie sofort gewusst, dass Adélaïde schwindelte.

Doch zu ihrer Überraschung glättete sich die Miene des Wachmanns. Und noch mehr überraschte es sie, dass er sich sogar über ihr Mitgefühl freute.

»Ach, so schlimm ist es gar nicht«, sagte er. »Normalerweise darf ich mir einmal in der Stunde oder so die Beine vertreten und einen Kaffee holen.«

»Ach, wie schön«, erwiderte sie. »Da bin ich aber froh.«

Der Wachmann legte ihr Fritz in den Arm, dann wurde seine Miene wieder hart.

»Nun muss ich euch drei auffordern, von hier zu verschwinden«, sagte er und quetschte sich wieder in sein Wachhäuschen.

Adélaïde bedankte sich bei ihm und schlenderte zu Archer und Oliver zurück. Beide starrten sie an. Sie tat so, als würde sie es gar nicht bemerken.

»Holt sich jede Stunde oder so einen Kaffee«, sagte sie mit einem Schulterzucken, aber dann musste sie doch grinsen. Archer schüttelte den Kopf.

»Manchmal machst du mir Angst«, sagte Oliver.

Adélaïde kicherte und legte jedem der Jungen einen Arm um die Schulter.

»Aber ich bin auf *eurer* Seite«, sagte sie.

»Hoffentlich.«

Sie nahmen ihre Einkaufstüten und folgten dem Kanal bis zum Fersengeldweg, stiegen in einen Bus ein und später in einen zweiten um. Als der Busfahrer »Weidengasse« rief, stiegen sie aus – mit einer Ausrüstung, einem Abfahrtsdatum und einem Beagle namens Fritz.

15

✦ Erlaubnis zum Wegschleichen ✦

Archer musste sich sehr zusammenreißen, um seinen Eltern nicht zu erzählen, was er in Barrow's Bay herausgefunden hatte. Er hatte mehr Fragen, als Augenklappe Antworten gehabt hatte, aber er durfte seinen Eltern kein Sterbenswort sagen. Sonst hätten sie gewusst, dass er sich aus dem Haus geschlichen und mit jemandem gesprochen hatte, mit dem er nicht hätte sprechen dürfen. Deshalb hielt Archer den Mund, und als es Montag wurde, hatte er den Kopf sowieso voll mit anderen Dingen. Das Schiff in die Antarktis würde in einer Woche ablegen. Sie hatten alles Wichtige in Erfahrung gebracht und Ausrüstung und Wintersachen in ihre Rucksäcke gepackt. Allerdings mussten sie sich noch überlegen, wie sie sich unbemerkt in den Hafen schleichen konnten. Um die letzten Punkte des Plans auszuarbeiten, trafen sie sich im Lesesaal.

»Das Schiff legt am Tag des Museumsausflugs ab«, sagte

Oliver und klang dabei ein wenig sauer, weil Adélaïde beim Schachspiel führte.

Archer lag mit seinem Notizbuch auf dem Sofa. »An dem Tag müssen wir gar nicht erst in die Schule«, sagte er. »Wir könnten uns aus eurem Haus schleichen und direkt zum Hafen fahren.«

Adélaïde fand den Vorschlag nicht gut. »Wir brauchen Zeit, damit wir den Hafen erreichen, bevor jemand merkt, dass wir weg sind«, sagte sie. »Wenn wir uns nicht in der Schule blicken lassen, ruft Mrs Murkley bei unseren Eltern an. Dann schaffen wir es nicht.«

»Aber niemand weiß, wohin wir wollen«, sagte Oliver.

Das stimmte zwar, aber Archer wollte lieber kein Risiko eingehen.

Sie würden sich beim Museumsausflug davonschleichen und so hoffentlich genug Zeit gewinnen, um den Hafen von Rosewood zu erreichen. Aber das bedeutete auch, dass sie weniger Gepäck mitnehmen konnten.

»Wenn unsere Rucksäcke zu voll sind, wirkt das verdächtig«, sagte Adélaïde. »Wir nehmen einmal Sachen zum Wechseln mit und die Ausrüstung, mehr nicht.«

Oliver riss die Arme hoch. Adélaïde gratulierte ihm mit einer Vierfachdrehung zum Sieg. Er stand vom Schachspiel auf und setzte sich neben Archer aufs Sofa.

»Mich wundert, dass das überhaupt geht«, sagte er. »Ich hätte nie gedacht, dass deine Mutter dich mit ins Museum lässt.«

Archer schwieg.

»Sie hat doch den Erlaubniszettel unterschrieben, oder?«, fragte Adélaïde.

Archer schloss die Augen. Er hatte den Zettel vollkommen vergessen.

»Ich frage sie heute Abend«, sagte er.

Doch abends beim Essen hatte Mrs Helmsley schlechte Laune.

»Die Blumenfeste sind auch nicht mehr das, was sie mal waren«, sagte sie. »Der Garten von Mrs Murkley war total karg, kein einziger Farbfleck. Und der von den Glubs … Na ja, eine Überraschung war das nicht. Aber diese neuen Nachbarn, wie heißen sie noch?«

»Die Belmonts«, sagte Mr Helmsley.

»Ach, ja. Nun, ich habe schon Friedhofsblumen gesehen, die weniger tot waren.«

Der Erlaubniszettel blieb in Archers Hosentasche. Es war einfach nicht der richtige Zeitpunkt, um seine Mutter um die Unterschrift zu bitten. Er wollte abwarten, bis sich ihre Laune gebessert hatte, doch am Donnerstag war sie *immer noch* wütend. Archer lief die Zeit davon. Er zog den Zettel aus der Tasche und wagte sich vor.

»Auf gar keinen Fall«, sagte Mrs Helmsley.

»Es ist doch nur ein Klassenausflug«, sagte Mr Helmsley. »Ich sehe keinen Grund, warum er nicht mitdarf.«

»Ich schon«, sagte Mrs Helmsley. »Und ich halte es für eine schreckliche Idee.«

Archer war verzweifelt. »Oliver darf auch mit«, sagte er.

»Was die Glubs mit Oliver machen, interessiert mich nicht«, entgegnete seine Mutter. »Außerdem hat Oliver nicht deine *Neigungen.*«

»Du meinst, Oliver wird nicht zu Hause eingesperrt!«, rief er und stürmte aus dem Esszimmer, weil er Angst hatte, er könnte etwas sagen, das er später bereuen würde. Falls seine Mutter den Zettel nicht unterschreiben wollte, musste er sich eben etwas anderes einfallen lassen.

✦ Wilde Tiere ✦

»Aber etwas anderes fällt dir nicht ein«, sagte Oliver am nächsten Tag in der Knopffabrik. »Wir sind doch schon alles durchgegangen.«

Adélaïde kam vom Schreibtisch von Miss Whitewood zurück und setzte sich auf den Teppich.

»Ich habe mir überlegt, wir können am Samstag nach den Koffern suchen und …« Als sie die Gesichter von Archer und Oliver sah, sprach sie den Satz nicht zu Ende. »Was ist los?«

Archer gab ihr den Zettel ohne Unterschrift.

»Sie weigern sich«, sagte Oliver.

Adélaïde und Oliver sahen sich an. Keiner sagte ein Wort. Dann klickte ein Kugelschreiber.

»Wie heißen sie?«, fragte Adélaïde und tat so, als würde sie die Zeitung lesen.

»Das kannst du nicht tun«, sagte Oliver.

Adélaïde stand auf und quetschte sich zwischen die beiden aufs Sofa.

»Manchmal muss man tun, was man will, auch wenn andere dich für verrückt halten.«

Oliver seufzte. Sie hatte es falsch herum gesagt. »Manchmal muss man tun, was man für verrückt hält, weil andere es wollen.«

»Wir müssen es zu Ende bringen!«, erklärte Adélaïde. »Sonst war alles nur Zeitverschwendung.«

Archer zögerte. Reichte es denn nicht schon, dass er sich aus dem Haus schleichen und auf ein Schiff in Richtung Antarktis schmuggeln wollte? Musste er auch noch die Unterschriften seiner Eltern fälschen und die Liste seiner Verstöße gegen ihre Regeln um einen weiteren Punkt ergänzen?

»Glaubst du wirklich, der Zettel macht es noch schlimmer, wenn man uns dabei erwischt, wie wir uns auf ein Schiff schleichen?«, sagte Adélaïde.

»Du gibst ihn nach der Mittagspause ab«, sagte sie. »Mrs Murkley wird es nicht merken.« Und damit hatte es sich.

»So«, sagte Adélaïde, ohne noch einmal an die gefälschten Unterschriften zu denken. »Ich finde, wir sollten die Koffer suchen. Deine Großeltern waren als Letztes in der Antarktis. In den Koffern *muss* irgendwas sein. Aber heute Abend kann ich nicht. Ich habe versprochen, meinem Vater im Café zu helfen. Amaury ist noch nicht da. Wir können sie morgen suchen.«

»Moment mal«, sagte Oliver. »Habt ihr beide nicht was Wichtiges vergessen? Glaubt ihr wirklich, wir können einfach so aus dem Museum verschwinden, ohne dass sie was mitkriegt? Wir reden hier immerhin von Mrs Murkley. Ihr wisst schon …« Oliver blies die Backen auf, kniff die Augenbrauen zusammen und trommelte mit den Fäusten gegen seine Brust. »DIE Mrs Murkley.«

Archer und Adélaïde kicherten.

»Wir müssen uns einzeln davonschleichen«, sagte Archer.

Er würde den Anfang machen, dann wäre Adélaïde an der Reihe und Oliver würde das Schlusslicht bilden. Sie würden sich bei Pharao Tabenkuse treffen, den Hinterausgang nehmen und in den Park von Rosewood entwischen.

»Und wenn sie merkt, dass ihr weg seid, bevor ich abhauen konnte?«, fragte Oliver. »Dann brauche ich eine gute Ausrede.«

»Sag ihr, wir sind auf der Toilette«, schlug Archer vor.

Oliver runzelte die Stirn. »Ich habe ›*gute* Ausrede‹ gesagt. Und wenn sie nachschaut, wo du steckst? Oder wo wir alle stecken?«

»Wir müssen uns verkleiden«, sagte Adélaïde.

»Als was denn?«, sagte Oliver. »Als Alice, Charlie und Molly?«

»*Masken*«, erklärte sie. »Wir basteln Masken und ziehen sie über unsere Gesichter.«

»Darauf fällt sie nicht rein.«

»Aus der Entfernung schon.«

»Tiermasken«, sagte Archer. »Im Museum stehen überall Tiere rum.«

Adélaïde wollte ein Löwe sein. Archer wählte einen Dachs. Oliver, der den Einfall immer noch albern fand, hatte kein Lieblingstier, deshalb sagte Adélaïde, er solle als Gazelle gehen.

»Die sind wahnsinnig schnell und das musst du auch sein.«

Am Samstagnachmittag kletterten Oliver und Adélaïde über die Leiter ins Zimmer von Archer, wo sie eine Zeit lang Tiermasken bastelten. Als sie fertig waren, trugen sie die Masken aufs Dach, stellten sich nebeneinander hin und setzten sie auf.

Ohne Vorwarnung schrie Adélaïde aus voller Kehle: »*RO-AAR!*« Es klang so überzeugend echt, dass die anderen beiden lachen mussten. Archer war sich nicht sicher, welches Geräusch ein Dachs machte, aber sein »*Jaul!*« klang gar nicht mal furchtbar falsch. Auch Oliver war sich bei der Gazelle unsicher, deshalb rief er einfach immer wieder »*Gazelle, Gazelle!*« und machte dabei abgehackte Geräusche wie ein krächzender Vogel.

Adélaïde schob ihre Maske hoch. »Jetzt die Koffer?«, fragte sie.

Archer nickte. »Aber da unten müsst ihr tun, was ich sage. Falls meine Mutter uns erwischt, können wir das Ganze vergessen.«

✦ Hinter der Kellertür ✦

Weder Adélaïde noch Oliver waren jemals im unteren Teil vom Haus der Helmsleys gewesen, und beide blieben immer wieder stehen, um sich die ausgestopften Tiere anzusehen. Archer musste sie ständig anstupsen und vorantreiben. Als sie endlich an der letzten Treppe angekommen waren, sagte Archer, sie sollten warten, und schlich leise nach unten. Die Treppe endete zwischen der Tür zum Esszimmer und der Tür zum Wohnzimmer.

Vorsichtig schob Archer den Kopf um die Ecke. Mrs

Helmsley saß im Wohnzimmer und las ein Buch. Wenn sie den Weg über die Treppe nahmen, würde seine Mutter sie ganz bestimmt sehen.

»Wir müssen über die Seite runter«, flüsterte er.

Archer machte den Anfang, schwang sich über das Geländer und landete auf dem Stuhl neben der Kellertür. Oliver war als Nächstes dran, dann Adélaïde, aber sie verlor das Gleichgewicht und stürzte kopfüber in die Richtung vom Dachs. Archer und Oliver packten sie, aber da war ihr schon ein leiser Schrei entwichen.

»Archer?«, rief Mrs Helmsley.

Archer erstarrte. Oliver spähte über die Schulter. Sie hielten die obere Hälfte von Adélaïde fest. Ihre Beine lagen auf dem Stuhl und ihr Gesicht befand sich wenige Zentimeter vom Dachs entfernt.

»Sie ist niedlich«, flüsterte der Dachs.

»Psst«, zischte Archer.

»Wen zischst du da an?«, flüsterte Oliver.

»Bist du das, Archer?«, rief Mrs Helmsley.

Ein Buch klappte zu. Schritte kamen näher. Archer und Oliver wankten. Blitzschnell ließen sie Adélaïde herunter, hechteten zur Kellertür und machten diese im selben Moment zu, als Mrs Helmsley in den Flur trat.

Archer gab den beiden ein Zeichen, ihm über die Kellertreppe zu folgen, aber es war stockfinster, und sie konnten ihn nicht sehen. Er tastete sich an der Wand entlang, bis er das Regal erreicht hatte, dann nahm er sich eine Taschenlampe und reichte zwei an Oliver und Adélaïde weiter. Als sie am untere Ende der Treppe angekommen waren, leuchteten sie den

Keller ab. Das riesige, feuchte Gewölbe war mit Kisten, Tieren und merkwürdigen Apparaten vollgestellt. Mit breiten Steinmauern ummantelte Säulen erstreckten sich bis zur Decke und bildeten dort schmale Bögen. Eigentlich sah es genauso aus wie im oberen Teil vom Haus, es war nur viel staubiger.

»Ganz schön gruselig«, flüsterte Oliver. »Und es riecht nach nassen, alten Zeitungen.«

»Nasse, alte Zeitungen?«, wunderte sich Adélaïde.

Oliver zuckte die Schultern. »Wir hatten mal einen Rohrbruch und das Arbeitszimmer von meinem Vater wurde überflutet.«

»Es riecht nur nach alten Sachen«, sagte sie.

»Sie sind alt«, flüsterte Archer. »Das hat alles meinen Großeltern gehört.«

Oliver wollte den Lichtschalter drücken, aber Archer hielt ihn zurück.

»Sonst sieht sie das Licht unter der Tür«, sagte er.

»Die Taschenlampen reichen«, flüsterte Adélaïde. »Und falls sie runterkommt, gibt es hier viele Verstecke.«

»Deshalb bin ich mir auch nicht sicher, ob wir die Koffer wirklich finden«, sagte Archer.

Sie beschlossen, getrennt zu suchen, und schlängelten sich durch die kreuz und quer verteilten Stapel und Haufen.

Eine halbe Stunde lang suchten sie ohne Erfolg. Der Lichtstrahl aus Archers Taschenlampe wanderte über einen großen schwarzen Metallkessel. Er war rundherum verbeult und hatte drei kurze, dicke Füße. Da kam Archer eine Idee. Er flüsterte Oliver zu, der herumwirbelte und ihn mit seiner Lampe blendete.

»Tut mir leid«, sagte er. »Was ist denn?«

Archer wies mit seiner Lampe auf den schwarzen Metallkessel. Oliver nickte, obwohl er sich nicht sicher war, warum Archer darauf zeigte.

»Sehr schön«, sagte Oliver.

»Wir könnten darin Feuer machen«, sagte Archer.

»Metall brennt nicht.«

»Eben.«

Archer sagte, es wäre eine gute Idee, wenn sie zum Üben eine Nacht lang auf ihre bequemen Betten verzichteten und auf dem Dach schliefen. Oliver war von der Idee noch begeisterter als Archer, aber nur, weil er dabei an gegrillte Marshmallows dachte.

»Und in dem Kessel machen wir Feuer«, sagte Archer.

Oliver blickte über die Schulter zu Adélaïde. Sie klopfte gerade die hintere Wand ab.

»Ich würde dich gern mal was fragen«, flüsterte er. »Denkst du manchmal noch, sie lügt uns an? Sie scheint nicht besonders viel Ahnung zu haben. Und du hast ja gesehen, wie leicht sie den Wachmann an der Nase rumgeführt hat. Was, wenn sie uns auch an der Nase rumführt?«

Archer schüttelte den Kopf. »Das würde sie nicht tun«, sagte er.

Adélaïde winkte mit ihrer Lampe. »Hier hinten!«, flüsterte sie.

Adélaïde hatte herausgefunden, dass mehr hinter der Wand steckte, als man auf den ersten Blick vermutet hätte. Eine Doppeltür mit bunten Gläsern verdeckte ein etwa anderthalb Meter hohes und ein Meter breites Loch.

»Vielleicht sind sie da drin«, flüsterte sie.

Archer gab Oliver seine Taschenlampe und half Adélaïde, erst die eine und dann die andere Tür zur Seite zu schieben. Die Nische reichte tiefer, als man sehen konnte, und tatsächlich – ganz vorn standen die vier scharlachroten Koffer. Und nicht nur die Koffer. Obenauf lagen die Tagebücher und Schachteln mit den roten Bändern.

»Du hast sie gefunden«, flüsterte Archer.

»Sie sind wunderschön«, erwiderte sie.

Oliver leuchtete mit allen drei Taschenlampen über die Köpfe von Archer und Adélaïde hinweg, während die beiden die Koffer so leise wie möglich aus der feuchten Nische zogen.

»Deine Mutter wollte wirklich nicht, dass du sie findest«, sagte Oliver.

»Das Loch hat sie bestimmt nicht gegraben«, sagte Adélaïde.

»Aber als sicheres Versteck benutzt«, sagte Archer.

Die drei knieten sich jeweils vor einen Koffer und klappten die Deckel auf. Im Koffer von Archer lagen Sachen von seinem Großvater – ein alter Pullover, ein Paar schmutzige Stiefel und eine Dose mit Milchbonbons, die man vor langer Zeit hätte essen müssen.

Adélaïde zog eine Goldmedaille, auf der eine Frau mit drei Köpfen abgebildet war, und einen Stapel Fotos aus ihrem Koffer. »Sie waren wirklich überall«, sagte sie, während sie durch die Fotos blätterte. Sie hielt bei einem Foto vom jungen Ralph Helmsley an, der auf einem Liegestuhl saß, schief lächelte und schmutzige Flecken auf den Wangen hatte. »Du siehst aus wie er«, sagte sie und gab es Archer.

Archer betrachtete das Foto. Er sah wirklich aus wie sein Großvater. Schnell steckte er es in die Hosentasche.

Oliver zog eine Holzkiste aus seinem Koffer. Darin lagen verkorkte Flaschen mit bunten Pulvern und Flüssigkeiten. Er nahm eine heraus, die mit dunkelblauem Puder und rosa Punkten angefüllt war.

»Was meinst du, wofür ist das gut?«, fragte er und zeigte Adélaïde die Flasche.

»Probier's doch aus«, erwiderte sie.

»Theo hat Zement gefressen, weil er nicht wusste, was das war«, sagte Oliver. »Ich werde ganz bestimmt nicht den gleichen Fehler machen.«

Nachdem sie den vierten und letzten Koffer geöffnet hatten, waren alle enttäuscht. Sie hatten gehofft, irgendetwas Brauchbares zu finden, aber außer einigen persönlichen Sachen waren in den Koffern nur Dinge gewesen, die so nützlich waren wie ein Glasauge. Aber immerhin entdeckte Archer eine Ledertasche mit merkwürdigen Metallwerkzeugen.

»Die können wir bestimmt gebrauchen«, sagte er.

»Aber wir wollen doch deine Großeltern retten«, sagte Oliver. »Und keinen Schwan aus dem Eisberg schnitzen.«

Das Grinsen auf dem Gesicht von Archer verschwand sofort wieder. Oben waren Schritte zu hören. Bald war Essenszeit und sie mussten sich irgendwo unter der Küche befinden.

»Gehen wir lieber«, sagte er.

Während Oliver und Adélaïde alles in die Koffer zurückstopften, durchsuchte Archer die Schachteln. Er fand das Elefantenhaus aus Jade und steckte es zu dem Foto von seinem Großvater in die Hosentasche.

»Das hätte ihnen nicht gefallen«, sagte Archer, nachdem sie die Koffer wieder in die Nische gestellt und die Türen zugeschoben hatten. »Die Koffer gehören nicht in ein Loch in der Wand.«

Oliver und Adélaïde gaben ihm recht, aber im Moment war das nun mal der Platz, an dem die Koffer bleiben mussten. Sie klopften den Staub von ihren Sachen und gingen leise zur Kellertreppe zurück.

»Habt ihr Schlafsäcke?«, fragte Archer.

Oliver hatte einen. Adélaïde nicht.

»Ich treibe einen für dich auf«, sagte Archer.

»Wofür brauchen wir Schlafsäcke?«

»Wir campen auf dem Dach«, sagte Oliver.

Archer schlich die Treppe hoch und steckte den Kopf aus der Kellertür. Mrs Helmsley war in der Küche. Er winkte und Oliver und Adélaïde huschten die Treppe hinauf.

✦ Feuer auf dem Dach ✦

Adélaïde und Oliver verabredeten sich mit Archer für acht Uhr abends auf dem Dach der Glubs und gingen nach Hause.

»Schön langsam«, sagte Mrs Glub. »Wenn du in diesem Tempo weiterisst, wirst du noch blind.«

»Er hat eben Hunger«, sagte Mr Glub. »Früher, als ich so alt war wie er, habe ich auch so schnell gegessen.«

»*Früher?*«, sagte Mrs Glub und lächelte.

»Ich habe eben Hunger«, lachte Mr Glub. »Und wenn

er so alt ist wie ich, wird er immer noch so schnell essen.«

»Wir übernachten heute bei Oliver«, erzählte Adélaïde ihrem Vater. »Nur für den Fall, dass du mich brauchst.«
»Klingt lustig«, erwiderte Mr Belmont. »Ach, übrigens, bist du auf den Eisbären gestoßen?«
»Bin ich«, sagte Adélaïde. »In Wahrheit ist der richtig niedlich.«

Archer aß schweigend. Sein Vater hatte wie immer noch im Arbeitszimmer zu tun, und seine Mutter regte sich über einen Fleck in einer Stoffserviette auf, der einfach nicht rausgehen wollte, ganz gleich, wie sehr sie ihn auch schrubbte.

»Das ist der Lippenstift von Mrs Murkley«, sagte sie. »Und er geht *einfach nicht* raus.«

Sobald er mit dem Essen fertig war, machte Archer sich an die Arbeit, wobei er jede Bewegung genau auf seine Mutter abstimmte. Zuerst schleppte er den Metallkessel aus dem Keller aufs Dach, was viel schwieriger war, als er gedacht hatte. Nachdem er ihn schließlich doch noch über die Leiter nach oben gehievt hatte, kehrte er kurz darauf mit Schlafsäcken und Kissen aufs Dach zurück. Sein letzter Gang führte ihn ins Wohnzimmer, wo er Holz aus dem Kamin zusammensammelte. Sobald seine Arme voll waren, lief er die Treppe hoch, geradewegs in Mr Helmsley hinein, der eine Sekunde zuvor aus seinem Arbeitszimmer gekommen war.

»Was willst du mit dem ganzen Holz?«, fragte er mit einem seltsamen Zwinkern in den Augen. »Doch hoffentlich nicht das Dach in Brand stecken, oder?«

Archer ließ das Feuerholz los und wäre beinahe rückwärts die Treppe hinuntergefallen. »Ich, äh ... Wie kommst du denn darauf?«

Mr Helmsley grinste. »Nur so«, erwiderte er. »Sei einfach vorsichtig.«

Archer stand wie angewurzelt da und sah zu, wie sein Vater die Treppe hinunterschlenderte. Langsam sammelte er die Holzscheite wieder ein und kletterte aufs Dach. Oliver und Adélaïde warteten schon auf ihn. Oliver sah verärgert aus. Adélaïde lachte.

»Was ist los?«, fragte Archer.

Oliver stöhnte und setzte sich auf seinen Schlafsack.

»Mein Vater hat ihr die Zoo-Geschichte erzählt«, sagte er. »Ich war vier und ein Affe hat meinen Kopf durch die Gitterstäbe gezogen.«

»Ist das echt passiert?«, fragte Archer und versuchte, nicht zu lachen.

»Ja, sie mussten die Gitterstäbe durchsägen, um mich zu befreien«, sagte Oliver. »Es ist schrecklich da. So, wie die den Zoo führen, ist es ein Wunder, dass es ihn überhaupt noch gibt.«

»Geh bloß nicht zu nah an die Gitterstäbe, *Ollie*«, äffte Adélaïde Mrs Glub nach und kicherte.

Oliver lief dunkelrot an.

»Bitte, nenn mich nicht so«, sagte er. »Ich hasse es, wenn sie mich so nennen.«

Archer lächelte und warf seinen Stapel Holz auf den von Oliver.

Die Sonne war untergegangen und die Sterne waren herausgekommen. Die drei mussten Taschenlampen benutzen, weil sie die eigenen Hände nicht mehr sehen konnten. Archer und Oliver hatten zwar in ihren Kaminen schon Feuer gemacht, aber auf einem windigen Dach war das eine echte Herausforderung. Sie stritten sich, wie man es richtig macht, und nach ein paar Fehlversuchen schaffte Archer es endlich, im Metallkessel ein kleines Feuer zu entfachen. Adélaïde stand mit einem Eimer Wasser daneben, während Oliver alte Ausgaben der *Doldrums Press* zerriss, um das Feuer damit anzuheizen.

»Hört euch das an«, sagte er.

DOLDRUMS PRESS

MÄDCHEN FÄLLT IN WUNSCHBRUNNEN

»Wie schrecklich«, sagte Adélaïde.

Das fand Oliver auch. Er riss die Geschichte heraus und warf sie in die Flammen.

Das Feuer brannte inzwischen recht ordentlich, aber Archer konnte nicht aufhören, darin herumzustochern.

»Du musst es atmen lassen«, sagte Oliver. »Nimm den Zweig da oben weg und steck ihn dorthin.«

»Ich finde, es brennt ganz hübsch«, sagte Adélaïde.

Endlich war auch Archer zufrieden und ließ es gut sein. Er schob den Holzstapel neben seinen Schlafsack und warf neue Scheite ins Feuer, sobald die Flammen kleiner wurden. Alles in allem brannte das Feuer im Metallkessel ganz gut, und sie

zogen die Schlafsäcke dicht heran und schauten zu, wie die Flammen flackerten und die Funken sprühten.

»Wie lange dauert noch mal die Fahrt?«, fragte Oliver.

»Ungefähr drei Wochen«, sagte Archer.

»Und wie lange werden wir dann dort bleiben?«, fragte Adélaïde.

»Keine Ahnung«, sagte Archer. »Aber bestimmt nicht länger als ein, zwei Monate.«

»Das ist ganz schön lang«, sagte Oliver.

»Vor allem, wenn man nur einmal Sachen zum Wechseln dabeihat«, sagte Adélaïde.

»Tja, das ist nun mal die Unterseite von der Welt«, sagte Archer.

»Und was verhindert, dass uns das Blut in den Kopf steigt?«, fragte Oliver.

»Die Schwerkraft«, sagte Archer. »Die Welt hat in Wahrheit gar keine Ober- oder Unterseite. Irgendwer hat sie mal so gezeichnet und alle anderen haben das einfach übernommen.«

»Wie auch immer«, sagte Oliver. »Es ist eine lange Reise. Und so lange bin ich noch nie von zu Hause weg gewesen.«

»Was, glaubst du, wird der Kapitän machen, wenn er uns an Bord findet?«, fragte Adélaïde.

»Wir werden uns ein paar Tage lang verstecken müssen«, sagte Archer. »Wenigstens, bis wir so weit weg sind, dass sie nicht mehr umkehren können. Danach stellen wir uns und ich erkläre alles.«

»Wir müssen unbedingt was zu essen einpacken«, sagte Adélaïde.

Oliver, der die ganze Zeit über besorgt gewirkt hatte, wurde schlagartig wieder fröhlich und kramte in seinem Schlafsack. Er zog eine Tüte Marshmallows und drei spitze Stöcke heraus und schweigend hielten die Freunde sie übers Feuer. Adélaïde steckte das klebrige Ende von ihrem Stock in die Glut und drehte es langsam.

»Was ist, wenn deine Großeltern am Eisberg festgefroren sind?«, fragte sie.

Archer lehnte sich an seinen Schlafsack. Er wusste, dass das möglich war, aber er wollte lieber nicht darüber nachdenken.

»Ich hacke sie aus dem Eis und bringe sie nach Hause«, sagte er. »Sie haben eine richtige Beerdigung verdient.«

Adélaïde nickte, während sie ihren Stock weiter in der Glut drehte.

»Ich finde, du solltest sie dort lassen«, sagte sie. »Als du meintest, ihre Koffer gehören nicht in ein Loch in der Wand, hattest du recht. Sie sind ihr Leben lang durch die Welt gereist und auf ihrem Eisberg könnten sie es weiter tun. Ich glaube, das würde ihnen besser gefallen, als in einem Loch im Boden zu stecken.«

Archer setzte sich kerzengerade hin und spießte einen neuen Marshmallow auf, obwohl er gar keinen Hunger hatte.

»Du hast recht«, sagte er und hielt den Marshmallow in die Flammen.

Die drei redeten bis tief in die Nacht und dann schliefen alle irgendwann ein.

*

Als sie am nächsten Morgen erwachten, waren alle ein wenig durchgefroren, aber Archer war der Einzige, dem eine Taube auf dem Gesicht hockte.

»Nicht bewegen«, sagte Oliver und kam langsam mit einem Stock näher.

Archer verscheuchte die Taube – er hatte vor dem Stock von Oliver mehr Angst als vor ihr. Auf seinem Kopf und auf seinem Kissen waren überall Federn. Er fegte sie weg und fragte sich, warum der Vogel ausgerechnet ihn ausgesucht hatte. Oliver und Adélaïde mussten viel zu sehr lachen, um sich eine gute Erklärung auszudenken.

»Hast du denn nichts gemerkt?«, fragte Adélaïde.

»Er schläft sehr tief«, sagte Oliver.

Nachdem sie den letzten Rest Müdigkeit und die letzten Federn abgeschüttelt hatten, ging Oliver nach unten, um einen Teekessel und einen Topf für Haferbrei zu holen. Auch Archer ging nach unten, um sich kurz blicken zu lassen, damit seine Mutter nicht nach ihm suchte. In der Küche hielt er sich von ihr fern, weil er Angst hatte, sie könnte den Rauch riechen.

Adélaïde blieb auf dem Dach und schaute hinüber zum Haus auf der anderen Seite vom Garten. An das Ballett dachte sie gar nicht mehr, und es wunderte sie, dass ihr das nicht so viel ausmachte, wie sie geglaubt hatte. Aber sie fühlte sich immer mieser, weil sie Archer und Oliver anlog. Nur ihr Vater kannte die Wahrheit – ihr Vater und Miss Whitewood. Eines Nachmittags war sie Adélaïde herausgerutscht.

»Es war ein Bäckerwagen«, sagte sie. »Ein Bäckerwagen und ein Laternenpfahl.«

»Dachtest du wirklich, ich hätte die Krokodil-Geschichte geglaubt?«, fragte Miss Whitewood.

Das hatte Adélaïde nicht. »Deshalb wollte ich es Ihnen erzählen«, erwiderte sie. »Aber alle anderen glauben sie und ich will nicht mehr lügen.«

»Denkst du wirklich, *alle* anderen glauben sie?«

Adélaïde wusste nicht, wer die Geschichte glaubte und wer nicht. Archer und Oliver glaubten sie und ihnen hätte sie gern die Wahrheit gesagt, aber sie konnte es nicht. Wenigstens jetzt noch nicht.

Nachdem Archer und Oliver aufs Dach zurückgekehrt waren, machten sie ein zweites Feuer für Tee und Haferbrei. Der Brei schmeckte zwar nicht so gut wie der, den sie zu Hause zubereiteten, aber sie aßen ihn trotzdem auf.

»Nach einer Nacht auf dem harten Boden geht's mir richtig gut«, sagte Oliver.

Archer ging es genauso. Adélaïde sagte, sie würde sich etwas steif fühlen. Sie stand auf und machte ein paar Dehnübungen. Archer und Oliver waren beeindruckt, wie gut sie das konnte – sie stand auf der Spitze von ihrem Holzbein und streckte das andere Bein ganz gerade nach vorn. Doch dann verlor sie das Gleichgewicht und plumpste auf ihren Schlafsack.

»Wo hast du das gelernt?«, fragte Archer.

»Du hast fast ausgesehen wie eine Ballerina«, sagte Oliver.

»Mädchen sind eben beweglicher als Jungs«, sagte sie und fischte in ihrem Haferbrei nach einer Rosine, während Oliver sie aus den Augenwinkeln beobachtete.

Keiner von ihnen wollte gehen, deshalb blieben sie einfach da und redeten und lachten und ließen den Morgen verstreichen, ohne dass sie ein Wort über die Antarktis oder das, was sie am nächsten Tag erwartete, verloren. Aber weil morgen der große Tag war, räumten sie, als es Mittag wurde, dann doch auf und trennten sich.

✦ Ruhe vor dem Sturm ✦

Archer verbrachte den Rest des Tages in seinem Zimmer. Er nahm ein Bad, um den Rauch abzuwaschen, und beschloss danach, nicht mehr nach unten zu gehen. Er streckte sich auf dem Bett aus und fragte sich, was der morgige Tag wohl bringen würde. Er wusste es nicht. Aber er wusste, dass er in größeren Schwierigkeiten als jemals zuvor stecken würde, falls etwas schieflief und er es nicht bis aufs Schiff schaffte. Er hielt sich nicht an die Regeln seiner Eltern, er hatte ihre Unterschriften gefälscht, er riss von zu Hause aus und wollte als blinder Passagier in die Antarktis fahren. Das war eine ganze Menge. Aber seine Großeltern waren es wert. Er wünschte sich nur, dass sie besser vorbereitet wären.

Ein Papierflieger glitt durchs offene Fenster und landete neben ihm. Archer, der sich an diese Form der Unterhaltung gewöhnt hatte, las die Nachricht, ohne sich aufzusetzen.

Hallo Archer,
mein Vater hat was gerochen und gefragt, ob der Kamin von den Glubs kaputt ist oder ob es in ihrem Haus immer so riecht. Ich habe was zu essen eingepackt. Wir müssen gut frühstücken. Ich habe keine Ahnung, was morgen passieren wird, aber ich wollte mich bei dir bedanken, dass du mich um Hilfe gebeten hast. Ich weiß, du glaubst, wir wären nicht gut genug vorbereitet, aber wir sind besser vorbereitet, als du denkst.

Adélaïde

Archer stand vom Bett auf, setzte sich an den Tisch und schrieb eine Antwort.

Hallo Adélaïde,
ich hatte auch Angst, meine Eltern würden den Rauch riechen, aber ich werde nicht mehr nach unten gehen. Manchmal glaube ich, sie können meine Gedanken lesen. Du hast recht. Wir sind vorbereitet. Aber falls wir es nicht schaffen, kann es gut

sein, dass man mich in ein Loch steckt, das so schlimm ist wie das mit den Koffern – wahrscheinlich noch schlimmer. Deshalb möchte ich dir schon jetzt für deine Hilfe danken.

Archer

Später am Abend schaute Oliver bei Archer vorbei und zusammen kletterten sie aufs Dach.

»Das hier wird mir fehlen«, sagte Oliver.

»Ich freue mich, dass du mitkommst«, sagte Archer. »Bist du bereit?«

»Bin ich nicht«, erwiderte Oliver. »Aber das werde ich wohl nie sein, deshalb ist das schon okay. Du bist hoffentlich bereit.«

»Das bin ich«, sagte Archer.

Sie konnten nicht mehr tun als herumsitzen und abwarten. Aber das fällt einem nie leicht. Wenn du mit Vorbereitungen beschäftigt bist, hast du keine Zeit, es dir anders zu überlegen. Aber wenn du still dasitzt und die Aufgabe noch vor dir liegt, dann fängt dein Kopf an, dich vor allen Dingen zu warnen, die schiefgehen können. Sie hatten alle recht damit, dass sie nicht genug vorbereitet waren. Das war sonnenklar. Aber Oliver und Adélaïde hatten auch recht. Sie waren besser vorbereitet, als sie glaubten, denn perfekt vorbereitet kann man niemals sein, das ist einfach unmöglich. Als sich die Nacht über die enge, verwinkelte Weidengasse senkte, konnten Archer, Oliver und Adélaïde nicht einschlafen. Als sie zusammen um das Feuer gelegen hatten, war ihnen das viel leichter gefallen.

16

✦ Eine steife Brise aus dem Süden ✦

Der Wind riss die Blätter von den Bäumen und pfiff über die Dächer der Häuser, als die Sonne über der Weidengasse aufging. Der Morgen der Flucht war gekommen. Archer, Oliver und Adélaïde machten sich bereit.

Adélaïde stellte ihren Rucksack neben der Tür ab und ging in die Küche. Sie nahm eine Portion Hundefutter aus einem Beutel. Ihr Vater wühlte in einem Schrank.

»Hast du die Espressotassen und -löffel gesehen, Adié?«, fragte er.

»Nein«, erwiderte sie und füllte das Futter in eine kleine Schüssel.

Ein schmutziger Fritz kam durch die Gartentür galoppiert und steckte die Schnauze in die Schüssel. Adélaïde starrte ihren Vater an. Sie hatte keine Ahnung, was sie zu ihm sagen sollte, aber sie konnte nicht gehen, ohne etwas zu sagen.

»Ich werde eine Weile weg sein«, sagte sie, als ihr Vater sich bückte, um unter der Spüle zu suchen. »Aber allzu lange wird es wohl nicht dauern.«

»Klingt gut«, sagte Mr Belmont. Er richtete sich auf und hielt sich den Rücken. »Wo können sie bloß sein?«, murmelte er.

Auf der anderen Seite vom Garten kämpfte Oliver mit seinem Frühstück. Nachts war er lange wach geblieben und hatte sich ausgemalt, was alles schiefgehen konnte. Die Liste war immer länger geworden, bis er einen Krampf in der Hand bekommen hatte und mit dem Kopf auf dem Schreibtisch eingeschlafen war.

»Du hast fast nichts gegessen«, sagte Mrs Glub.

»Dann habe ich später weniger zu verlieren«, sagte Oliver.

Mr Glub goss sich eine große Tasse Kaffee ein und setzte sich. »Hast du etwa vor abzunehmen?«, fragte er.

»Keine Ahnung, was ich vorhabe«, sagte Oliver.

Im Haus nebenan fiel Archer das Frühstück wesentlich leichter. Niemand hätte es ihm angesehen, dass er innerlich fast vor Aufregung platzte. Endlich war er drauf und dran, etwas Großartiges zu erleben. Mr Helmsley war schon zur Arbeit gegangen und Archers Mutter saß ihm gegenüber. Er beendete das Frühstück, erzählte seiner Mutter, er würde in seinem Zimmer ein Buch lesen (während der Rest seiner Klasse im Museum war), und klemmte sich auf dem Weg nach oben den Dachs unter den Arm.

»Wo bringst du mich hin?«, fragte der Dachs.

»Du musst mich spielen«, sagte Archer.

»Bevor ich dich spiele, fresse ich lieber heiße Kohlen«,

sagte der Strauß, als Archer zurückkehrte, um den Fuchs zu holen.

Archer nickte. »Dann sind wir uns ja endlich mal einig«, erwiderte er.

Er machte seine Tür zu. Oliver stand auf dem Balkon und trat ins Zimmer, während Archer die Bettdecke aufschlug und Dachs und Fuchs Kopf an Pfote aufs Bett legte.

»Was, glaubst du, macht deine Mutter, wenn sie es rausfindet?«, fragte Oliver.

»Keine Ahnung«, erwiderte Archer. »Aber vorher müssen wir unbedingt im Hafen sein. Dann bleibt uns genug Zeit.«

Archer schrieb zwei Zettel. Den einen gab er Oliver, der daraus einen Flieger faltete und an Adélaïde schickte. Der zweite war ein Brief an seine Eltern, in dem er ihnen alles erklärte. Archer steckte ihn dem Dachs zwischen die Pfoten, bevor er die Decke über seinen Kopf zog.

Archer und Oliver kletterten über die Leiter aufs Dach. Dort schauten sie ein letztes Mal auf die Gärten, bevor sie ins Haus von Oliver schlichen. Archer wartete hinter der Eingangstür, bis Oliver ihm ein Zeichen gab, und huschte dann aus dem Haus.

Der Wind fegte durch die Straße. Das Haar von Adélaïde, das sonst immer ordentlich über ihre Stirn gekämmt war, wurde in alle Richtungen gewirbelt. Oliver fand, dass sie wie eine Wahnsinnige aussah, aber er und Archer freuten sich trotzdem, sie zu sehen. Das Krokodil-Mädchen machte ihnen Mut und drückte jedem ein Croissant in die Hand. Sie aßen die Hörnchen auf, bevor sie die Knopffabrik erreichten. Ihre Mitschüler hatten sich auf der Vordertreppe versammelt. Mrs

Murkley, die alle überragte, warf auf jeden ein wachsames Auge.

Ein Klassenausflug sollte eigentlich eine aufregende Sache sein, aber wer die Gesichter der Schüler sah, wäre darauf niemals gekommen.

»Ich glaube, wir gehen gar nicht ins Museum«, sagte Charlie H. Spindle. »Wahrscheinlich bringt sie uns zum Kliff von Rosewood und schubst uns ins Meer.«

»Wir tun einfach so, als wären wir krank«, sagte Molly S. Tinker.

»Ich muss gar nicht so tun«, sagte Alice N. Erving.

✦ Der Plan ✦

Archer, Oliver und Adélaïde gesellten sich zur traurigen Truppe und stellten sich so weit wie möglich von Mrs Murkley weg. Archer öffnete sein Notizbuch, um den Plan ein letztes Mal zu überprüfen.

Als Erstes wollten sie sich während der Museumsbesichtigung davonschleichen. Archer würde den Anfang machen, dann wäre Adélaïde an der Reihe und Oliver würde das Schlusslicht bilden. Sie würden die Masken aufsetzen und sich bei Tabenkuse treffen und dann gemeinsam durch den Hinterausgang in den Park von Rosewood entwischen. Nachdem sie den wild wuchernden Park durchquert hätten, würden sie dem Kanal bis zum Hafen folgen, wo sie abwarten würden, bis der Wachmann sein Häuschen verließ. Danach würden sie Dock E7 ausfindig machen, wo das Forschungsschiff hoffentlich noch beladen wurde. Sie würden auf eine Holzpalette klettern und abwarten, bis diese aufs Schiff verfrachtet wurde. An Bord würden sie sich so lange verstecken, bis das Schiff zu weit auf hoher See wäre, um wieder umzukehren. Adélaïde hatte genug Essen für drei Tage eingepackt. Danach würden sie sich stellen. Archer würde darum bitten, den Kapitän zu sprechen, und ihm erklären, warum sie an Bord waren und was sie vorhatten. Und ob es dem Kapitän gefiel oder nicht, sie wären dann längst auf dem Weg in die Antarktis. Das war der Plan.

Mrs Murkley ließ die Schüler in Zweierreihen antreten und dann marschierten sie hinter ihr in den Park von Rosewood und die Treppe zum Museum hinauf.

✦ Der große Saal ✦

Die Schüler drängten sich durch die Eingangstür vom Museum und blickten mit weit aufgerissenen Augen in den prachtvollen, großen Saal. Er war gigantisch, an den Wänden hingen Gemälde und überall standen Tiere und Schaukästen mit Insekten. Die anderen Kinder fingen an zu flüstern. Archer schwieg. Mrs Murkley ging zur Kasse, um Eintrittskarten zu holen.

»Ich brauche achtzehn Stück«, sagte sie, bekam aber sechsunddreißig.

»Was soll das?«, schnaubte sie und beäugte die überzähligen Karten misstrauisch.

»Wir arbeiten zurzeit mit dem Zoo von Rosewood zusammen«, zwitscherte die Frau hinter der Kasse. »Jede Woche bringen sie eine andere Spezies in unseren Saal für Sonderausstellungen und erklären alles Wissenswerte über die Tiere. In den übrigen Abteilungen vom Museum finden Sie dann Schaukästen zur Evolution und zur historischen Bedeutung der Spezies. Ihre Schüler werden es lieben. Alle Klassen waren begeistert.«

»Wie schön«, sagte Mrs Murkley in einem Tonfall, der verriet, dass sie alles andere als begeistert war. »Und welches Tier der Woche ist heute dran? Der Molch?«

»Tiger!«

Mrs Murkley spähte über die Schulter zu Archer, Adélaïde und Oliver, die es nicht mitbekamen, weil sie zu sehr mit dem großen Saal beschäftigt waren.

»Tiger«, murmelte sie. »*Bestens.*«

Mrs Murkley hielt die Eintrittskarten hoch und bellte ihre Befehle, und die Schüler folgten ihr in den langen Flur, der zum Saal für Sonderausstellungen führte. Archer nahm sich drei Lagepläne von der Kassentheke und gab Oliver und Adélaïde jeweils einen.

»Dort ist der Saal mit Tabenkuse«, sagte er und malte mit einem Kugelschreiber einen Kringel auf die beiden Pläne. Er schaute zu Mrs Murkley. Sie hatte keine Ahnung, wo sie hinsollten.

Er nickte, zog seinen Rucksack fester und lächelte seine Freunde unsicher an.

»Na, dann«, sagte er. »Wir sehen uns auf der anderen Seite.«

Archer sprintete in den Reptiliensaal und setzte sich die Dachsmaske auf. Mrs Murkley sah rein gar nichts.

Die Schüler gingen um eine Ecke und verschwanden im nächsten Flur. Oliver wurde blass.

»Keine Angst«, sagte Adélaïde und legte eine Hand auf seine Schulter. »Du wirst das wunderbar hinbekommen.«

Sie zögerte einen Moment lang, dann setzte sie sich die Löwenmaske auf und tappte durch den Saal der Nachttiere davon.

Oliver ging allein weiter. Und genauso fühlte er sich auch.

✦ Die Sonderausstellung ✦

Archer sprintete durch einen Flur und betrat die Ägyptenabteilung, wo er seinen Platz neben Tabenkuse einnahm. Alle starrten ihn an, und er kam sich so albern vor, dass er die Dachsmaske hochschob.

Während er auf Adélaïde wartete, öffnete er seinen Rucksack und zog das Elefantenhaus aus Jade heraus. Er dachte gerade an seine Großeltern, als Adélaïde ihm auf die Schulter tippte. Beinahe hätte er aufgeschrien.

»Tut mir leid«, sagte sie und lüftete die Löwenmaske. »Man sieht darunter so gut wie nichts, oder?«

»Ging mir auch so«, erwiderte er. »Außerdem haben mich alle angestarrt.«

Sie verstummten. Beide wollten so schnell wie möglich aus dem Museum flüchten, deshalb schauten sie sich im Saal um und hofften, dass Oliver bald zu ihnen stoßen würde.

*

Die Schüler trafen, wie geplant, im Saal mit der Sonderausstellung ein. Oliver war, wie ganz und gar nicht geplant, immer noch bei ihnen. Er hatte zu viel Angst gehabt, einfach abzuhauen, und wusste nicht, was er jetzt tun sollte. Mrs Murkley verteilte die Eintrittskarten für die Sonderausstellung, aber am Ende hatte sie zwei Karten übrig.

»Na schön«, brummte sie. »Wer hat keine Karte?«

Niemand gab eine Antwort.

»Haltet die Karten hoch!«

Jeder hielt eine Karte hoch. Mrs Murkley suchte die Gruppe ab und entdeckte Oliver, der ganz allein stand. Als sie das Museum betreten hatten, war er nicht allein gewesen. Er war niemals allein.

»Du da!«, bellte sie. »Wo sind deine Kameraden?«

Oliver brach innerlich in Panik aus, aber er gab sich Mühe, äußerlich ganz ruhig zu bleiben.

»Wer, ich?«, fragte er. »Sie sind nicht bei mir. Bitte setzen Sie mich nicht auf Ihre Liste.«

Mrs Murkley pflügte sich zu ihm durch und sah dabei aus, als wollte sie ihn gleich in den Saal der Wirbellosen katapultieren. Oliver dachte daran wegzulaufen, blieb aber wie angewurzelt stehen.

»Dass sie nicht *bei* dir sind, sehe ich selbst«, fauchte sie. »Aber sie waren am Anfang *bei* dir. Und wenn du mir nicht sofort sagst, wo sie stecken, stehst du gleich *bei* ihnen auf der Liste.«

Die innere Panik von Oliver schwappte nun doch nach

außen, aber er durfte Archer und Adélaïde nicht verraten. Er musste sich an den Plan halten.

»Sie sind auf der Toilette«, sagte er und wünschte sich, ihnen wäre eine bessere Ausrede eingefallen. »Wenn Sie mir die beiden Karten geben, warte ich hier und …«

»Sie wollen in die Antarktis!«, rief Charlie H. Spindle.

Mrs Murkley warf ihm einen bösen Blick zu. Charlie schrumpfte in sich zusammen.

»Äh … das glaube ich wenigstens.«

»Das ist unmöglich«, sagte Oliver.

Mrs Murkley packte Oliver bei den Schultern und schob ihn in den Saal für Sonderausstellungen. Sobald alle Schüler drinnen waren, warf sie einem Museumswärter die Eintrittskarten zu und rief: »Dass mir keiner von denen abhaut!« Dann stürmte sie davon, auf der Suche nach Ärger.

✦ Der kleine gestreifte Kerl ✦

Archer und Adélaïde standen immer noch neben Tabenkuse. Langsam machte Archer sich Sorgen.

»Er hätte längst hier sein müssen«, sagte er.

»Er ist bestimmt unterwegs«, erwiderte Adélaïde.

Sie gingen vom Sarkophag weg und schauten sich in einem Flur um, weil sie hofften, Oliver oder eine Gazelle zu entdecken.

Doch sie entdeckten nichts. Allerdings kehrten sie gerade rechtzeitig zurück, um Mrs Murkley in die Ägyptenabteilung marschieren zu sehen.

»Irgendwas ist passiert!«, sagte Archer.

»Mit Oliver?«, fragte Adélaïde.

»Wir müssen hier weg.«

Archer ergriff ihre Hand. Sie rannten aus der Ägyptenabteilung und liefen geduckt in den Saal der Paarhufer. In der Eile bemerkte Archer nicht, dass ihm das Elefantenhaus aus der Tasche fiel. Doch der Hausmeister beobachtete es. Er hob das Elefantenhaus auf und steckte es in die Tasche von seinem Overall. Er wollte hinter den beiden Kindern hergehen, als der Museumsdirektor, der gerade seine tägliche Runde machte, sich ihm in den Weg stellte.

»Wollten Sie das Museum etwa bestehlen?«, fragte der Direktor.

»Nein«, sagte der Hausmeister. »Es ist nur …«

Der Direktor langte in die Tasche vom Hausmeister und zog die Jadefigur hervor. »*Aha.*« Er winkte zwei Wärter herbei und sagte: »Schaffen Sie ihn hier raus. Er soll seine Sachen packen.«

Die Wärter nickten. Jeder packte einen Arm vom Hausmeister.

»Aber das kommt doch gar nicht aus dem Museum!«, sagte der Hausmeister. »Es kommt ... es kommt ...«

Archer und Adélaïde hatten sich gerade hinter einer Bergziege versteckt, als Mrs Murkley in den Saal stürmte. Ihre Blicke schossen hierhin und dorthin, aber da die beiden hinter dem Podest hockten, konnte Mrs Murkley sie nicht sehen. Sie durchquerte den Saal und blieb stehen, als sie am anderen Ende angekommen war.

»Warum geht sie nicht weiter?«, flüsterte Adélaïde.

»Ich glaube, sie riecht uns«, sagte Archer.

Zwei Wärter kamen in den Saal und zogen den Hausmeister unsanft hinter sich her. Sie schleiften ihn durch eine Tür, auf der »Zutritt nur für Personal« stand.

»Schnell!«, flüsterte Archer.

Sie krochen hinter einem Elch hervor und huschten durch die Tür, bevor sie wieder zufiel. Die Wärter gingen eine schneckenförmige Treppe hinunter. Archer und Adélaïde liefen die Treppe hinauf. Sie führte immer und immer weiter nach oben und endete schließlich vor einer schmalen Tür an der Spitze von einem der Museumstürme. Als die beiden hinaustraten, riss ihnen der Wind die Masken von den Köpfen und trug sie tief in den Park von Rosewood hinein. Archer und Adélaïde liefen einmal um die Turmspitze herum. Sie waren in eine Sackgasse geraten.

»Wir gehen besser nicht denselben Weg zurück«, sagte Archer und zeigte auf die Tür. »Vielleicht wartet sie immer noch da unten.« Er spähte zur anderen Seite des Daches, wo sich ein zweiter Turm erhob. »Meinst du, du schaffst es rüber?«

Adélaïde war sich nicht sicher, aber sie nickte trotzdem. Archer half ihr vorsichtig über die Mauer und ließ sich dann langsam aufs Dach herunter. Eine Sekunde lang bewegte sich keiner von beiden. Sie standen auf einer modrigen Schieferplatte, die nur einen halben Meter breit war. Das Dach fiel zu beiden Seiten steil ab. Ein falscher Schritt und sie würden drei Stockwerke in die Tiefe stürzen.

»Das war keine gute Idee«, sagte Archer.

»Dann müssen wir vorsichtig sein«, sagte Adélaïde.

Sie fassten sich an den Händen und bewegten sich ganz vorsichtig Zentimeter für Zentimeter über das vom Wind umtoste Dach.

✦ Helmsley & Durbish ✦

Mr Helmsley war in seinem Büro und diktierte. Seine Sekretärin saß ihm gegenüber und schrieb mit.

»Sind das da Kinder auf dem Dach vom Museum?«, fragte sie und deutete auf einen Punkt hinter seinem Kopf.

Mr Helmsley wirbelte herum und schaute aus dem Fenster. Er nahm die Brille ab, wischte sie an seinem Hemd ab und blinzelte noch einmal hinüber. Und tatsächlich: Zwei Gestalten schlichen über das Dach. Eine Gestalt rutschte aus. Die andere half ihr hoch. Dann setzten beide ihren Weg fort.

»Sie werden in den Tod stürzen!«

»Der sieht fast aus wie …« Mr Helmsley wirbelte zurück. Er bat die Sekretärin, ihn allein zu lassen, und griff zum Telefon.

»Ist was passiert?«, fragte Mrs Helmsley.
»Weiß ich noch nicht«, sagte Mr Helmsley. »Ich wollte nur wissen, ob Archer zu Hause ist.«
»Ja«, sagte sie. »Er ist in seinem Zimmer und liest.«
»Kannst du bitte mal nachsehen?«

Mrs Helmsley legte den Hörer hin und ging in Archers Zimmer. Im Bett war eine Beule. Sie ging zur Beule und legte die Hand dorthin, wo sie die Schulter von Archer vermutete. Aber es war nicht seine Schulter.

»*Er ist ein Dachs!*«, kreischte sie ins Telefon.
»Er ist *was*?«, fragte Mr Helmsley.

✦ Glitzernde Punkte ✦

Archer und Adélaïde erreichten den zweiten Turm und suchten in einer Nische Schutz vor dem Wind. Von dort aus konnten sie bis weit über den Park von Rosewood schauen. Hinter den knorrigen Bäumen sah man die Lagerhäuser von Barrow's Bay und den Kanal. Am Horizont erkannten sie gerade noch den Hafen von Rosewood und einen glitzernden silbernen Streifen, der das Meer sein musste. Zwischen glitzernden Punkten auf dem glitzernden Meer – dort wären sie jetzt am liebsten gewesen. Und wenn sie ihre Flügel hätten ausbreiten und vom Dach hätten segeln können, wäre das ein Leichtes gewesen. Aber sie hatten nun mal keine Flügel. Deshalb pressten sie ihre Rücken fest gegen den Turm und schauten zu, wie die Blätter im Wind herumwirbelten.

»Wenigstens wird sie hier oben nicht nach uns suchen«, sagte Adélaïde.

»Aber Oliver auch nicht«, erwiderte Archer.

✦ Gazelle! Gazelle! ✦

Drei Stockwerke tiefer saß ein ängstlicher Oliver im Saal für Sonderausstellungen. Der Raum sah aus wie ein Gewächshaus. Die Wände waren aus Eisengittern und Glas und ragten bis in den Park von Rosewood hinein. Oliver behielt die Fenster fest im Blick und hoffte, dass Adélaïde und Archer nicht ohne ihn durch den Park laufen würden. Die anderen Schüler starrten in die Mitte des Saals, wo auf einem hölzernen Podest ein Käfig mit drei Tigern stand, die hungrig zurückstarrten.

Hm, lecker, dachte der erste.

Abgesehen von Bohnenstange, dachte der zweite. *Der ist viel zu dünn, um nach irgendwas zu schmecken.*

Der würde einen guten Zahnstocher abgeben, dachte der dritte. *Damit kann man sich die Reste von der anmutigen Schwanenartigen aus den Zähnen picken.*

Auf der anderen Seite vom Saal öffnete sich eine Glastür und ein Mann mit einer Schubkarre rollte eine Tonne zum Käfig. Zwei weitere Männer hievten die Tonne von der Karre und ein vierter hob den Deckel. Darin war jede Menge Fleisch. Alle Schüler lehnten sich vor – alle bis auf Oliver. Er ging in die Knie und wühlte in seinem Rucksack. Er musste es jetzt versuchen.

Einer der Mitarbeiter vom Zoo sperrte die Käfigtür auf. Oliver stand auf und zog sich die Gazellenmaske über den Kopf.

✦ Ein Eisbär zu viel ✦

Archer und Adélaïde stiegen die Treppe des zweiten Turms hinunter und schlüpften wieder ins Museum, aber bevor Archer auch nur zwei Schritte gemacht hatte, griffen zwei gewaltige Hände nach seinen Schultern und hielten ihn fest. Es war Mrs Murkley. Archer konnte es nicht glauben.

»Was fällt euch ein?«, keifte sie und ihre Augen funkelten böse.

»Lassen Sie ihn los!«, rief Adélaïde. »Sie vermasseln sonst noch alles!«

»*Was* vermassel ich alles?«

»Wir müssen los!«, sagte Archer.

»Wohin?«, kläffte sie.

»Das geht Sie nichts an«, sagte Adélaïde.

»Ich bin eure Lehrerin«, knurrte Mrs Murkley. »Mich geht *alles* was an. Und der einzige Ort, wo ihr beide hingeht, ist mein Büro!«

Mrs Murkley griff mit einer Hand nach Adélaïde, aber die drehte sich mit einer schnellen Pirouette weg. Dabei stolperte sie allerdings über ihr Holzbein und stürzte auf ein Podest, auf dem ein gigantischer Eisbär stand. Der Bär schwankte vor und zurück. Mrs Murkley wollte Adélaïde am Arm packen und machte einen Schritt nach vorn.

»Du kannst dir gar nicht vorstellen, wie viel Spaß es mir machen wird, wenn ich euch beide …«

»Achtung!«, schrie jemand.

»Gleich fällt er um!«, rief jemand anders.

Der Eisbär lehnte sich vor. Mrs Murkley lehnte sich zurück. Sie ließ Archer los und riss die Arme hoch. Archer sprang zur Seite. Mrs Murkley nicht. Aber sie stieß einen schrillen Schrei aus, als der Eisbär seine Reise in den Süden begann und mitten in ihren ausgebreiteten Armen landete. Die beiden gaben ein Traumpaar ab, aber Mrs Murkley war erledigt – sie lag auf dem Boden, begraben unter einem riesigen Eisbären.

Archer half Adélaïde hoch. Eine Menschenmenge versammelte sich um den Schauplatz. Alle starrten auf das wilde Durcheinander aus Mrs Murkley und dem Eisbären.

»Ich glaube, die ist tot.«

»Ich habe noch nie einen Toten gesehen.«

»Sollen wir ihn von ihr runterrollen?«

Alle waren sich einig, dass es das Vernünftigste wäre, und sofort begann eine Handvoll Leute, das Tier von der Frau herunterzurollen. Mrs Murkley war kreidebleich. Die Menschenmenge stand schweigend da und wartete ab. Und dann, ganz langsam, öffnete Mrs Murkley die Augen zu schmalen Schlitzen.

»Sie lebt!«

»Was für eine bärenstarke Frau!«

»Solche findet man heutzutage ja nur noch ganz selten!«

Mrs Murkley hob den Kopf und suchte die Horde ringsherum ab. Ihre Augen wanderten von einem zum anderen, bis sie die beiden fand, nach denen sie gesucht hatte.

Archer und Adélaïde schwiegen. Mrs Murkley stöhnte auf und murmelte: »Verbrecher – das seid ihr.« Nur dass es sich ganz anders anhörte. Die Menschenmenge beugte sich vor.

»Was hat sie gesagt?«

»Ich glaube, sie hat ›Der Becher – das reicht mir‹ gesagt.«

»Was soll das bedeuten?«

»Es bedeutet, ihr Kopf hat was abbekommen – ihre Schrauben sind locker.«

»Solche findet man heutzutage ja überall.«

Mrs Murkley ließ den Kopf wieder auf den Boden sinken. Der Eisbär lag neben ihr, aber um ihn kümmerte sich niemand.

»Worauf wartest du?«, flüsterte der Eisbär Archer zu. »Lauf!«

Archer nickte. Er warf einen letzten Blick auf Mrs Murkley, bevor er Adélaïde durch die Menge mit sich zog.

»Wenn wir jetzt nicht abhauen, schaffen wir es nie«, flüsterte er. »Das wird ja langsam zum Albtraum.«

Sie rannten zum kleinen gestreiften Kerl zurück, in der Hoffnung, Oliver würde dort auf sie warten.

✦ Das kann nicht wahr sein ✦

Oliver war immer noch nicht da. Archer und Adélaïde blieben zusammen und durchkämmten die Ägyptenabteilung, aber von Oliver fehlte jede Spur.

»Ich verstehe das nicht«, sagte Archer. »Er kennt doch den Plan.«

»Da ist er!«, sagte Adélaïde.

Archer wirbelte herum und sah, wie Oliver durch den Flur geradewegs auf sie zuflitzte. Aber er hatte die Augen geschlossen und prallte fast im selben Moment, als Adélaïde ihn entdeckte, mit ihr zusammen. Adélaïde schlitterte über den Boden. Archer, der ihre Hand nicht losgelassen hatte, rutschte mit.

»Tut mir leid!«, sagte Oliver und öffnete die Augen, weil er sehen wollte, was er dieses Mal umgeworfen hatte.

»Schon gut«, sagte Adélaïde benommen. »Machst du beim Laufen immer die Augen zu?«

»Nur wenn er spät dran ist«, sagte Archer.

Oliver half ihnen hoch, aber Archer und Adélaïde machten sich um ihn größere Sorgen. Oliver rang nach Atem, seine Maske war weg, und seine Augen flackerten so panisch, wie sie es bei ihm noch nie gesehen hatten.

»Alles okay?«, fragte Archer.

Beim Sprechen japste Oliver immer wieder nach Luft.

»Überall Chaos … hab Maske geworfen … zur Ablenkung!«

»Die Masken waren schrecklich, oder?«, sagte Adélaïde, um ihm auf die Sprünge zu helfen.

»Wenigstens sind wir wieder zusammen«, sagte Archer. »Und jetzt nichts wie weg hier.«

»Moment mal«, sagte Adélaïde. »Was ist mit deinem Arm?«

Olivers Arm blutete. Aber er war noch nicht in der Lage, ihnen zu erzählen, dass er, als er die Maske abgerissen und weggeworfen hatte, in ein Podest gerannt war, auf dem eine Glasvitrine mit einem juwelenbesetzten Ei stand. Das Ei war entzweigebrochen und überall waren Glassplitter herumgeflogen.

»Nichts«, stieß er hervor. »Mir fehlt nichts.«

Adélaïde nahm ihm das nicht ab. Der Arm blutete stark. Sie zog das einzige T-Shirt zum Wechseln aus ihrem Rucksack und wickelte es um seinen Arm. Im nächsten Moment erstarrte sie jedoch. Im Flur war lautes Geschrei zu hören. Oliver zuckte zusammen und schaute über die Schulter. Auch Archer und Adélaïde schauten über ihre Schultern. Weiter hinten im Flur, aber ganz so weit weg nun auch wieder nicht, schlitterte und rutschte eine Meute Tiger über den Marmorboden direkt auf sie zu.

»Das hast du nicht getan!«, sagte Archer, der seinen Augen nicht traute.

»Leider doch«, seufzte Oliver.

»Aber wie?!«, fragte Adélaïde.

Es gab jede Menge Fragen, die beantwortet werden mussten, aber jetzt war nicht der richtige Zeitpunkt dafür. Sie hätten weglaufen und sich verstecken sollen, wie es jeder getan hätte, der sich genau vorstellen konnte, was gleich geschehen würde. Aber sie standen unter Schock und ihre drei Köpfe waren zu keinem einzigen vernünftigen Gedanken fähig. Sie blieben einfach stehen und starrten die näher kommenden Tiger an, während ihre Herzen so schnell schlugen wie die Flügel von Kolibris.

Doch dann, wie aus dem Nichts und als ob sein Instinkt ihm dazu riet, schrie Oliver: »Überlebensausrüstung!« Das ergab zwar keinen Sinn, aber so war es nun einmal. Oliver warf den Rucksack hin. Er kannte die Bedienungsanleitung. Er zog an der Schnur. Die drei wichen zurück.

Ein aufblasbares Rettungsfloß war nicht das, worauf Oliver gehofft hatte. Und es war auch nicht das, worauf Archer und Adélaïde gehofft hatten. Aber das war nun einmal das, was sie bekamen. Und während die meisten wohl zustimmen würden, dass ein Rettungsfloß in einer solchen Situation wenig nützt, hatte das Rettungsfloß doch eine unglaubliche Wirkung.

Das plötzliche Aufblitzen von Gelb, das Zischen der Luft, der donnernde Aufprall, als es auf den Boden plumpste – das alles zusammen jagte den näher kommenden Tigern einen gehörigen Schrecken ein, sodass sie schlitternd zum Stehen kamen. Genau wird man es wohl nie wissen, aber vermutlich hielten sie es für ein Tier, das viel größer war als sie selbst. Und obwohl Archer, Oliver und Adélaïde ungeheures Glück hatten, war ein zwei Meter großes Stück aus aufblasbarem Plastik nicht unbedingt die beste Schutzmauer gegen drei Tiger.

Archer, Adélaïde und Oliver standen stockstill da. Keiner wagte auch nur zu blinzeln. Aber in ihren Köpfen begann es langsam wieder zu arbeiten. Archer und Oliver dachten dasselbe: *Wir haben das Krokodil-Mädchen!*

Ohne die Tiger aus den Augen zu lassen, flüsterte Archer Adélaïde zu: »Was machen wir jetzt?«

Adélaïde gab keine Antwort.

»Was hast du damals mit den Krokodilen gemacht?«, fragte Oliver.

Adélaïde gab keine Antwort.

Bestimmt schmiedet sie einen Plan, hofften sie.

»Das mit den Krokodilen war gelogen«, flüsterte sie. »Ich habe in Wahrheit noch nie eins gesehen.«

»Natürlich hast du das«, sagte Oliver.

»Eins hat dein Bein gefressen«, sagte Archer.

»Ich wurde von einem Laternenpfahl getroffen.«

»Laternenpfahl?«, wiederholte Oliver.

»Ich war Ballerina.«

»Ballerina?«, wiederholte Archer.

Die Jungen schwiegen. So würde es nicht gehen. Sie brauchten die Adélaïde, die sie nicht war. Sie brauchten Adélaïde, die Abenteurerin. Doch sie hatten Adélaïde, die Ballerina. Und es ist ein gewaltiger Unterschied, ob man ein Krokodil oder einen Laternenpfahl überlebt hat.

Ein Tiger schlich ans Rettungsfloß heran. Es war nur noch eine Frage der Zeit, bis er herausfinden würde, dass es sich um ein Stück Plastik handelte. Archer, Oliver und Adélaïde waren von einem einzigen Gefühl erfüllt: Hoffnungslosigkeit. Absolute Hoffnungslosigkeit.

Der frisch gefeuerte Hausmeister hatte seine Siebensachen gepackt und spähte über die Schulter zu den beiden Wärtern, die sich wegen irgendetwas stritten. Leise schlich er aus dem Saal und schlüpfte in das Büro, in dem sich die Lautsprecheranlage befand. Nachdem er die Tür von innen verriegelt hatte, stellte er ein Radio vors Mikrofon. Er würde nicht gehen, bevor er dem Direktor nicht die Meinung gegeigt hatte.

✦ Bon Voyage ✦

Mit einem Mal erfüllte Musik das Museum. Sie hallte in den Treppenhäusern wider, floss durch die Flure und sickerte aus den offenen Fenstern in den Park von Rosewood. Archer schaute hoch. Adélaïde schaute hoch. Oliver schaute hoch. Die Tiger schauten hoch. Tatsächlich schaute in diesem Moment jeder im Museum hoch und wunderte sich, was hier vor sich ging.

Archer schaute wieder zu den Tigern. Er hatte keine Ahnung, was sie tun sollten. Aber das Schlimmste wäre, darauf zu warten, dass die Tiger den ersten Schritt machten.

»Dreht euch langsam um«, flüsterte er. »Wir müssen wegrennen.« Der Vorschlag kam nicht gut an.

»Nicht mit meinem Bein«, sagte Adélaïde.

»Du musst«, erwiderte er.

»Was macht es schon für einen Unterschied?«, sagte Oliver. »Wenn ich heute nicht gefressen werde, dann bestimmt morgen.«

»Mir wäre morgen lieber«, sagte Archer.

Adélaïde nickte. Oliver brauchte zwar einen Moment, aber dann nickte er auch. Langsam, ganz langsam drehten sie sich um. Ein merkwürdiges Gefühl überkam sie – ein Gefühl, das nur derjenige kennt, der einem Tiger schon einmal den Rücken zugekehrt hat. Einen Moment lang sagte keiner ein Wort. Sie warteten und waren sich sicher, im nächsten Augenblick scharfe Krallen im Rücken zu spüren. Aber in den Augen von Archer funkelte es. Und obwohl nur ein Dummkopf in dieser Situation gelächelt hätte, schien er genau das vorzuhaben.

»Haltet die Augen offen«, sagte er, während er den Flur und die Säle auf beiden Seiten aufmerksam beobachtete. »Aber schaut nicht nach hinten.«

Archer und Oliver griffen jeweils nach einer Hand von Adélaïde.

»Und meidet Teppichboden«, flüsterte Archer. »Auf Teppichboden finden sie besseren Halt.«

»Auf drei geht's los«, sagte Adélaïde.

Alle drei nickten und hielten sich noch fester an den Händen.

Archer holte tief Luft. »Eins«, sagte er.

»*Deux*«, sagte Adélaïde.

»... DREI!«

✦ Abteilung für afrikanische Säugetiere ✦

Sie schossen durch den Flur wie ein Champagnerkorken und sausten wie der Blitz in die Abteilung für afrikanische Säugetiere. Sie flitzten durch den Mittelgang, an den Dioramen auf beiden Seiten vorbei.

»Schneller!«, schrie Oliver. »Ich will nicht in einem Diorama enden!«

Sie sprangen durch eine offene Tür und hechteten eine Treppe hinunter. Wie eine Frau, die in der Nähe stand, später den Reportern erzählte, sah es aus wie ein einziger langer Sprung.

»Hier entlang!«, rief Archer und zog die anderen rechtsherum. Sie flogen in die Abteilung für Tropenvögel.

✦ Abteilung für Tropenvögel ✦

Zwei Wärter sprangen von ihren Stühlen auf und rissen die Hände hoch.

»Halt!«, rief der eine. Der andere blies kräftig in seine silberne Trillerpfeife.

Aber die drei hielten nicht an. Sie setzten ihren Weg fort und fassten sich noch fester an den Händen, als sie an den Wärtern vorbeischossen.

»Diese Uniform ist keinen Pfifferling wert«, sagte der eine Wärter.

Der andere blies weiter in seine Pfeife. »Sie sind weg!«

Der mit der Trillerpfeife zeigte auf die Tiger. Beide Wärter ließen ihren Posten im Stich und rannten ebenfalls davon.

Archer, Oliver und Adélaïde bahnten sich ihren Weg durch einen überfüllten, engen Flur und stießen links und rechts mit Menschen zusammen. Archer schrie »Tiger!«, aber statt auf ihn zu hören, zogen die Leute es vor, ihn für sein schlechtes Benehmen böse anzustarren. Doch als einer von ihnen die Tiger entdeckte, änderten sich ihre Mienen schlagartig.

»*Insensé!*«, sagte Adélaïde.

Die Menschenmenge lief kopflos umher und gackerte wie aufgescheuchte Hühner.

»Da entlang!«, rief Archer. Er steuerte nach rechts und zog die anderen wieder in die Ägyptenabteilung.

✦ Ägyptenabteilung ✦

Eine Gruppe Museumsbesucher stand vor Tabenkuse und blendete den kleinen gestreiften Kerl mit ihren Blitzlichtern. Archer, Oliver und Adélaïde pflügten sich durch die Menge.

»Tiger!«, schrie Archer.

»Nein«, verbesserte ihn ein dummer Mann. »Das ist kein Tiger, sondern eine Mumie.«

Als dem Mann klar wurde, was los war, ließ er seine Kamera sinken und rannte hinter den anderen her.

Das Trio kroch in eine alte Grabkammer hinein und an der anderen Seite wieder heraus. Sie flitzten aus der Ägyptenabteilung und rasten eine schneckenförmige Treppe hinauf. Oben angekommen, blieb Archer abrupt stehen. Dann zog er Adélaïde und Oliver nach rechts und tauchte mit ihnen in die Abteilung für Meerestiere ab.

✦ Doldrums Press ✦

Mr Glub war in seinem Büro und schrieb einen Artikel für die Zeitung. Da platzten zwei Journalisten, ohne anzuklopfen, ins Zimmer.

»Tiger!«, rief der eine.

»Museum!«, rief der andere.

Mr Glub lächelte und lehnte sich auf seinem Stuhl zurück.

»Schön langsam«, sagte er. »Worum geht's?«

Sobald sie die ganze Geschichte endlich zusammenhatten, sprang Mr Glub auf, griff nach seinem Mantel und stürmte mit einem Reporter an jeder Seite aus dem Büro.

✦ Abteilung für Meerestiere ✦

»Wie viele Abteilungen hat dieses Museum eigentlich?«, fragte Oliver, als sie unter einem gewaltigen Kraken durchrasten.

Die Musik plärrte immer noch über die Lautsprecheranlage, aber dann verkündete eine Stimme:

»BITTE SUCHEN SIE
DEN NÄCHSTEN AUSGANG AUF.
WIR BITTEN ALLE BESUCHER,
RUHE ZU BEWAHREN.
FALLS SIE HILFE BENÖTIGEN,
WENDEN SIE SICH AN EINEN WÄRTER.«

Zwar waren alle auf dem Weg zum nächsten Ausgang, aber Ruhe bewahrte keiner. Einige schrien, andere kreischten, aber alle rannten. Eltern packten ihre Kinder. Andere gaben auf und kauerten sich in eine Ecke.

»Wo ist der Ausgang?«, schrie Oliver und prallte von einem riesigen Tintenfisch ab.

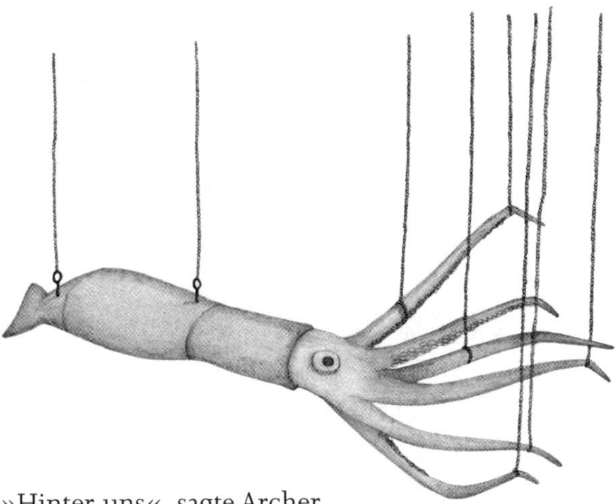

»Hinter uns«, sagte Archer.

Er hielt sich nicht an die eigene Regel und schaute über die Schulter. Die Tiger schlitterten hierhin und dorthin, aber sie waren immer noch hinter ihnen her. Archer verstand das nicht. Warum waren sie die Einzigen, die gejagt wurden?

»Zurück können wir nicht«, rief er, als sie in einen Flur preschten und die Treppe hinunterhechteten. Oliver verlor einen Schuh, der nach hinten flog und einen der Tiger am Kopf traf.

»Da entlang!«, sagte Archer.

Sie flogen in den Schmetterlingspavillon.

✦ Schmetterlingspavillon ✦

Als sie an den vielen Glaskästen mit sorgfältig aneinandergereihten Schmetterlingen vorbeirannten, wurden sie langsam müde. Um sie herum plärrten Alarmanlagen und Sicherheitstüren fielen zu.

»Die sperren uns ein!«, rief Adélaïde.

»Mit den Tigern!«, ergänzte Oliver.

»Noch nicht!«, sagte Archer.

✦ Kaffee & Café Belmont ✦

Mr Belmont war zu sehr mit seiner Espressomaschine beschäftigt, um die Horde von Menschen zu bemerken, die durch den Park von Rosewood flüchteten. Aber die geblümte

Frau bemerkte sie. Sie wirbelte auf ihrem Barhocker herum und hätte beinahe in die Hände geklatscht.

»Oh! Schauen Sie nur!«, rief sie. »Eine Parade. Ich liebe Paraden über alles! Aber das ist eine *merkwürdige* Parade – oh ja, eine äußerst merkwürdige Parade.«

Mr Belmont stürzte aus dem Café. Das war keine Parade. Er schaute zu den Museumstürmen. Jemand schrie: »*Tiger!*«

Mr Belmont lief los. Die geblümte Frau schlüpfte hinter die Theke und machte sich einen Dreifachen.

✦ Der nicht ganz so grosse Saal ✦

Ihre Schritte waren deutlich langsamer geworden, als sie in den großen Saal platzten. Jetzt war er leer und Sicherheitstore blockierten die Ausgänge.

»Wir sitzen in der Falle!«, sagte Adélaïde.

»Mit den Tigern!«, sagte Oliver.

»Zum Kiosk!«, sagte Archer.

In der Mitte des Saales stand ein runder Verkaufsladen. Sie liefen in einem engen Kreis um ihn herum und die Tiger folgten ihnen, rutschten aber immer wieder aus. Das Trio war in eine Sackgasse geraten. Rechts von ihnen war eine Reihe mit Telefonkabinen. Archer bremste ab und zerrte die anderen zu den Kabinen.

»Rein da und Tür zu!«, schrie er.

Sie hielten sich bis zur letzten Sekunde an den Händen, dann ließen alle drei mit einem Mal los, schlüpften jeweils in eine Kabine und warfen die Tür zu. Die Tiger prallten gegen die Telefonkabinen. Telefone flogen vom Haken. Oliver hielt die Augen geschlossen. Adélaïde saß auf der schmalen Bank und presste das Holzbein gegen die Tür, um sie geschlossen zu halten. Archer duckte sich unter dem hin und her schwingenden Telefonhörer weg und stieß dabei mit dem Kopf gegen die Wand. Um ihn herum wurde alles schwarz.

✦ Der Museumsdirektor ✦

»Archer«, sagte Adélaïde.

»Archer?«, sagte Oliver.

»Lebt er noch?«

»Keine Ahnung.«

Archer öffnete die Augen. Er saß in sich zusammengekauert da und war von kaltem Schweiß überzogen, aber er hatte keine Ahnung, wo er war. Oliver und Adélaïde beobachteten ihn.

»Haben wir es aufs Schiff geschafft?«, fragte er.

»Nein«, sagte Adélaïde.

»Nicht mal in die Nähe«, sagte Oliver.

»Aus dem Weg!«, befahl ein Wärter und schob Adélaïde und Oliver beiseite. Er sah den blutenden Arm von Oliver und zeigte auf eine Krankenschwester. »Sie soll sich das mal ansehen.«

Adélaïde begleitete Oliver zur Krankenschwester. Archer versuchte noch immer, alles zu begreifen, als der Wärter die Hand nach ihm ausstreckte.

Zwei Wärter führten Archer, Oliver und Adélaïde durch eine Tür in einen hinteren Flur. Der Direktor hatte sie in sein Büro gerufen. Archer war immer noch ein wenig benommen, aber seine fünf Sinne funktionierten langsam wieder.

»Was ist passiert, nachdem wir in die Telefonkabinen gehechtet sind?«, fragte er.

»Ich dachte, das war's dann wohl«, erzählte Oliver. »Doch dann kamen die Leute vom Zoo mit Betäubungsgewehren.«

»Wir sind in den Kabinen geblieben«, sagte Adélaïde. »Aber sie haben uns gesehen.«

»Ich dachte, die wollten uns betäuben«, sagte Oliver.

Adélaïde nickte. »Wir stecken bis über beide Ohren in Schwierigkeiten.«

Als sie oben an einer Treppe angekommen waren, klopfte ein Wärter an eine Tür. Sie betraten ein großes, staubiges Büro mit einem riesigen Fenster, von dem aus man den großen Saal überblickte. Ein Mann, der nur der Museumsdirektor sein konnte, stand an einem Schreibtisch und sprach mit zwei weiteren Wärtern. Als sie eintraten, verstummte er. Die Art, wie er sie anstarrte, gefiel Archer gar nicht. Er kam sich vor wie ein Verbrecher. Der Direktor schaute wieder zu den Wärtern. »Bringen Sie mir den Bericht«, sagte er und schickte die Männer aus dem Büro, während er dem Trio ein Zeichen gab, näher zu kommen.

»Setzt euch«, befahl er und zeigte auf eine Bank neben dem Schreibtisch.

Archer, Oliver und Adélaïde gehorchten und der Direktor ließ sie erzählen.

»Es ist einfach irgendwie passiert«, sagte Oliver.

»Es war nicht unsere Schuld«, sagte Archer. »Aber wir haben uns großartig geschlagen.«

Adélaïde sagte lieber nichts.

»Wenigstens wurde niemand gefressen«, sagte der Direktor und setzte sich hin. »Aber zwischen *nicht gefressen werden* und *sich großartig schlagen* liegt ein ziemlich breiter, goldener Mittelweg.«

Das war nicht das, was Archer gemeint hatte, aber bevor er es richtigstellen konnte, kehrte ein Wärter ins Büro zurück und gab dem Direktor den Bericht. Der Direktor setzte die Brille auf und murmelte beim Lesen leise vor sich hin.

»Wer von euch ist Oliver Glub?«, fragte er.

Oliver hob langsam die Hand.

»Was hast du dir dabei gedacht, in einem Saal voller Tiger eine Gazellenmaske aufzusetzen?«

Oliver schaute verzweifelt zu Archer und Adélaïde. Er war nie gut darin, auf die Fragen von Erwachsenen zu antworten.

»Die Maske ist doch egal«, sagte Adélaïde. »Viel wichtiger ist die Frage, wie die Tiger entwischen konnten. Waren sie nicht angekettet?«

Der Direktor kniff die Lippen zusammen und grummelte leise. »Ich lasse das untersuchen«, erwiderte er. »Wir haben die Zusammenarbeit mit dem Zoo schon aufgekündigt.« Er las den Bericht weiter und zeigte ein paar Zeilen später auf Archer und Adélaïde. »Ich nehme an, das auf dem Museumsdach wart ihr beide, oder?«

»Ihr wart auf dem Dach?«, fragte Oliver erstaunt.

»Wir wussten nicht, wohin wir gelaufen sind«, sagte Archer.

»Wenigstens nicht, bis wir dort waren«, sagte Adélaïde.

»Ihr seid durch eine Tür mit ›Zutritt nur für Personal‹ gegangen«, sagte der Direktor. »Das werdet ihr ja wenigstens gewusst haben.«

Archer und Adélaïde schwiegen. Das *hatten* sie gewusst.

»Und dann das *Rettungsfloß*!«, rief der Direktor. »Wie habt ihr das ins Museum bekommen?«

Darüber hatte Oliver sich auch schon gewundert. »Das war gar nicht schwer«, sagte er. »Aber bevor ich an der Schnur gezogen habe, wusste ich nicht, dass es ein Rettungsfloß war. Wenn ich ehrlich sein soll, hatte ich keine Ahnung, was in dem Paket war.«

»Aber warum hast du es ins Museum mitgenommen?«, hakte der Direktor nach. »Niemand braucht im Museum ein Rettungsfloß!«

»*Wir* schon«, sagte Adélaïde.

»Ohne Rettungsfloß wären wir jetzt tot«, sagte Archer.

Wieder grummelte der Direktor leise. »Habt ihr eine Ahnung, wie groß der Schaden ist, den ihr in meinem Museum angerichtet habt?«, fragte er. »Ein zweitausend Jahre altes, juwelenbesetztes Ei wurde zerbrochen, überall liegen Scherben, die Tiger haben mehr kaputt gemacht, als in diesen Bericht passt, und Hunderte von Menschen wurden beinahe getötet!«

»Wir haben nur versucht, den Tigern auszuweichen«, sagte Adélaïde. »Es war nicht unsere Schuld, dass sie ausgebrochen sind.«

»Und warum sie nur uns gejagt haben«, sagte Archer, »weiß ich auch nicht.«

Der Direktor wies auf den verbundenen Arm von Oliver. »Blut und Gazellen«, sagte der Direktor. »Das ist eine gefährliche Mischung. Ach, übrigens, wer von euch dreien ist ein *Helmsley?*«

»Das bin ich«, sagte Archer. »Ich bin Archer Helmsley.«

Der Direktor starrte ihn über den Rand seiner Brille hinweg an. »Natürlich bist du das«, sagte er und schüttelte den Kopf. »Du erinnerst dich wohl nicht mehr an mich, was?«

Archer hatte den Mann noch nie gesehen und das sagte er auch.

»Ich war im Haus der Helmsleys«, erwiderte der Direktor. »An dem Abend, als du das Stachelschwein auf den Stuhl von dem Mann gestellt hast.«

Archer wurde rot. Er hatte Mr Rockenschaub vollkommen vergessen. Adélaïde und Oliver tauschten Blicke und versuchten, nicht zu grinsen. Archer schaute zum Schreibtisch und entdeckte sein Elefantenhaus aus Jade.

»Ich glaube, das gehört mir«, sagte er und zeigte darauf.

»Was soll das heißen, es *gehört* dir?«

»Ich hab's von meinen Großeltern bekommen«, erklärte Archer. »Es muss mir aus der Tasche gefallen sein.«

Der Direktor blinzelte, bevor er seufzend zum Telefon griff. »Es gab da ein Missverständnis ... Ich weiß, was ich gesagt habe ... Holen Sie ihn bitte sofort zurück.« Er warf Archer das Elefantenhaus aus Jade zu und steckte den Bericht in seine Brusttasche. »Der Rest eurer Klasse ist zurück in die Schule gegangen«, sagte er. »Eure Lehrerin, Mrs ... Mrs ...«

»Murkley«, sagte Adélaïde.

»Ja, genau. Man hat die arme Frau neben einem Eisbären

auf dem Boden gefunden. Wir nehmen an, sie ist in dem ganzen Chaos in ihn reingelaufen.«

»Noch ein Eisbär?«, murmelte Oliver.

Archer und Adélaïde schwiegen.

»Er muss auf sie gefallen sein. Hätte sie beinahe getötet.« Er schaute auf seine Uhr und öffnete die Tür. »Kommt mit. Eure Eltern warten schon auf euch.« Er lächelte Archer warnend an. »Und ich bin froh, dass sie nicht auf mich warten.«

Sie gingen mit dem Direktor in den großen Saal und die Eingangstreppe hinunter. Überall standen Menschen. Keiner sah fröhlich aus. Das Trio folgte dem Direktor durch den Park von Rosewood bis zur Straße, wo Mrs Murkley gerade in einen Krankenwagen verfrachtet wurde.

»Wird sie wieder gesund?«, fragte Archer.

»Man soll die Hoffnung nie aufgeben«, sagte der Direktor. »Aber niemand versteht ein Wort von dem, was sie sagt.«

Der Direktor öffnete die Tür von einem Taxi und forderte die drei auf einzusteigen.

»Wir wohnen in der Nähe«, sagte Archer. »Wir können zu Fuß gehen.«

»Genau davor hatte deine Mutter Angst«, sagte der Direktor und schob sie auf die Rückbank. »Einsteigen. Alle drei. Finger weg!« Er schlug die Tür zu und bat den Fahrer, sie in die Weidengasse Nummer 375 zu bringen und dort so lange zu warten, bis sie im Haus verschwunden waren.

Das Taxi fuhr los.

17

✦ Die Abenteuer der Ballerina ✦

»Tja, schlechter hätte es nicht laufen können«, sagte Oliver. »Wir sind fast gestorben. Ihr seid zweimal fast gestorben. Wir haben das Museum zerstört. Und Mrs Murkley ernsthaft verletzt.«

Trotz allem waren die drei auf der Rückbank vom Taxi einfach nur froh darüber, dass sie noch am Leben waren. Aber Archer wusste, dass er nicht mehr allzu lange zu den Lebenden zählen würde. Und obwohl er sich nicht sicher war, was ihn zu Hause erwartete, war er sich ganz sicher, dass es nur ein Loch in der Wand oder Raven Wood sein konnte.

Adélaïde kratzte das getrocknete Blut von Olivers Ärmel.

»Tut es weh?«, fragte sie.

»Nicht besonders«, erwiderte er.

»Was ist denn nun eigentlich im Tiger-Saal passiert?«

Oliver fuhr mit dem Finger über die Scheibe. »Ich kann mich wirklich nicht erinnern«, sagte er. »Durch die Augenlöcher konnte ich fast nichts sehen. Aber ich hörte ...« Er redete nicht weiter und schaute Adélaïde an. »Ach, egal! Was war denn nun mit dem Krokodil? Du hast uns ganz schön lange angelogen! Aber ich hatte von Anfang an so einen Verdacht.«

»Ich schätze mal, deine Mutter wurde auch nicht gefressen, oder?«, fragte Archer.

»Nein«, sagte Adélaïde. »Sie lebt immer noch.«

»Und du warst Ballerina?«, fragte Oliver.

Adélaïde nickte.

»Und was war jetzt mit dem Laternenpfahl?«, fragte Archer.

Adélaïde wollte zwar nicht darüber reden, aber sie tat es trotzdem. Und obwohl es eine Lüge gewesen wäre, dass sie dabei nicht traurig wurde, war sie doch nicht ganz so traurig, wie sie vorher befürchtet hatte.

»Warst du gut?«, fragte Oliver.

»Ich war sogar ziemlich gut«, erwiderte sie.

Das Taxi bog in die Weidengasse ein. Archer hatte einen gewaltigen Knoten im Magen. Obwohl er alles sorgfältig geplant hatte, war es ihm nicht einmal gelungen, aus dem Museum zu entwischen. Er sackte in sich zusammen und dachte an den Eisberg.

»Ich habe mein Bestes gegeben, aber es hat nicht gereicht«, sagte er. »Hoffentlich haben sie mehr zu bieten.«

»Es ist alles meine Schuld«, sagte Oliver.

»Aber ich habe euch angelogen«, sagte Adélaïde.

»Die Tiger vielleicht nicht«, sagte Archer. »Aber der Rest war meine Schuld.«

»Wir drei waren es«, sagte Adélaïde. »Zusammen.«
Danach sagte niemand mehr was.

✦ Weidengasse Nummer 375 ✦

Was passiert war, nachdem sie das Haus der Helmsleys erreicht hatten, war jetzt nur noch eine verschwommene Erinnerung. Langsam waren sie von der Rückbank gekrochen und noch viel langsamer die Treppe zum Haus hinaufgestiegen. Vor der Tür waren sie stehen geblieben, hatten sich einmal zugenickt und dann die Klinke gedrückt. Drinnen hatten eine Menge Erwachsene eine Menge Sachen durcheinandergerufen, und obwohl die drei eine Menge über sich ergehen lassen mussten, war es, verglichen mit den Tigern, nur halb so schlimm.

»Passiert so was hier öfter?«, fragte Mr Belmont.
»Nicht dass ich wüsste«, kicherte Mr Glub. »Es können bestimmt nicht viele Leute von sich behaupten, eine Meute Tiger abgehängt zu haben.«
»Ich jedenfalls nicht«, sagte Mr Helmsley.
»Nun seht sie euch an!«, kreischte Mrs Helmsley. »Sie sind dem Tod gerade eben von der Schippe gesprungen!«
»Es ist gut, ab und zu mal ein wenig zu hüpfen«, sagte Mr Glub.
»Tee«, sagte Mrs Glub. »Wir können wohl alle eine Tasse Tee gebrauchen – oder gleich zwei.«

»Oder Espresso«, sagte Mr Belmont.
»Ihr hättet sterben können!«, rief Mrs Helmsley.
»Aber das sind wir nicht«, sagte Archer.
»Es ist einfach irgendwie passiert«, sagte Oliver.
»Wir haben uns großartig geschlagen«, sagte Adélaïde.

✦ Ein scharlachroter Koffer ✦

Seit dem schlimmsten aller Albträume waren zwei Wochen vergangen, und jetzt fühlte es sich fast so an, als wäre es gar nicht wirklich passiert. Archer ging in den Keller, leerte einen scharlachroten Koffer und trug ihn in sein Zimmer, um seine Sachen zu packen. Der Zug nach Raven Wood fuhr in drei Tagen.

Er war gerade mit dem Packen fertig, als Mr Helmsley ins Zimmer trat. Sein Vater hatte dunkle Ringe unter den Augen. Seit dem Vorfall mit den Tigern standen die Telefone von *Helmsley & Durbish* nicht mehr still, und an den meisten Tagen wartete vor dem Büro eine Schlange von Leuten, die den Zoo von Rosewood verklagen wollten. Der Direktor war gefeuert worden und im Moment wurde dort alles komplett umgekrempelt.

Mr Helmsley setzte sich aufs Bett, und Archer beschloss, ihm alles zu erzählen, was er herausgefunden hatte. Es gab jetzt keinen Grund mehr, Geheimnisse vor seinem Vater zu haben.

»Ich weiß, dass Oma und Opa die ganze Zeit in Barrow's Bay gewohnt haben«, sagte er. »Und ich weiß, dass Mom sie nach meiner Geburt weggeschickt hat, weil sie sie nicht in meiner Nähe haben wollte.«

Sein Vater fragte nicht, wie er das alles herausgefunden hatte. Aber die eine oder andere Sache musste er doch richtigstellen.

»Sie haben in Barrow's Bay gewohnt«, sagte er. »Aber deine Mutter hat sie nicht weggeschickt. Das konnte sie gar nicht. Bevor du auf die Welt gekommen bist, haben wir nämlich nicht hier gewohnt.«

Archer schaute auf den Deckel von seinem Koffer. »Warum wohnen wir jetzt hier?«, fragte er.

»Nach deiner Geburt haben deine Großeltern uns gebeten, hier einzuziehen. Sie wollten, dass du in diesem Haus aufwächst. Dein Großvater hatte große Pläne mit dir.« Mr Helmsley schwieg kurz. »Deine Großeltern sind sehr gute Menschen, aber sie leben in einer seltsamen Welt. Eine Welt voller *merkwürdiger* Menschen – im Vergleich zu ihnen sind deine Großeltern fast schon normal.«

»Du meinst die *Gesellschaft*?«

Mr Helmsley rieb sich das Kinn und zog eine Augenbraue hoch.

»Die Gesellschaft«, wiederholte er. »Ich hoffe, du warst nicht im Hauptquartier?«

»Nein«, sagte Archer.

»Nun ja, die Gesellschaft hatte sehr viel mit unserer Entscheidung zu tun. Aber deine Mutter und ich waren uns außerdem einig, dass *wir* diejenigen sein wollten, die dich großziehen. Nicht deine Großeltern. Deshalb haben wir Nein gesagt.«

»Aber wir sind hier eingezogen«, sagte Archer.

»Ja, dein Großvater kann sehr überzeugend sein«, erwiderte Mr Helmsley und verschränkte die Arme vor der Brust. »Nachdem wir das erste Angebot ausgeschlagen hatten, machte er uns schnell ein zweites.«

»Um was ging es?«, fragte Archer.

»Falls wir einzögen, versprach er, würden sie sich bis zu deinem zwölften Geburtstag von hier fernhalten. Er brauchte eine Weile, um deine Mutter zu überreden, aber am Ende gab sie nach, und wir zogen ein. Natürlich ahnte damals niemand, dass sie vor deinem zwölften Geburtstag auf einen Eisberg klettern würden.« Mr Helmsley lächelte. »Aber so sind deine Großeltern nun mal. Und obwohl sie sonst ein bisschen waghalsig sind, wussten sie *ganz genau*, was sie taten, als sie dich ins Haus der Helmsleys holten. Sie mussten gar nicht hier sein. Ihr Zauber steckt in diesen Mauern. Sie wussten, das Haus würde dich großziehen. Auch deiner Mutter wurde das klar, als sie dich mit den Tieren sprechen hörte. Deshalb hat sie darauf bestanden, dass du bei den festlichen Abendessen dabei bist. Du solltest anfangen, mit Menschen zu sprechen. Aber darin warst du nie besonders gut, was?«

Archer musste lächeln, obwohl er es gar nicht wollte. Plötzlich zwinkerte es in den Augen von Mr Helmsley. »Aber du hast deinen Großvater einmal getroffen. Und das weißt du.«

»Bei dem Abendessen«, sagte Archer und nickte. »Aber woher weißt du das?«

»Er wollte dich einmal aus der Nähe sehen. Deshalb habe ich ihn kurz ins Haus geschmuggelt.«

Archer setzte sich auf den Koffer und schaute seinen Vater verdrossen an.

»Ich verstehe immer noch nicht, warum wir uns das Haus nicht teilen konnten«, sagte er.

»Ob die Entscheidung nun richtig oder falsch war – wir haben sie getroffen. Wie ich schon sagte, es war unsere Aufgabe, dich großzuziehen, nicht die von deinen Großeltern. Deine Mutter und ich waren uns einig, dass du nicht so aufwachsen sollst.«

»Aber bei dir war es doch auch so«, sagte Archer. »Hast du sie denn nie vermisst?«

»In Wahrheit hast du viel mehr Zeit im Haus der Helmsleys verbracht als ich früher. Ich war nur in den Sommer- und Weihnachtsferien hier und habe meine Eltern auch nur dann gesehen. Sie hatten mich auf ein Internat geschickt.«

»So was würden sie nie tun«, sagte Archer.

»Haben sie aber«, erwiderte sein Vater. »Damals sind sie noch viel häufiger herumgereist und ich war dafür viel zu klein. Sie dachten, im Internat wäre ich besser aufgehoben. Und für mich war es wirklich das Beste.«

»Wie konnte es das Beste sein?«, fragte Archer. »Was ist mit den ganzen Geschichten aus dem Museum? Du hast nie getan, was du tun wolltest.«

»Das stimmt nicht«, erwiderte sein Vater. »Ich habe mir die Geschichten von den Abenteuern meiner Eltern gern angehört, aber selbst eins erleben? Das wollte ich nie. Das mit dem Museum war die Idee von deinem Großvater. Nachdem er dich gesehen hatte, musste ich ihm versprechen, mit dir ins Museum zu gehen und dir Geschichten zu erzählen.

Ich habe das gern getan, aber die Geschichten waren nie meine eigenen. Und besonders gut waren sie auch nicht, stimmt's?«

»So schlimm waren sie nun auch wieder nicht«, sagte Archer.

Mr Helmsley grinste und hielt einen Finger in die Luft. »*Der berühmteste Forscher der Welt!* Das ist ziemlich schlimm. Dein Großvater muss gewusst haben, dass das bestenfalls albern klingen würde. Wahrscheinlich haben sie deshalb angefangen, dir die Schachteln zu schicken. Aber er hat wohl *vergessen*, uns vorher davon zu erzählen. Ich bin sehr stolz darauf, ihr Sohn zu sein, Archer, aber ich bin auch sehr stolz darauf, der einzige Junge in der ganzen Geschichte der Welt zu sein, der seine Eltern enttäuscht hat, weil er Rechtsanwalt geworden ist. Ich bin überzeugt, das war noch ein weiterer Grund, warum dein Großvater dich im Haus der Helmsleys haben wollte. Überleg mal, wie peinlich es wäre, wenn der Sohn *und* der Enkel Rechtsanwalt werden wollen.«

Das Lächeln auf Archers Gesicht verschwand sofort wieder. »Und jetzt schickt ihr mich wirklich weg?«

»Ich fürchte, es geht nicht anders«, erwiderte sein Vater. »Aber versuch bitte, nicht ganz so traurig zu sein. Ein bisschen Landluft wirkt manchmal Wunder. Du warst viel zu lange in diesem Haus eingesperrt. Außerdem hat die Schule hier, obwohl ich mich sehr für dich eingesetzt habe, noch nicht entschieden, ob sie dich wieder aufnehmen will.«

Mr Helmsley stand auf und hielt ein Lachen zurück.

»Ich bin noch nicht dahintergekommen«, sagte er. »Aber an der Sache mit den Tigern ist irgendwas faul ... Und obwohl das Ganze niemals hätte passieren dürfen, finde ich – unter uns –, dass ihr euch sehr gut geschlagen habt.«

»Danke«, sagte Archer.

Sein Vater wollte gerade aus dem Zimmer gehen, aber Archer hatte noch eine letzte Frage.

»Glaubst du, sie leben noch?«

Mr Helmsley schwieg einen Moment lang, dann antwortete er, ohne sich umzudrehen. »Sie haben in solchen Fällen immer viel Humor bewahrt, und das sollten wir auch. Was ich glaube, spielt keine Rolle, Archer. Wenn du daran glaubst, musst du unbedingt an diesem Glauben festhalten.«

✦ Ein bisschen Ruhe ✦

Die letzten gemeinsamen Tage verbrachten Archer, Oliver und Adélaïde zusammen auf dem Dach. Auf der anderen Seite des Gartens wurde das Haus der Murkleys leer geräumt und zum Verkauf angeboten.

»Ich fasse es immer noch nicht, dass es wieder ein Eisbär war«, sagte Oliver. »Vielleicht findest du raus, was damals in Raven Wood passiert ist.«

»Falls du was rausfindest, musst du uns schreiben«, sagte Adélaïde. »Ach was, schreib uns auch so.«

Oliver lehnte sich zurück. »Hätten wir es bloß bis zum Hafen geschafft«, sagte er.

Archer und Adélaïde schauten ihn überrascht an.

»Eigentlich wollte ich ja gar nicht mit«, erklärte er. »Aber ich glaube, ein Teil von mir wollte mal was Neues erleben.«

»Ein großer Teil?«, fragte Adélaïde.

»Nein«, sagte Oliver. »Ein winziger.«

»Vielleicht hast du was Falsches gegessen«, sagte Archer.

Adélaïde fing an zu kichern und konnte nicht mehr aufhören.

»So witzig war das nun auch wieder nicht«, sagte Oliver.

»Nein, das ist es gar nicht«, kicherte sie. »Ich frage mich nur die ganze Zeit, was die Tiger wohl gedacht haben, als sie dich mit der Gazellenmaske gesehen haben.«

Als Adélaïde zu Ende gekichert hatte, schaute sie Archer an und sagte: »Miss Whitewood ist gestern zu mir gekommen. Sie wollte dich besuchen, aber sie war sich nicht sicher, ob sie das darf. Ich soll dir sagen, es tut ihr leid, dass du wegmusst, und sie hofft, dich bald wiederzusehen.«

Auch den Glubs tat es leid, dass Archer wegmusste. Mrs Glub gab ihm für die Bahnfahrt eine Blechdose mit Kuchen mit. Und Mr Glub sagte, er sollte »munter und vergnügt sein – immer hübsch munter und vergnügt«.

Archer hatte nicht oft an Raven Wood gedacht, aber am Morgen seiner Abreise konnte er an nichts anderes denken. Er war in einer ungewöhnlichen Situation. Sein Leben lang hatte er sich gewünscht, so weit wie möglich vom Haus der Helmsleys wegzukommen. Jetzt war es so weit und nun wollte er nicht mehr fort.

Er rollte sich aus dem Bett und ging ins Badezimmer, um sich das Gesicht zu waschen und die Zähne zu putzen. Danach schlurfte er nach unten und hoffte, die Zeitung würde eine neue Geschichte von der Katastrophe im Museum bringen. Damit hätte er sich ablenken können. Weil so viele Geschichten über sie geschrieben wurden, waren Archer, Oliver und Adélaïde ziemlich berühmt geworden, auch wenn ihnen selbst das gar nicht so klar war.

Archer öffnete die Haustür und bückte sich, um die Zeitung aufzuheben, aber er ließ sie gleich wieder fallen und drehte den Kopf nach links und rechts.

Er blinzelte zweimal und dann noch einmal. Nein, er hatte es sich nicht eingebildet.

Das waren bestimmt Adélaïde und Oliver, dachte er.

Am Treppengeländer lehnte ein grünes Paket mit einer gelben Schnur. Und wenn Adélaïde und Oliver es dort nicht hingelegt hatten, dann musste der Postbote es sehr eilig gehabt und das Paket in eine Pfütze geworfen haben, denn die Verpackung war völlig durchnässt.

Archer schaute sich das aufgeweichte Paket genauer an. Es stand eine Adresse darauf, aber die Tinte war verlaufen. Trotzdem konnte er gerade noch den Namen *Archer B. Helmsley* entziffern. Er machte die Tür zu und kehrte mit dem Paket in sein Zimmer zurück.

*

Ein Haus weiter raste Oliver mit einer Ausgabe der *Doldrums Press* in den Händen die Treppe hinauf. Adélaïde rannte hinter ihm her. Im selben Moment strömten wieder einmal aus allen Richtungen Reporter zu dem hohen, schmalen Haus in der Weidengasse. Sie hatten Kameras und Notizblöcke dabei und bombardierten Mr und Mrs Helmsley, die in der Tür standen, mit Fragen.

Als Oliver und Adélaïde sich gleichzeitig durch die Balkontür von Archer zwängten, wären sie beinahe hingefallen.

»Du hast sie gelesen, oder?«, schrie Oliver, der das Gleichgewicht wiedergefunden hatte und die Zeitung hochhielt. »Die Schlagzeile?«

DOLDRUMS PRESS

FORSCHER GEFUNDEN

»Schau nur mal vom Dach«, sagte Adélaïde. »Da unten herrscht ein wildes Durcheinander. Oliver hat gesehen, wie ein Reporter vom Baum gefallen ist!«

»Er hat beim Fallen drei andere mitgerissen!«, sagte Oliver. »Nach dieser Nachricht musst du bestimmt nicht mehr nach Raven Wood!«

Archer wusste, dass die Nachricht nichts ändern würde. Wenn überhaupt, wäre sie für seine Mutter nur ein weiterer Grund, ihn aus dem Haus zu schaffen. Trotzdem grinste er von einem Ohr zum anderen.

Oliver und Adélaïde setzten sich neben ihn aufs Bett. Oliver wurde bleich, als er einen Brocken Eis in Archers Händen sah.

»Wir machen das aber nicht noch mal, oder?«, fragte er.

Archer gab ihm den Brief. Adélaïde beugte sich über Olivers Schulter und las mit.

19. OKTOBER

ARCHER B. HELMSLEY
WEIDENGASSE 375

LIEBER ARCHER,
TUT UNS LEID, DASS DER BRIEF SO KURZ IST. WIR HABEN NICHT VIEL ZEIT. UND ES IST EINE LANGE GESCHICHTE. ABER WIR HABEN EIN KLEINES STÜCK VOM EISBERG AUFGEHOBEN. HOFFENTLICH KOMMT ES BEI DIR AN, BEVOR ES SCHMILZT. WEIHNACHTEN SOLLTEN WIR WIEDER ZU HAUSE SEIN. WIR MÜSSEN DIR GANZ VIEL ERZÄHLEN.

VIELE GRÜSSE
Ralph und Rachel Helmsley

PS: WIR HABEN ERSTAUNLICHE GESCHICHTEN ÜBER EINE TIGERJAGD IN ROSEWOOD GEHÖRT. DREI KINDER SOLLEN DARIN VERWICKELT GEWESEN SEIN. HABEN NUR MIT VIEL GLÜCK ÜBERLEBT. WIR WAREN ZIEMLICH VERBLÜFFT. DU WEISST NICHT ZUFÄLLIG WAS DARÜBER?

Archer, Oliver und Adélaïde schwiegen und starrten sich an.

»Glaubst du, sie haben gegraben?«, fragte Oliver.

Archer hatte keine Ahnung. Er hielt den Eisbrocken hoch. »Das ist ein Eisberg«, sagte er und senkte die Hand um ein paar Zentimeter. »Oder wenigstens ein Stück davon.«

»Das ist unmöglich«, sagte Oliver.

»Das hätte längst schmelzen müssen«, sagte Adélaïde.

Sie hatten beide recht. Das Eis hätte, lange bevor es bei Archer angekommen war, schmelzen müssen. Aber es war nicht geschmolzen. Und das, was eigentlich hätte sein müssen, änderte nichts daran, dass Archer jetzt neben Oliver und Adélaïde auf seinem Bett saß und mit ihnen lachte, während er in seiner Hand ein Stück vom Eisberg hielt – oder, wie Oliver gesagt hätte, ein Stück vom Unmöglichen.

PLATE. 1 NO.001

• ARCHER B. HELMSLEY •

»Sie kannten meine Großeltern, oder?
Und glauben Sie immer noch, dass sie am Leben sind? «

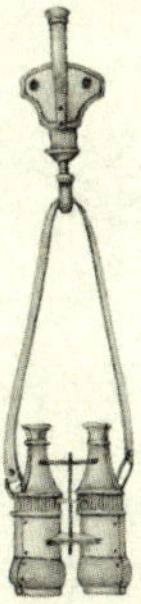

Fig. 1

Fig. 5

Figure one: Fernglas

Figure two: Eisbär

Figure three: Koffer

Figure four: Elefantenhaus

Figure five: Glasauge

Fig. 2

Fig. 4

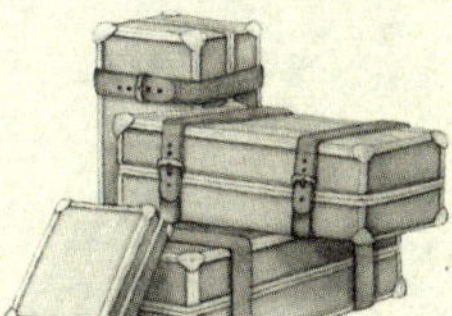

Fig. 3

PLATE. 2 NO.001

• Oliver J. Glub •

»Denkst du manchmal noch, sie lügt uns an? Sie scheint nicht besonders viel Ahnung zu haben. Und du hast ja gesehen, wie leicht sie den Wachmann an der Nase rumgeführt hat. Was, wenn sie uns auch an der Nase rumführt?«

Fig. 1

Fig. 1

Figure one: Theos Stein

Figure two: Fisch-Mobile

Figure three: Wilde Hühner

Figrue four: Tomatencremesuppe

Fig. 3

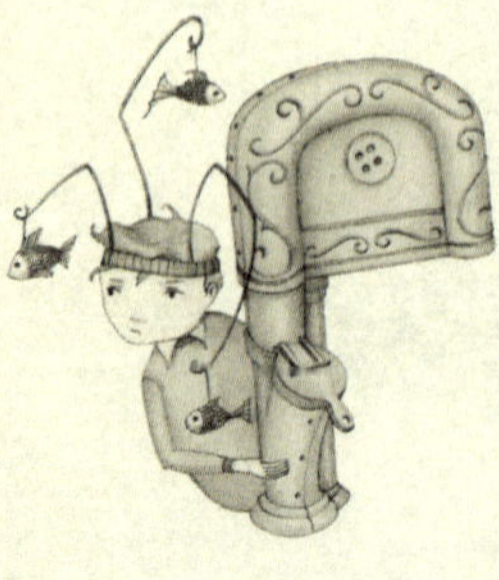

Fig. 2

PLATE. 3 NO.001

• ADÉLAÏDE L. BELMONT •

»In Frankreich bringt man uns bei, auf die Leute besonders aufzupassen, die uns sagen, wo wir die Köpfe hinstecken sollen. Das könnten nämlich diejenigen sein, die uns eines Tages sagen, wir sollen sie unter die Guillotine legen.«

Figure one: Ballettschuhe

Figure two: Blaubeerkuchen

Figure three: Reisekoffer

Figrue four: Verrückte Tauben